ACTT PROJECT
高桑真恵
Masae Takakuwa
ACTT
PROJECT
文源庫

東松 征士郎
SEISHIRO TOMATSU

イリーナ・バハージ
IRINA BARHAJ

アドルフ・ゾルヴェーグ
ADOLF ZOLVEIG

ルイス・サラ
LUIS G. SALA

山本 珠加
SHUKA YAMAMOTO

アーロン・ドウズウェル
AARON　DOWSWELL

【主要登場人物】

東松征士郎……米国防省に雇われた特殊傭兵部隊ＡＣＴＴ（Acrobatic Combat and Tactical Team）リーダー。戸隠の北の山中で祖父・東松騨十郎《だんじゅうろう》に育てられた。東松とは、安土桃山時代からこの地に住んでいた戦国武将の一族。父親は小笠原真生ウグルス開発者でゲノム研究者。征士郎が幼い頃、行方不明の後遺体となって発見された。ロボット犬を使い征士郎を見守って来たというビデオメッセージを残す。このロボット犬によって征士郎は再生。（p223）草薙を操る。（第一章 p28）パキスタンカラチ市街中心にあるゾロアスター教寺院の地下に潜伏する反米武装集団ＡＦＡＣ（十字軍に立ち向かう全アジア戦線＝All Asian Front Against Crusaders、のちにＧＡＩＯと改名）の思想的指導者カラの捕獲・暗殺ミッションのため寺院突入を試みた。この時、瀕死の重傷を負ったＡＦＡＣの女性戦闘員（後にカラの次女イリーナと判明）を助ける。しかし、東松自身も多国籍軍本部の予定外のストライクイーグルによる攻撃によって重傷を負う。

東松ゆり愛……東松とアネーシャの間に誕生した女児。パキスタンのラホールにて誕生後、東松により日本に連れてこられ、現在では特別養護施設『ひまわり園』で東松が迎えに来るのを待つ。

山本珠加……ＡＣＴＴ隊員。デザート・イーグル二丁をも自在に使う重火器のエキスパート。

ルイス・ジー・サラ……ＡＣＴＴ隊員。危険な離れ業を好む特異な敏腕アーチャー。

アーロン・ドウズウェル……ＡＣＴＴ隊員。ワンンショットキルを信条とする天賦の才を持つスナイパー。

アドルフ・ゾルヴェーグ……ＧＡＩＯ（統一アジア構想機構 Great Asian Integrated Organization の略）戦闘員。神剣を持つ冷酷非道の怪力にして兵。

カラ・バハージ……ＡＦＡＣ指導者。自宅はパキスタンの首都イスラマバード。別宅が首都から四百キロ南東のグジュラーンワーラーにある。ペルシャ系インド人でゾロアスター教徒。インド財閥出身のパールシーで莫大な資金を持つ。その反米意識は一八〇〇年代のグレートレースから始まり現在の米ロ対決にまで引き継がれている。一九九〇年の湾岸戦争時にＡＦＡＣを結成、二〇二一年以降、反米武装集団ＧＡＩＯ（統一アジア構想機構　Great Asean Integrated Organization の略）と名称変更。戦闘員は五〇人。賛同者多数。

アネーシャ・バハージ……カラの長女。頭脳明晰、美貌。英国留学後、二〇一六年医師免許取得。先の多国籍軍のカラチゾロアスター教寺院攻撃では、負傷者救助活動に専念。その折、重症のアジア人男性を救助、手当する。そのアジア人とは東松であった。手足の自由がきかなくなった東松を看病しながら、彼を愛し、二〇二二年女児を出産。直後、多国籍軍の空爆によって死亡。

イリーナ・バハージ……カラの次女にて愛憎から日本政府破壊を目論むＧＡＩＯ戦闘部隊長。ことあるごとに姉アネーシャが父カラの愛を独占しているとコンプレックスを持つ。カラチ攻撃で重傷を負い、東松に助けられた。以来、東松に恋い焦がれる。その東松が姉の診療所に匿われていると知り、衝撃を受ける。ここでも、姉に激しい怒りと憎しみを抱く。姉の死後、東松の居所を知り訪ねるが、東松は米国防総省からの情報でパキスタンのラホールを離れるところだった。自分から去って行く東松に対し「トウマツ、お前がいま私を殺さなかったことを、いつかは後悔させてやる」と憎しみをあらわにする。後に、ゆり愛を誘拐、人質とする。聖剣シャムシールを操る。

籠《ろう》　正憲《せいけん》……ＰＯＣ（心理作戦センター　Psychological Operation Center）センター長。

文月沙和……ＰＯＣ専属臨床心理士。

C+TT
PROJECT

娘、ゆり愛に捧ぐ

目次

CTT
PROJECT

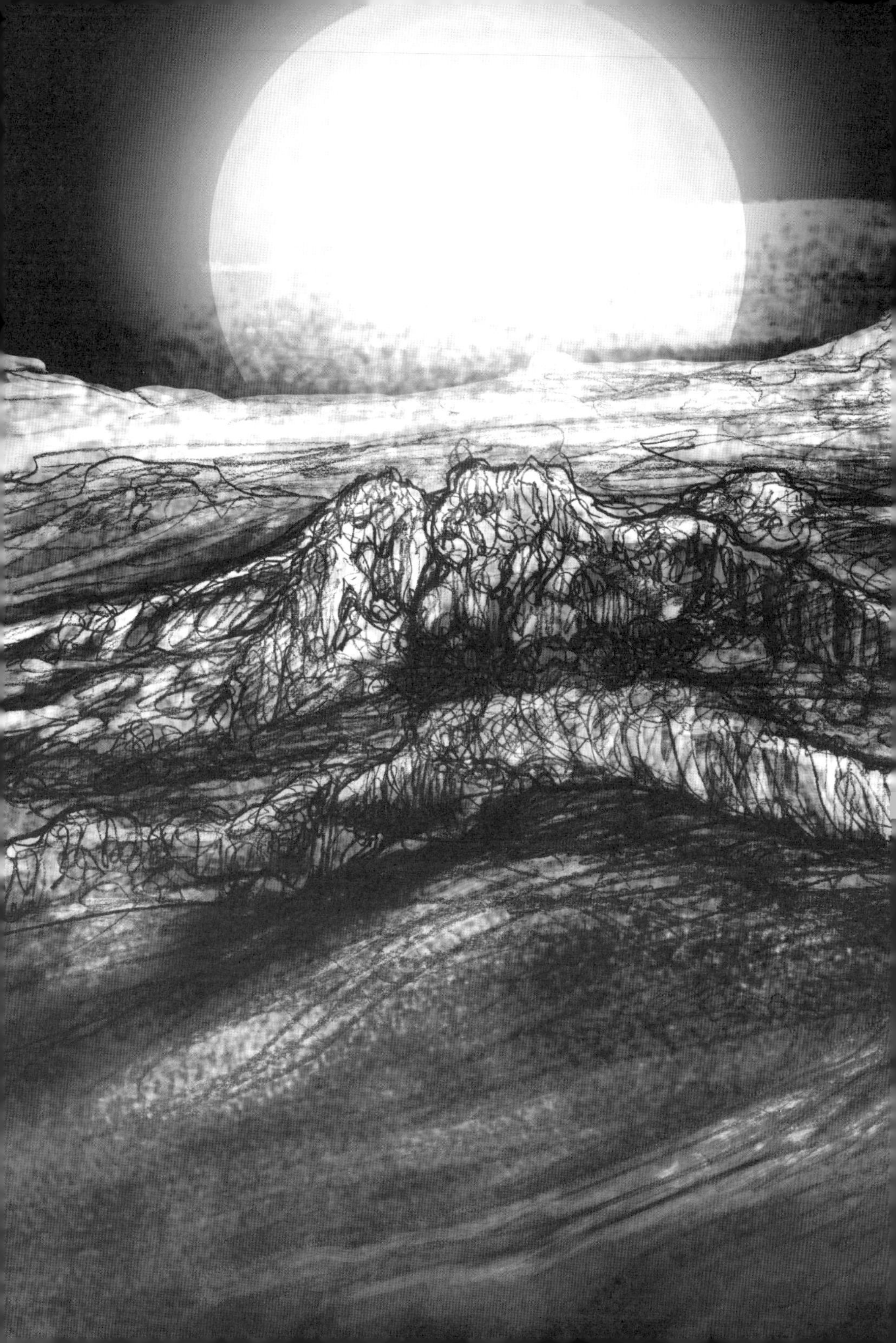

第一章

一

二〇一八年七月十二日。巨大な真紅の太陽が西方の空に沈み、東方の空から真っ赤な満月が天の川が横たわるドーム型の漆黒の天空に昇る。茹《う》だるような熱気と乾いた空気に、地中の水分が一瞬にして蒸発した。月面のように不気味な沈黙を続けるアフガニスタンの砂漠に、巨大な切り株状の岩山が、琥珀色の砂をかき分け天空に届くほどの高さに聳え立つ。その山頂の廃墟と化した礼拝堂に、【反米武装集団ＡＦＡＣ（十字軍に立ち向う全アジア戦線　All Asian Front Against Crusaders の略称）】が拠点として要塞を置いていた。ＡＦＡＣは一九九〇年、パキスタンで設立された反米武装勢力で、指導者はこの時点では公表されていない。

廃墟となった礼拝堂の回廊は暗闇で、アメリカ海軍対テロ特殊部隊ＤＥＶＧＲＵの隊員（以下、デブグルと略称）の局地戦用のタクティカルライトが朽ちかけの石壁を照らした。光は白立した生き物のように一筋一筋が交差し壁面を照らす。それに反応した生命体が彼らの前方を素早く横切った。

「何かいるぞ。撃て撃て！」

デブグルの隊員たちは小動物目掛けて一斉射撃する。サブマシンガンの乾いた連射の音。地面におちた薬莢が転がる音が天井が高く狭い回廊の石壁に反響する。聖堂の荘厳さを感じる長い回廊（リワーク）で発せられる音は、障害物のない澄んだ空間の中で響き渡る。

「ちっ。ネズミか！」

哀れな一匹の小動物に何十発もの銃弾が撃ち込まれた。銃撃により粉砕し、内臓が原型をとどめないほどに破壊され、体内の液体という液体は一瞬で空気中に飛び散り、霧と化した。残ったのは不気味なほどの静寂。隊員達の緊張がマックスに達した。デブグルを率いるアーヴィン・ハミルトンが、ヘッドギアに内蔵された限りなく量子コンピューターに近づいた超軽量コンピューターと連結したブレイン・コンピューター・インターフェース（略してＢＣＩ）経由で声を出すことなく本部との通信を開通した。

///こちらデブグル　本部応答願う///

前進する部隊の目の前にはターゲットとしている部屋の入り口が見えてきた。アーヴィンの身長は六フィート超えで、重量級特殊部隊員である。彼のブルーアイズの下の頬には大きな傷跡があり、身体中傷に覆われている。傷は彼がここに至るまでくぐり抜けた幾多もの死線の数を生々しく物語っていた。そして彼は、このミッションが、アメリカの沽券《こけん》に関わる決して失敗の許されないものであることを知っていた。

ＡＦＡＣはこの時、米国国防次官補のダライアス・Ｋ・レンフィールドを捕虜として捉えていたパキスタン南部のアラビア海沿岸にあるパキスタン最大の都市カラチから、ダライアスを連れてアフガニスタンのアジトに移動したばかりであった。ダライアスはアメリカ海軍のネイビーシールズ出身であり、同じ部隊のチーム６であるデブグル隊員たちは本ミッションに更に力を入れていた。未確認情報が多いにもかかわらず、チームのボルテージはマックスに上がっていた。

その時ダライアスが囚われている部屋の手前で、四人の隊員達が耳鳴りと同時にその場に倒れた。

「なんだ、この尖った音は。鼓膜が破れそうだ」

「電子機器のスイッチを切るんだ」

「まさか、ＥＭＰ攻撃か？」

デブグル隊員達はかつて経験したことのない皮膚の震える感覚と頭痛、同時に起こった耳鳴りと得体の知れぬ攻撃に恐怖を抱き戦《おのの》いた。アーヴィンは一瞬にして意識を失い、その巨体は床に沈み込んだ。何が起こったかわからず、しかしながら心臓が麻痺するような感覚に思わずその場にうずくまった。ちょうどみぞおちあたりの部分、肺に広まる胸部全域が痛い。声さえも出ない。おそらく心臓部が痙攣したのだ。最悪、このまま死に至る可能性もある。自らの危険を察知したアーヴィンは、この事態のためのＢＣＩ（脳波で直接装備を制御する装置）であることに感謝し、非常事態であることを何度も心の中で叫び続けた。かろうじて正気を戻し始め、頼りにしていたヘッドギアに手をかけようとするが、痙攣と硬直で自由に動かない。ゴーグルに映し出されるはずのモニター画面が全てオフになり、システムは完全停止した。青のモニター画面は赤く太い文字を映し出していた。

///SYSTEM SHUT DOWN（システム動作停止）////

アーヴィンはようやくうめき声を絞り出した。必死になって立ち上がろうともがいたその時、天井からロープがムチのように飛び、アーヴィンの足に巻きついた。瞬間

自身の肉体の浮揚を感じ、恐怖で全身が硬直した。会堂に相当するこの場所は天井も高く、逆さ釣りの状況から遥か下方に失神寸前の隊員たちが床で蠢いている状況が見えた。直後、ギロチンのように光るブーメランのような物体がアーヴィンの胴体を首から切断した。ボタボタッと大量の血が空から落ち、体の動かなくなったデブグル隊員らが山のように横たわる中、大きな塊が天井から鈍い音を伴って床面に転がった。そしてそれが、隊員の一人の眼の前でピタリと止まった。

「な、なんだ？　何が落ちてきたんだ？」

「玉か？　大きな物が落ちてきたぞ」

「うわあああ。アーヴィンの首が。なんてことだ！」

味方の切断された頭部と気付いた隊員たちの喉が痙攣し、隊員は声を振り絞って叫び声をあげた。声はあたりの沈黙を破ると同時に、ブーツの硬い靴底が石の床にあたる音が響きこちらに近づいて来る。暗闇に黒い巻き毛のヒゲと浅黒い肌のスキンヘッドの男が現れた。男の黒いブーツが叫び声を上げた隊員の眼前で止まった。男の大きな手が、転がった隊長の頭を鷲掴みにし、誇らしげに天高く持ち上げた。

「アラーフ・アクバル！」

残忍な笑みを浮かべた黒髭の男は、神への感謝の言葉を叫んだ。男は床にころがったアーヴィンの頭部を鷲掴みにした、片方の手にはギロチンのようなブーメラン型の刃物をにぎっている。両刃の中心のグリップには、戦いで血に赤く染まった布が巻き付いていた。首にも血のような赤いバンダナが巻き付けられている男の名はアブ・ムサ・アルといい、過激派組織ＡＦＡＣ隊員である。

ＡＦＡＣは一九九〇年の湾岸戦争の最中にＧＡＩＯの前身の組織として結成され、二〇一二年以降名称変更と共に再結成されてＧＡＩＯとなった。二〇一一年にパキスタンのイスラマバードでビン＝ラディンが殺害されて以降、戦闘員らの指導者の存在が表に出ることは全く無くなった。アブ・ムサ・アルの存在ですら謎につつまれ、メディアもその経歴を明らかにすることはできなかった。顔も整形、身元も隠され、この頃よりテロ組織メンバーの経歴を調べることは困難なことになっていた。アブ・ムサ・アルはそのギロチンのような武器でアメリカ軍や多国籍軍の軍人たちの首を切断するところから《首切りアブ》として恐れられていた。

『赤い砂漠作戦』と名付けられたミッションに携わるデブグル第二ユニットは、要塞入り口で待機していた。本部からの突入指示を待っていたが、第一ユニットからの通信も突然途絶えてしまったため、何か事態が発生した可能性を感じ、潜入を戸惑っている。そこへ突如本部からのメッセージが、ユニットリーダーのトラヴィスのゴーグルに映し出された。トラヴィスは、金髪のブルーアイズで、見た目はごく一般的なアメリカ人だ。体格は筋肉質であるが、身長５・７フィートで隊員たちの中では小柄な方。年齢も二十三歳と若く、リーダーとして異例の抜擢である。案の定経験の少ないトラヴィスは、焦燥感から背中が一瞬ひやっとするのを感じ、パニック障害で発狂しそうになった。

「たった十五分のミッションで、このタイムラグは致命的だ」

とつぶやいた。すると本部との通信が開始された。

／／／第一ユニットからの連絡が途絶えた。中で何かあった可能性がある／／／

助けを求めるつもりで通信したが、本部からの回答は冷酷であった。

〟第一ユニット全滅を想定の上、注意して突入せよ〟

危険と知りつつ、突入を強制されたのだ。トラヴィスは発症してしまったパニック症をさらに悪化させ、過呼吸に陥っていた。

〟な、何を言ってるんだ！　中で何が起こってるかわからないまま突入しろっていうのか？　本部は俺たちを見殺しにするつもりか？〟

〟今、突入したら、間違いなくオレたちは皆殺しにあうだろう〟

〟おい、冗談だろ。本部、本気か？〟

トラヴィスら隊員たちの戸惑いの言葉に対し、あくまでも本部の応答は冷たかった。

〟現時点では何らかの電波障害が起きた可能性があることしか掌握していない。トラヴィス、突入せよ〟

〟ヤメた方がいい。自殺行為としかいいようがない。俺は死にたくない〟〟オレは生きて帰りたい。子供だって生まれたばかりだ。妻だって、悲しむ。オレが死んだら、家族はどうなるんだ？〟

口々に反対を訴える隊員達。彼らにとり最先端の装備は恐怖に満ちたミッションの心の拠り所であったが、それが使い物にならない状況は自らの死を意味することを十分承知していた。トラヴィスは覚悟を決めた。その途端に過呼吸だった呼吸は元に戻り、ごくっと息を飲み込んだ後、重い口を開いた。

〟わかってる。しかしながらデブグルには前進あるのみ。それがモットーであることを思い出して欲しい〟

隊員全員が、今更ながら自分たちの宿命を嘆いた。

突入後の要塞の回廊は血生ぐさい匂いで充満していた。デブグル達が装着しているヘッドギアとガスマスクは、彼らの外気に向けた嗅覚を完全に遮断していたが、代わりに外気の異常、臭気を含めて感知するセンサーが装備され、そのブザー音が鳴り響いた。敵に察知されるかもしれないこの機能だけは不具合であり、装置を一度シャットダウンしないと音が止まないため、隊員たちは一旦センサーのボタンをオフにし、再起動をかけた。

第二ユニットは、先に第一ユニットが辿った長い回廊を突き進んだ先のエル字型コーナーを右手に進み、礼拝堂の前の広い空間に辿り着いた。

途端に警報ブザーの音量が高まり、第二段階のブザーが鳴り響いた。デブグル達はゴーグルのビジョンモードをサーモグラフィーに変換した。ビジョンには赤や緑に光る塊が映し出された。ヘッドギアから響く警報ブザーのステージが更に上がり、音量と音域が上がるとともに発信される音の間隔も短くなり石壁に反響音が増大した。

目前に散在する生体反応は身動きさえしない。隊員はそれぞれの武器に装着されているタクティカルライトであたりを一斉に照らし人型の塊に近づいた。一個一個の塊は人のようであったが首がない。丸い塊がゴロゴロと無造作に目の前に転がっている。

ふと自らの肩に雫が落ちるのを感じた。天井からボタボタと液体のようなものが滴る先を見上げる。大きな宙吊りの首のない胴体から滴る血液が、床にポタポタと落ちる。

「うわっ！　くっ、首が、首がない！」

「おい、デブグル隊員のスーツを着てるぞ。誰が殺られたんだ？」

「血だ。大量の血が！　床のこの液体は全部血だ」

トラヴィスは声に出す必要のない本部との通信に、思わず声を張り上げた。

「こちら第二ユニット、本部、応答願う！」

トラヴィスはようやくその時点で、ゴーグルに棒グラフ状に表示される通信状態がオフになっていることに気付く。警報ブザーの音量と警戒レベルが最高ステージに達し、間隔もなく鳴り続ける。背後から隊員の一人がトラヴィスの肩を強く前後に揺らし、低く厳かな声で呟いた。

「通信はとうに途絶えている。トラヴィス。我々は完全にスタンドアローンになってしまったのだ。有事の際のマニュアルに従い、先に進むか撤退するか、決断を……」

トラヴィスはごくっと息を飲み、もと来た道と先の国防次官補が拉致されている部屋への長い石の回廊を交互に見つめ、意を決した。

「我々デブグルの部隊に、ギブアップは許されない」

戦闘服やヘッドギアの中で滴り落ちる汗は、暑さからもあったが半分は冷や汗であった。ターゲットとしていた部屋のドアが見えた時には、彼らの汗は滝のように流れていた。たった数分で終わるはずのミッションが数千年の時の刻みのように、ゆっくりと流れた。デブグルの歴戦を戦い抜いてきた精鋭全員が過去に体験したことのない壮絶なミッションとなってしまった。

二

捕虜として囚われた米国国防次官補のダライアス・K・レンフィールドは、拷問用の金属製の椅子に椅座位のまま両腕を背中側にねじ曲げられ、背もたれにロープで括りつけられ固定されていた。

五十三歳になるこの男は見た目よりも老け、髪もほぼすべて白髪になっていた。身体中に拷問の形跡が見られ、尋問に答えず長時間黙秘を続けている形跡が見られた。背中には新しい傷もあり、床にも血が滴り落ちていた。

ダライアスはネイビーシールズ出身であり、この状況を非常に良く理解していた。舌を噛んで自殺するのが一番楽だとすぐ悟ったのか、捕獲された瞬間に舌を噛みきろうとしたところを、戦闘員らに気付かれ、口にロープを突っ込まれ無抵抗な状態にさせられた。アブ・ムサ・アルは、ダライアスの前に黒い死体袋をどさっと投げ、厳かな声で言った。

「今、この場で生か死の選択をする時が来た」

この男の優れたところは、目的達成の際の心理操作が巧みであり、また尋問時には特にその才能を遺憾なく発揮する。余命いくばくもない国防次官補に、この場で米国トップクラスの機密事項であるＡＦＡＣ掃討作戦の情報を引き出すための最後の賭けに出た。その時、連絡係の一人が駆け込んできた。

「アブ・ムサ・アル、今、建物内に何者かが侵入した。おそらくデブグルの部隊だろう。ヤツらが防壁を突破して、こちらに向かっている」

「くそっ！　なんてタイミングなんだ。あと一歩だというのに」

アブ・ムサ・アルは、辺りにあったものを八つ当たりで蹴り飛ばした。近くにあったゴミ箱も蹴り飛ばし、大量のゴミが辺りに撒き散った。

「デブグルが……。わたしの後輩たちが迎えに来てくれたのか……？」

命を捨てる覚悟でいたダライアスは、後輩達を誇りに思う喜びで心が踊った。そして黙秘を続けてきた事に対し、自分らを誇りに感じた。

アメリカ海軍テロ特殊部隊デブグル第二ユニットのメンバーたちはいつの間にか、捕虜が閉じ込められているだろう部屋の前に立っていた。トラヴィスらが銃を構え、チームの中で最も体格の良い元フットボールプレイヤーでポイントマンの黒人隊員が分厚い木製のドアに一気に斧を振り下ろし、たった二度で真っ二つにした。

崩れたドアを、ポイントマンが足で蹴り倒し先頭を切って突破した。捕虜のいる部屋になだれ込むように突入した隊員達。目の前には椅子に括られ、力なくうなだれているダライアス。元々小太りな身体が痩せ細り、体格の良かった男とは思えないほど変わり果てた姿に変貌していた。ダライアスはうなだれていた重い頭を持ち上げた。そしてまだ見えている片方の目を薄く開け、頼もしい後輩達の姿を確認した。

その部屋の隅の暗がりから、赤いバンダナを首に巻き、黒い髭を携えたアブ・ムサ・アルが断頭台の刃のような切断力のある武器を携え姿を現した。デブグル達は突然現れた男目掛けて一斉射撃を行った。アブ・ムサ・アルはデブグル達には視認できない早業で巧みに身を翻し、鞭を一人の隊員に投げはなった。首に鞭がかけられ、そのまま巻き付いた鞭は海兵隊の首を体から引き離した。床に転がる首。

鞭は針金でできていたのだ。

「アブ・ムサ・アル！　あの首切りアブか」

「ヤツがこんなところにいるなんて」

「AFACか？」

デブグル達は口々に叫びフリーズした。なぜならこの針金で人の首を切り落とす男は、特殊部隊の界隈では結構な有名人であった。持っているブーメラン状の武器と針金で人々の首を切り落とし、切った首を高々と持ち上げ、悦に浸った己をインターネットで公開していた。

反射的に後ずさりする隊員達。針金でできた鞭はあっという間に一人の隊員の首に巻かれ、首が勢いよく飛ばされた。生き残った三人の隊員からアブ・ムサ・アル目掛けて一斉にマシンガンが発射されたが、アブ・ムサ・アルは人とは思えぬ俊敏さで、バック転を繰り返し後方へとかわした。

「アブめ！　奴が見えないぞ。どこにいった？」

「うおおお、こっ、殺してやる！」

隊員達は密室の中で、跳弾を無視する、兵士としては狂ったようにしか見えない様態でサブマシンガンを手当たり次第撃ちまくった。弾は命中するはずもなく、闇からアブ・ムサ・アルの針金のみが俊敏な蛇のような動きで隊員達に向かって飛んできた。

一方、この事態を知らない第三ユニットも建物内の別の入り口から潜入していた。ポイントマンのイーヴァンは細身で長身の男で、一見、自己主張のない表情をしている。白人で髪は栗色、目の虹彩はグレーである。寡黙で真面目な男だ。彼らの目の前、暗い回廊の先にぼんやり赤く光る発光体が見える。闇を掻き分け、巨大で真っ赤な昆虫のようなキメラがゆっくりと姿をあらわした。

「うわあああ！　なんだアレは」

イーヴァンは叫ぶと同時に、その嫌悪を声に出した。「この昆虫の化け物め」

デブグルの隊員達は、その恐ろしい姿に尻込みしながら、腰を抜かすものもいた。キメラはサソリと蜂、ザリガニとカマキリが合体したような形態であった。外骨格の表皮は赤と黒色のまだら模様で、その色は相手に対して十分な威嚇効果があった。長く太い尾には毒針のようなものが付き、黒い金属のように輝いている。キメラの口器の大顎は鋸のようであり、周りから唾液が滴り落ち、床面を濡らしている。節足動物型キメラは金属同士が擦れ合うような、人間の耳で聞き取れるか否かのギリギリの高音域の振動を発していた。ほとんどの隊員達は得体の知れない巨大な生物との突然の遭遇に、瞬間的にパニックを起こしていた。走って逃げ出そうとしたが、足がもつれてその場にひっくり返った。

「この昆虫の化け物め。撃て撃て撃て！　射撃を止めるな」

一方、ダライアスが監禁されている部屋では生き残ったトラヴィスともう一人の隊員が自らの死を覚悟していた。ダライアスは予想していたこの事態に、喜びが一気に絶望へと転落し、刹那、絶望にうちひしがれた。

うなだれるダライアスの背後で、六尺玉ほどの花火の爆発するような爆発音と共に爆風が発生した。石畳の壁が一気に崩れ、部屋の中央の壁に大きな穴が空いた。部屋にいる者全てが爆風で後方に吹き飛ばされた。壁が崩れ空気中に舞った粉塵から徐々に人の姿が現れる。四人の戦闘員風の者達が、後方から刺すようにしてさしこむ月明かりが逆光となり、シルエットとして浮かび上がる。

デブグル隊員達から見て異国風の様相の戦闘員達。どことなく日本の忍者を連想させたが、決して古風ではなく、どちらかといえば近未来風の金属的に黒光りする戦闘服を着用し、頭は黒頭巾で覆われている。中央に立つ、明らかに目立つリーダーの一人は二メートルほどの高身長。爆発により生じた煙の中から頃合いを見計らい、自分に視線が集中するのを待った。そしてアブ・ムサ・アルに日本刀の刀先を向け、ゆっくりとそれを天高く掲《かか》げた。刀先はさんぜんと白銀色に輝く月光を集め、妖しい光を放った。東松はそれを鞘に納め、自らの頭を覆った六尺手ぬぐいを額からぐいと持ち上げた。額には大きな十字型の傷跡。切痕は一瞬青くギラリと光り存在感を示した。

「ＡＣＴＴ！　まさか、奴らがここまで来るとは！」

アブ・ムサ・アルもメディアでは有名であったが、【ＡＣＴＴ《エーシーティーティー》（Acrobatic Combat and Tactical Team）アクロバティック戦闘戦略チーム】は米軍の要請により報道機関には非公開とされつつも、戦闘員達で知らぬものはいなかった。そしてその額の十文字の傷はテロリストキラーとして知られるところの証《あかし》。かつて幾度もの戦場で画期的な勝利を収め、戦場ヒエラルキーのトップに君臨。世界中の戦闘員たちをアナログの武器で抹殺し恐怖の覇者の象徴である十文字の傷を不気味に額に輝かせる特殊傭兵部隊ＡＣＴＴのリーダーである。この男は特殊部隊の間ではかなりの有名人であった。

そのつかの間、東松は胸元から棒状手裏剣を取り出し、右人差し指と中指の間に挟み、前方向へ打った。東松の指先から飛び出した手裏剣は視認できないスピードで立ち上がろうとしていたアブ・ムサ・アルの脚に突き刺さる。

「ストン」という音がした。そのあと、アブ・ムサ・アルの足がもつれ、全身がゆっくりと床に沈みこんだ。アブ・ムサ・アルは戦場において超人として、プレゼンスを確立していた。過去、幾多の敵の兵士を恐怖のどん底に落とし入れたと自負していたこの男が、生まれたばかりの小鹿のようにヨタヨタと立ち上がろうとしている。鋭い尖った鉄の刃が刺さり、右脚の付け根の大腿動脈と靭帯が切断されたらしい。慌てたアブ・ムサ・アルは、反射的に手裏剣を足の付け根から抜く。同時に大量の血がホースから水が流れるように勢いよく噴き出す。東松は静脈をわざと狙ったのだ。アブ・ムサ・アルは自分の足から吹き出る血を抑えることしかできない。その後しばらく持ちこたえたと思うと、大きな音を立てて勢いよく倒れた。その目の前に黒い巨体が立ちはだかる。

巨体は大きさの割には極限まで絞り込み、スリムでしなやかな出で立ちである。男はゆるりと自らの右足を持ち上げ、黒いコンバットブーツの硬い靴底を倒れた男の頭に押し付けた。黒いフェイスマスクからは冷たい月の光を集めた男の目が青白く凛と輝き、足元の男を凝視する。その目に人間味の温かさなど微塵もなく、相手を抹殺する殺気に満ち満ちている。アブ・ムサ・アルはガタガタと震えた。黒いマスクの男の声は、地底から響くような重低音。「楽に死にたいか、それとも苦しんでも生きながらえたいか選べ。死ぬのは楽で簡単だ。もっともお前ごときを楽に死なせてやるのはばかばかしいが。生きながらえることを選ぶなら、お前の四肢をこの刀で切断し故郷の砂漠に捨ててやる」

「おおお、お願いだ……。いのちだけは、た、た、助けてくれ」

アブ・ムサ・アルはパニックに陥り、歯と歯はかみ合わず、ガチガチと音を鳴らす。

「貴様もいままで数知れない命乞いをされてきたことだろう。それを悉く無視して来たのだ。しかしながらとうとう悪党としてふさわしい死を迎える時がきた。そして寛大な俺は、哀れなお前に痛みを感じない甘美な死をくれてやる」

東松はその大きな背中から、大太刀をおもむろに鞘ごと抜き、腰の脇に構えた。柄をぐっと握り、そして親指で弾くような音をたて鍔を鞘から引き、研ぎ澄まされた刃先を相手にゆっくりと向けた。その巨大な刀はアブ・ムサ・アルを恐怖のどん底へ突き落とした。

「この刀は《草薙》と称され先祖代々受け継がれてきた。この大太刀が、あの神剣《草薙》かどうかは知らぬが、もしそうならばこの草薙は、まさに神の存在そのもの。この草薙こそが貴様の死を望み、成敗したいと刀の波動を通して俺に伝えてきている」

「あわわわあああ……。お願いだ、オレが悪かった！　許してくれ、頼むから殺さないでくれ！」

東松はフッと吐き出すように冷笑した。

「哀れな。残念ながらお前を切る気が失せた。お前ごときを切ったら神剣が汚れる」

アブ・ムサ・アルは上顎と下顎が噛み合わないまま、ガチガチと音を立て声を振り絞った。

「た、助けてくれ」

東松は、草薙をその大きさの割には巧みに回転させ、軽々と腰の脇にしまい、また親指でパチンと鍔をはじき鞘に押し込んだ。その後、アブ・ムサ・アルの頭にのったコンバットブーツをぐっと踏みしめた。東松は生ける悪魔を地獄へ退散させるべく、両手を組み、両人差し指を天に向ける印を結び呪文を唱えた。

「ナウマクサンマンダ　バサラダンセンダ　マカロシャナ　ソワタヤ　ウン　タラタカンマン」

その後、まっすぐ左手を前下方に突き出し手刀を切った。

「悪霊殲滅！」東松は砕けない程度に、男の頭にグッと圧を加えた。

「何も嘆くことはないさ。俺が地獄に連れて行ってやる！　俺があの世へ行くときの花道を飾るチンケな参列者の一人にしてやるのだから、ありがたく思え！」

「ギャアアア」喚き散らしていた男の叫び声はアブ・ムサ・アルの頭蓋がくだける音とともに途絶えた。潰れた頭蓋から流れた大量の赤い血が、じんわりと耳、目、口から染み出し、床を赤黒い血で染めた。

デブグルの隊員達は声を発することなく任侠ものの観客と同様に、自らが兵士である事を忘れてその光景に魅了されていた。米兵たちは、忍者のような呪文と印に見とれた。

「ブラボー、ニンジャ、ブラボー」

興奮したトラヴィスが突然我に返り、恐る恐るこのアジア人の男の背中に近づいた。おそらく味方であろう。しかしながら恐怖と畏怖の混ざった感情が背筋を凍らせた。

「貴方達は……信じられない。あのＡＣＴＴなのか？」もう一人の隊員も口をそろえた。「ＡＣＴＴ、あの噂のＡＣＴＴ！　こんなに圧倒的に強いのは、本当に噂に聞いた通りだ！　すごい、すごい。本当にアナログの武器で相手をあっという間に殺すことができるなんて」

東松はその大きな背中越しにゆっくりと振りむいた。そして相手に正面を向けるわけでもなく肩越しに答えた。トラヴィスが五・七フィートとすると〇・六六フィート以上、東松は高い位置からトラヴィスを見下げることになる。白人を見下ろすほど大きい日本人は珍しい。言葉を発しなくとも、その人となりは十分伝わる。その貫禄にトラヴィスは純粋な若者らしい感動と興奮を覚えた。

「そう、我々はユニット名ACTT傭兵特殊部隊だ。米大統領からの依頼で極秘に貴方方のバックアップでここに派遣された。我々には守秘義務がある。それは君らも同じだろうが、ここから先のミッションはこちらが受け持つ。デブグル部隊は国防次官補を連れ、この建物外に出て本部と連絡を取るがいい。外では通信はまた復旧することができるだろう」


「撃て、撃て！　怯むんじゃない！　怯んだら死ぬぞ！」

「わかってるって！　弾がある限りは、撃ち続ける！」

サブマシンガンの機械的規則的な音が長い石の回廊に反響する。第三ユニットのメンバーが昆虫キメラ目掛けて蜂の巣のような穴があくまでサブマシンガンや散弾銃《ショットガン》を撃ち込んだ。弾丸は赤と黒の昆虫キメラの表皮を破壊し、体内にめりこんだ。ゆうに四メートルはあるだろう昆虫キメラの破壊された表皮からは、奇妙な昆虫の得体の知れないドロドロとした臓物がこぼれ落ちた。その肉片の一片一片が自立した生物のように体内に集積し、それが隊員達の射撃より早くキメラの銃創を回復させた。この怪異にしか見えない現象を隊員達は見せつけられた。場は一瞬で凍り付き、誰もがその光景に目を疑った。状況が把握しきれていないイーヴァンはそれでも戦うしかないと判断した。雄叫びと共に、昆虫キメラに火炎放射器を向け、火を放った。

「くそっ。化け物め！　どうせ死ぬなら地獄へ道連れにしてやる！」

「化け物め、死ね、死ね！」

火炎放射器から放たれた火の柱は、赤い昆虫キメラの全身をとり巻き、ヘビのように絡み付いた。炎はジリジリと昆虫キメラの表皮を焼き、黒焦げにした。超音波ギリギリの高い振動数の金属音を出しながら、燃え盛る炎の中でしばらく昆虫キメラは断末魔の如くもがき苦しんだ。やがて火は徐々に収まり、黒焦げになった表皮は、固唾を飲んで見守る隊員達の前でまたたく間につるっとした金属のような滑らかな表面へと変化した。

ティム・ハウエル中尉は、武器を片手で担げるほどの巨漢で、身長は六・三フィート、体重はゆうに四〇〇ポンドを超えた。白人の多い特殊部隊には珍しい黒人で、フットボーラーのような体格は明王のようであった。この巨漢のもつガトリングガンがキメラに照準を合わせ、放たれた弾は昆虫キメラの体内に大量に吸い込まれた。直後、その光景を見守っていた隊員達の胸を虚無が覆った。攻撃を受けたはずの部位は、一旦は臓物を、身体から異物を吐き出すように溢れさせたが、キメラの蠕動する再生された組織体が内部から盛り上がり、その後何事もなかったかのように表面は整った。この昆虫キメラが見せた驚異的な治癒能力は過去に例を見ない症例であった故、何かの先端的なバイオテクノロジーの技術がＡＦＡＣ側にあることを証明していた。

昆虫キメラは頭を徐々に上げ、自分の腹にガトリングガンを撃ち込んだ男を睨んだ。ティム・ハウエルは、腹の底から湧き上がる恐怖を打ち消すように、「ウォー」という地鳴りのような叫び声を上げ、弾が尽きるまでガトリングガンを昆虫キメラの腹にめったやたら撃ち込んだ。昆虫キメラは、「キーン」という空間を張り裂くような音波を発し、口からは大量の体液を吐き出しながら苦しみ悶えた。そして再び自分を殺《あや》めようとした男を睨み返し、大きな鋏で巨漢のティム・ハウエルを側面の壁にぶっ飛ばした。ティムは激突したのち意識を失った。

　それは一瞬の後、目にもとまらぬ速さで隊員達に接近したかと思うと、毒針付きの大きな腹部を振り回した。デブグル隊員ら全員が一挙に宙に浮き、その後激しく床や壁に打ち付けられた。

「こいつ見た目より動きが俊敏だ！」隊員たちはパニックに陥り叫び声をあげた。「ダメだ！　殺られる！」

　昆虫キメラは大きな鋏で一人の隊員の首を壁面との間に挟み叩きつけた。隊員は鋏にはさまれた首を、何とか解放しようと、両手で必死に鋏の両刃をつかみもがいた。昆虫キメラは隊員に顔を近づけ、大きく裂けた口器から唾液を吹き出し、隊員達の頭に食らいつく。他の隊員らも身体を床に叩きつけられ、衝撃で呼吸困難となり、呻き声を上げながら床を這う。イーヴァンも背中を打ち付けられ、一瞬呼吸が止まった。ようやく気道を確保し、本部との通信をオンにした。

///こちら第三ユニット。本部、応答願います！　見たこともない巨大な、昆虫のようなバケモノに攻撃された。隊員は皆倒れている。我々が……とても太刀打ちできる相手ではない///

　パニックを起こしているイーヴァンには電源がオンやオフであろうとBCIであろ

うと関係なくヒステリックに叫び続けた。一方昆虫キメラの目線は、声のする方に釘付けとなった。獲物を狙う時の捕食者の目。黒い複眼の目線の先にいるイーヴァンは目線をそらすことさえできずガタガタと震えた。

「ピーッツ」

通信の切断された発信音が鳴り響いた。状況は全てゴーグルに内蔵されたスクリーンに映し出され、///ALL OFF////という表示が。あたりはシーンと静まり返り、昆虫キメラから発する機械が擦れ合うような金属音と、ボタボタと涎のようなものが床に垂れる音が響く。まるで時が止まったかのように、その場で生き残った隊員たちが全員息を飲んだ。

「もう……ダメだ。これ以上戦っても意味はない。仕方ない。覚悟を決めるぞ」全員が拳銃のマズルを口の中に入れた瞬間だった。

昆虫キメラは背中の大きな翅を広げた。そして巨大な鋏でイーヴァンに切り掛かった。イーヴァンは足元に転がるティムの使用した火炎放射器のグリップを握った。そして渾身の力を込め、噴射口を昆虫キメラに向けた。

本能的に火を嫌う昆虫キメラは一瞬怯んだものの、すぐさまイーヴァンを凝視した。イーヴァンは昆虫キメラに火を放射し続けたが、やがて燃料もつきた。燃料が切れるまで耐え忍んでいた昆虫キメラの眼が一瞬光った。黒目だけの大きな複眼がイーヴァンを睨み、少しづつ距離を狭める。絶体絶命のイーヴァンは死を覚悟し目を閉じた。

その眼前スレスレを高速回転する車剣がかすめ、昆虫キメラに急速接近した。直後、昆虫キメラから鋏が切り離された。八十センチほどの鋏は四メートルはゆうにある体からボタっと落下。その場にいた誰もがスローモーションのように時間がゆっくりと進んだ感覚を覚えた。鋏はその重量にもかかわらず木の葉のようにヒラヒラと宙を舞った。

暗闇から東松の目だけがギラリと光る。闇を払いのけるようにして現れた東松は投げ打った車剣と同じものを顔に近づけニヤリと口角をあげた。

イーヴァンは目に涙を溜め、本来自分がなりたかったはずのヒーローの出現に興奮した。

「シュリケン！　ニンジャ！　ワンダフル！　オーサム！」

一方、ＡＣＴＴのメンバーも自分の出る幕を探っていた。スペイン人のルイス・サラの持つアーチェリーから放たれた矢は、昆虫キメラの翅の付け根を抑え、両翅を吹き飛ばし、後方の壁に突き刺さった。昆虫キメラが自分の翅を失ったことに気づくか否かの刹那、珠加のハンドガンから昆虫キメラの腹部に十数発もの弾が吸い込まれた。

「ルイス、貴方みたいな目立ち屋が良く今まで大人しくしてたわね」

珠加から茶化されたルイスは気にする風でもなく、執拗に昆虫キメラの急所と思われる眉間や眼を狙って矢を放った。

珠加は拳銃デザートイーグル二丁を両手に持ち、三六〇度どこからどれだけの敵が奇襲してきているかを感知することができる体内センサーともいえる感覚と、鋭敏な反射神経と運動能力を持ち合わせていることから、後方からの襲撃をもかわし敵を狙うことができた。珠加は、節足動物のかけ合わせのキメラの心臓部は背側にあることを想定し、その背部に回り込み胸部を狙って銃弾を数発撃ち込んだ。

昆虫キメラの断末魔の雄叫びが「キーン」という尖った高音域で響き渡る。体内にめり込んだ銃弾で前のめりになり、口器から泡を吹き断末魔の雄叫びを放つ。トドメを打つように昆虫キメラの眉間をアーロンのライフルが捉え、銃弾がめり込んだ。昆虫キメラの頭はのけぞり首は弓なりとなる。それでも何度も体勢を立て直そうと頭を起こしたが、再度アーロンのライフル銃から放たれた銃弾は、頭部を後方にのけ反らせた。

「キキキ……ギギギ……」

昆虫キメラから発せられた空間を切り裂くような奇怪で尖った高域の音波は、断末魔の叫びとして長い回廊に響きわたる。

あまりに瞬間的な出来事で何が起こったのか、辺りにいたデブグル隊員達は最初は状況を把握できず口々に叫ぶ。

「あれはＡＣＴＴか？　ニンジャのような武器をもってるぞ」

「ＡＣＴＴはカタナ以外の武器を使うのか？　女もいるぞ。デザートイーグルを両手に持っている」

「さすがだ。これが世界最強と言われる傭兵部隊か？」

彼らはＡＣＴＴの爽快な戦闘に圧倒され、自分らの戦闘力が稚拙に思え、屈辱さえ感じた。

自らの劣勢が逆転する光景を目の当たりにして、彼らは徐々に安堵の様子を見せ始めた。その時、目の前で昆虫キメラは正中線を境に真っ二つに割れた。その正中線を境に、綺麗に左右切り離され、両端に倒れると同時に中心から一人の大太刀を持つ大男が出現した。男は地面についた膝を上げ、こちらに背中を向けたまま立ち上がった。そして背中越しに振り返り、両目を除いた頭部全体を覆った黒い六尺手拭を口元まで指でクッと引き下げ、ニヤリと片口角をあげ、笑みをわざとらしく見せつけた。

「見かけ倒しの昆虫ヤロウめ」

東松は手刀を切り地に向け唱えた。

「悪霊殲滅！」

戦いの後、周りに煙が立ち込め、キメラの外骨格からこぼれた大量の臓器が辺りに散らばり、悪臭を放った。どのようなハイテク武器に攻撃をされようと再生し続けた昆虫キメラの細胞は、草薙の正中線斬りを受けた後、蘇生することはなかった。

ただ見守るしかない状況で、口を開けて戦闘に見入っているデブグル隊員達の後方で、肉と骨を引き裂かれる音と共に、樹木の枝をへし折るような、一人の隊員から発せられた張り裂けるばかりの叫び声が聞こえた。さらに大型の昆虫キメラは肉食性特有の強いアゴで隊員一人を頭ごと噛み砕き、食いちぎられた胴は床にボトッと落ちた。続いて同型の昆虫キメラで、更に大型のものが二匹、三匹と重たい頭部をゆっくりと上げ、天井高くその巨体をあらわした。乾いた規則的で高速なサブマシンガンの銃音が辺りに響き渡る。

「この巨大ゴキブリ連中め！　次から次へとどこからともなく湧いてきやがって！」

デブグル隊員達は口を揃えた。

「このやろう、皆殺しにしてやる！」

キメラ二匹の足が吹き飛び、足元をすくわれた二体は次々と轟々と音を立て床に沈み込んだ。デブグルの隊員達は無駄と知りつつ、持ち合わせた銃弾を全て使い切るまで散弾銃やらガトリングガン全てを使って攻撃した。しかしながら、撃っても撃っても立ち上がる昆虫キメラの不気味さに、恐怖で心は打ちひしがれた。

「ダメだ。キリがない」

デブグル隊員達は弾を全て使い切り、不要となった重火器を投げ捨てた。東松と他のＡＣＴＴ隊員らは武器を捨てたデブグル隊員達の前に歩み出た。

「デブグル諸君らはここで撤退してほしい。このバケモノを地獄に追いやれるのはこの草薙を除いて他にはない」

デブグル隊員らは意を決してはいたものの、なぜかその場を離れられずにいた。自分の命の惜しさよりも、単純にこの男の戦いを見てみたいという好奇心が打ち勝っていた。草薙という不思議な武器を持った男が繰り広げる巨大キメラとの対決のクライマックスに、いつしか観客として見入り、興味を抑えることが困難であった。隊員らが体を昆虫キメラに正面を向けたまま退散しようとしたその時、一頭の巨体が彼らに飛びかかってきた。

東松はそれに向って前傾姿勢で助走した後、ダン！　と勢いよく地面を蹴り、その巨体に覆いかぶさるように天井高く飛び上がった。振り下ろした刀に東松の全体重をぐっとかけ、キメラの硬い外骨格の頭頂から足先まで一切の障害なく流すように斬り込んだ。

刃先から発せられた気が風圧と化し体を切り裂いた。昆虫キメラはあたりを含む空間ごと真っ二つに裂けた。それは波打つ波動と化し、空気の波紋をたてて辺りを通り抜けた。

背後にいた巨大昆虫キメラもろとも血や肉、臓物に至るまで不思議と体内から溢れることなく収まったままで真っ二つに割れた。昆虫キメラ二体は、左右二つに分かれた口を意味をなすことなく開閉し、そして大きな触覚は統制されていない状態で左右各々回転しながら動きを止めなかった。

掻き分けられた空気が旋風と化して渦を巻き、退散しようとしていたデブグル隊員達を、地響きを伴い吹き飛ばした。床にしがみつく隊員達は口々に叫んだ。

「なんてことだ。これが、あの日本刀の威力か」

「Just Unbelievable!　くそ信じられねー。あいつは神に違いない」

恍惚感で満たされたデブグル隊員達は南部訛りのスラングを交えながら、この神のごとく強き男を賞賛した。

「Holy Shit! Holy Caw!　なんて奴だ。なんてことだ」


東松は草薙を正位に構え、一呼吸置いた後、ゆっくりと鞘に納めた。そして手刀を再び地面に向けて切った。

昆虫キメラの肉片がバラバラに散らばった惨状。東松はこの要塞全体の現状把握と脱出の判断に集中しようとした。東松にとって草薙の大太刀は自らの第六感であるセンサーであり、草薙と礼拝堂全体を連結すべく左腰に据えた鞘から抜き石壁に刃先をつきたてた。そして刃身に東松の大きな耳と頬を当て、全神経を集中した。草薙から建物全体に伝わる五感では認識できない脈動を感知した。建物全ての状況が見える。

正確に言うと見るのではなく感じとっているのだ。東松は草薙から伝わった波動からビジョンを連想した。ハイテックな装備や設備で溢れかえるこの世の中で、人間の原始的能力である第六感を最大限に引き出すトレーニングを幼い頃から積み重ねてきたからこそできる技である。このような特殊能力は通常の人間では難しく、先祖代々から受け継がれてきた血筋がそれを可能にしているケースが多い。

東松の場合は血筋と共に、後天的に気や波動を読む能力が磨かれてきた。文明から隔離され原始的生活を営んだからこそ磨かれたが、現代においては人の潜在能力を更に退化させるべくコンピューターやらインターネットなどの外部装置が科学の発達とともに充実してきている。それは結果的には人類を退化させる原因ともなりかねない悪循環を引き起こしている。

「何かがいる。大型の何かがこの建物の奥に。それも一体二体じゃないぞ」

東松は草薙に耳を当てたまま、その波動に触れようとした。この長い迷路のような回廊の奥で蠢く巨大な生命体群。東松はエンドレスな戦いの予感に焦りを感じた。すでにデブグル隊員等は跡形もなく退散し要塞の内部はシンと静まっていた。

救出されたダライアス国防次官補と海兵隊を乗せたC5M Super Galaxy軍用輸送機は、貫禄のある巨体をゆっくりと上空へと持ち上げ、茜色のイラクの上空へと姿を消した。それに変わり、AC-130C Spooky II対地専用攻撃機が要塞を完全破壊するため物々しい姿を上空に顕した。礼拝堂はデブグルが使用した火炎放射器で火災が発生し、火の海は建物を覆い始めていた。

米国国防総省本部は、ＡＣＴＴの要塞からの脱出を確認できず、Spooky は幾度も要塞上空で旋回を繰り返し砲撃をためらっていた。東松らは火災を避けながら出口を探り走り続けた。ようやく抜け出た建物の外には潜入時に使用したグライダーが無造作に捨ててあり、それを背中に再び担ぎ、次々と崖から飛び降りた。崖の下には、米国国防総省直轄のブラックホークが待機していていた。

民間用ヘリとは一線を画す重厚感のある黒い機体はエンジン音を出し上空高く舞い上がった。ＡＣＴＴの隊員らは乗り込んだブラックホークのキャビンから敵地点を見下ろし、建物全体を俯瞰した。直後、上空で旋回しながら待機していた Spooky は、砂漠にそびえ立つ要塞に向かってミサイルを発射した。発射された巨大なブレットは、アブ・ムサ・アルらのアジトの建物に吸い込まれた。建物は一瞬、膨れ上がったかと思うと、目を覆うほどの眩しい閃光を放ち、巨大なキノコ雲と共に爆音が轟き爆風が発生、辺りの視界を完全に遮断した。

爆風と振動波でヘリも大きく傾き、ＡＣＴＴのメンバーはその辺のものを一瞬掴んだ。彼らの顔には爆発の際に発した赤や黄色の閃光が反射した。やがてヘリが向かう先の空は徐々に明るみを帯び、光が地上に染み渡ると同時に邪悪な夜の暗闇を支配し、この夜の狂気を消し去った。

第二章

一

パキスタン最大の都市カラチの真夜中の月は、澄みわたる大気の中、真昼間の太陽の如く赤くに輝き、引き立て役の星々はその輝きを失った。カラチはアラビア海に面し、海からの潜入が可能である。大量の装備をインドから運ぶ選択をしたため、ACTT隊員達は陸路からの潜入を試みることにした。彼らはルートとしてインド側からN120を選択した。その陸路のほとんどが舗装道路ではないため、汎用軍用車両ハンヴィー三台は大量の砂塵を撒き散らしながら砂の海をかき分け前進する。搭載している大量の武器は全て物々しく、建物二、三棟を軽く吹き飛ばせそうなものばかりだ。今回のミッションは米国大統領からの依頼により、カラチにあるAFAC【反米武装集団（十字軍に立ち向う全アジア戦線　All Asian Front Against Crusaders の略称）】の基地に身を潜める思想的指導者カラ・バハージを、捕獲もしくは暗殺し、AFACの壊滅への足掛かりをつくることであった。

ACTTをのせたハンヴィーはカラチ市街地に入った。思ったよりも近代化された市街の一角に、カラが潜伏する礼拝堂があり、ここだけがいにしえの空間として残されている。天井がドーム型の石造りの建築物であり、周りを取り囲む建物は、古びてはいるものの鉄筋コンクリートの背の低いビル群で、さほど古さを感じない。それらは一階が商店やレストラン、二階以上の上層階がマンションやアパートなどの住宅空間となっていた。町の中心である礼拝堂の前は大勢の人が集る広場で、仮設テントのレストランやフリーマーケットが展開する。東松らが到着する頃は夜中に差し掛かり、店の閉店の時間ということもあり、人の気配はまばらであった。

ＡＦＡＣの指導者であるカラは市街中心にあるゾロアスター教の寺院の地下に潜伏していた。自分の身を敢えてこの人通りの多い市街地に置き人の盾を作ろうとしていたのだ。そして寺院前の大きな広場は信者達の生活の場であり、生活に密着した場であるがゆえに一般人が大勢暮らしていたのだ。

市街の中心地に入る手前でＡＣＴＴをのせたハンヴィーは待機していた。身体につけた物々しい黒い装備を、白いシェルワーニ（パキスタンの男性の民族衣装）を頭からすっぽりとかぶって隠し、仕上げのカモフラージュに付け髭をした。ＡＣＴＴは予め予約していたクライスラー社製防弾装備の白いリムジンに乗り込み、町のあかりの中に溶け込んでいった。市街地中央の寺院を中心とした広場は夜中であるにもかかわらず人だかりができていた。男達だけ次々と出てきては、建物前で立ち話をしている。ＡＣＴＴは仕方なくリムジンの中から、入り口付近の人が捌《は》けるタイミングを窺った。

防音付きの車ではあるが、読唇センサーの危機回避と、音を一切立てずに潜入を図るため、ハッキングされないセキュリティーシステムが万全なＢＣＩを使用し、脳波感知のスイッチをオンにした。そして突入の命令を受けるため本部への連絡を試みた。

//こちらＡＣＴＴ、本部応答願う。厄介なことが起きている。カラが潜伏するシェルターのある寺院から、民間人が次から次へと出てきている。現時点の急襲はあまり

現実的ではない///

本部はデータを転送してきた。

//構わない。タイミングを優先にせよ///

東松はデブグルの突入と時間を合わせていたため、少しでもタイミングがずれると作戦が敵方にばれ、形勢が不利になる事を懸念していた。そこに作戦の開始を知らせる指令が本部から入った。

///デブグルの五ユニットがまもなくそちらに到着する///東松はその問い掛けに答えた。

//まだ人だかりが消える様子はない。今突入すると、民間人が犠牲になる///本部は続けた。

//突入の時間は変更できない。デブグルのユニットは寺院を制圧するのに充分な火器を持ち、そちらに向っている///

東松はしばし無言の後、見えない本部の人間を心の中で睨みつけた。不快感を露わにした感情はダイレクトに脳波感知システムが本部に伝えた。

//どうした？　何が気に入らないのだ///東松はぐっと我慢をし、感情を無理に押し殺して言った。

//ウィルコ。あとどれくらい待てるんだ？///

//あまり時間はない、持ってもあと五分だ。現在パトロール中のＡＦＡＣの戦闘員らがいつ戻ってきてもおかしくない状況だ///

本部は答えた。東松はトラップに嵌められた気分と絶望にさいなまれた。罪のない民への被害は食い止められないだろうことが想定されたからだ。

／／／……わかった／／／東松は答えた。

礼拝堂内には男達の家族である妻と子供達がいるようで、扉を開けて一人また一人と彼らが出るたびに、子供たちがはしゃぐ賑やかな声が中からは聞こえる。この地域には風習があり、男達が集まる前では老人や妻達や子供達が自由気ままに振舞うということは難しいようだ。そのため子供たちが無礼講にお茶やお菓子を食べながら時間を楽しく過ごせるよう、男達はその場から離れたのだ。そこにＡＦＡＣの兵士達がパトロールから戻ってきた。リムジン内の空気が一瞬凍りついた。ランダムにやっていることは把握していたが、このタイミングであることは想定できなかった。東松たちは身動きもせず最悪の事態を回避するよう祈った。

「お願いだ。早く去《さ》ってくれ」

その時、建物の前に人だかっていた男たちは、名残おしそうにその場を立ち去り始めた。その束の間に本部からの連絡が入る。

／／／デブグルが到着した／／／

東松が後ろを振り向くと、中央の公園に向かって装甲車が四方八方遠方で待機しているのが確認できた。

「なぜ、こんな直前になって知らせてくるのだ。これではもう敵の目はごまかせない。変装さえ無意味にしてくれた。

我々にできることは一つ。これから起こる惨劇をなんとか最小限に食い止めること。本来であればＡＣＴＴのミッションの遂行はこのような形で行うべきではなかった。

武器を持たない者たちは、たとえミッション遂行に必要であれ絶対に犠牲者にしない。その信念だけはどうしても崩したくなかったのに！」

本部は指令を下した。

〈〈ACTT、突入せよ〉〉

大量のマシンガンによって一斉に空気を切り裂く破裂音が、デブグル隊員達の叫び声と共に寺院前の広場に響きわたった。それが広場を取り囲む建物に反響し、隊員達の耳をつんざいた。ACTTはちょうどデブグルとAFAC戦闘員達らの間に位置していた。

〈〈場が落ち着くまで身を潜めろ！〉〉

ACTT隊員達は、固まっていると攻撃の対象になることを察知し、各々、建物の陰に隠れた。女や子供たちの叫び声があたりに響く。広場にたむろしていた群衆はパニック状態に陥り、礼拝堂へと一斉に逃げ込んだ。子供が撃たれ、亡骸となった我が子を抱きかかえ泣き叫ぶ母親。銃撃されて絶命している仲間を数人で寺院へ引きずり逃げ込もうとする男達。広場は一瞬で戦場、あるいは刑場となり、生きた物体から発せられる音は無くなった。

辺りは血まみれの人の死骸や負傷者の山となり、AFACの戦闘員達の姿もあった。そのうちの一人で明らかに女性戦闘員が同じく血を流し、横たわっていた。藤色の長くウェーブのかかった美しい髪を、大きな白のマントで覆い隠し、陶器の作り物のような白色の肌で、意識を失いぐったりしている。はだけたマントから引き締まった体に、タイトな白の戦闘服を身につけている。その脇腹に滲んだ血が徐々にその範囲を広げていた。女性は気を失っていたが、薄っすらと目を開けたとたん驚き起き上がろうとした。

女の目はアーモンド形で、まるで猫の目のように輝き、その色から東松は直ぐに人種・所属・位を分析した。そのエメラルドグリーンのような目の色はコーカソイドとの混血種族であるパールシーの証《あかし》である。彼らはパキスタンにかつてゾロアスター教を持ち込んだ。世界的にも彼ら彼女らの美しさは知られるところであり、特にその瞳の色が美的価値を上げている。ミスユニバースにインド人が選ばれることが多いのは、それに起因しているとも言われているのだ。また、インドの上流階級にパールシーが多いため、彼女も位の高い家系の出身の子女であるに違いないと東松は想像した。

女は東松が自分を殺そうとしていると思ったらしく、命乞いをするべく、東松の足元を掴んだ。

「お願い……だから、殺さないで……ほしい」

女は意識を失わないよう必死な様子。民間人の場合には失血死するほどの流血だったが、彼女の意識は保たれていた。この点からも、軍歴のある優れた兵士であると東松は判断した。女はまるで陶器でできた人形のような出で立ちで、長い手足とバランスのとれた引き締まったスレンダーな肢体は、生き物ではなく作り物のような完璧な美しさをかもし出している。身体のバランスが完璧な時、美は時にその外見から人らしさを失わせ、ロボットや人形のような人工的な美しさを彷彿とさせる。東松は女のそんな容姿にごくりと息を飲んだ。見とれている東松から、思わず相手を気遣う言葉が溢れた。

「動かないほうがいい。君は銃弾を体に受けている。このままでは君の命は危ないから、安全な場所に移すよ」

それでも女は怯えた様子を隠さないでいたため、まずは女を安心させることが先決と思った。

「俺はアメリカ人ではなく日本人だ。しゃべらない方がいい。傷口が開く。オレがお前を助けるから、安心して眠りにつくがいい」

日本人と聞き、女は不思議と安心したらしい。

「気を失う前に、あなたの名を聞かせて」

「俺の名はトウマツ。トウマツだ」

「トウマツ……」

女は男が本当に日本人かを確認したかったのだろう。東松が多国籍軍であったとしても同じアジア人という認識がある証拠だ。安心したのか女はやがて意識を失った。

東松は女を抱き抱え、商店らしき店のドアを拳銃で破壊し中に潜入した。

「一体、オレは何をやっているのだろうか？」

出撃の命令がかかった時点で、敵を助けるために持ち場を離れるとは言語道断な話である。もはや彼自身、制御できない自分を目の当たりにし、頭の中は混乱していた。

幸い店は閉店後で、中は雑然と空になった商品棚が置かれているだけの空間であった。東松は、女を横たえられるソファーも何もないため、仕方なく一旦硬いコンクリートの床に置いたあと、自分の身につけていたシェルワーニを床に敷き直し、女をその上に移し替えた。

東松と同等クラスの特殊部隊員は当たり前のように、負傷者の応急処置くらいはできる。東松は瀕死の女の戦闘服を背中からザクリ一気にナイフで切り裂き、手持ちの簡単な救命救急キットで脊髄に麻酔を打った。慣れた手つきで傷口の周りを開腹後、動脈を止血鉗子で止血、鉗子で異物を除去した後、再び開腹するだろう傷口部分を簡単に塞いだ。

東松はそこで最後の仕上げにかかった。背中から草薙をいつものごとく腰の脇に構え、鞘から取り出すとその刀身を女の傷口に当てたのだ。そして呪文を唱えた。

「ノウマク・サンマンダーバーザラダン・センダン・マーカロシャーターソレタヤ・ウンタラ・ターカンマン」

その時、草薙が音を立てて震え始め、過去に例を見ないほど青く光った。女の白い陶器のような肌に当てた草薙は離そうとしても女から離れず、最後は白い煙のようなモヤモヤした気体を刀身から放った。その時、女の首筋に六芒星が青白く光り輝いた。同時に草薙の刀身に掘られた六芒星も同じく青白く輝く。

「六芒星。何てことだ。これは一体……？　草薙の刀身に彫られた六芒星が共にこんな反応を示すとは。今までなかったことだ。こ、これは……何を意味しているのか？」

東松はそのまま草薙を女の肌にあてた。草薙が当てられた皮膚は、みるみるその傷口が塞がり、大きく開いていた傷は跡形もなく消えた。草薙の神刀としての霊力の証である。そして草薙に刻印されている印は六芒星とヘブル語。その六芒星が初めて自分以外の人と共鳴したのだ。予想だにせぬ事態に草薙を握る東松の手が震えた。

二

――草薙に伝わるいにしえの物語

東松の持つ刀は、なぜ草薙（以下、草薙と称す）というのか。草薙は日本で一刀しかない幻の神剣。日本書紀の記録によると日本の三種の神器といわれ、名古屋の熱田神宮に奉納されていると信じられている。本来であればアマテラス大神が所持していた三種の神器は、天皇家が全て所有し相続されるべきものである。それがなぜ未だに熱田神宮に存在すると信じられているのであろうか。実は熱田神宮にある草薙は実物ではなく、本物の草薙の所在は謎につつまれているという一つの説がある。

東松征士郎は長野県の人里離れた、戸隠よりも更に北の山中で祖父の東松騨十郎《だんじゅうろう》に育てられた。あたりは熊の出る深い森に囲まれ、外では薪をわる場所と、鶏小屋には十数匹のにわとりが餌をついばみ、朝には卵を産む。征士郎は物心ついた頃からこの地に騨十郎と暮らしていた。祖父は背筋がいつもピンと伸びているせいか、年齢よりも若く見えた。鼻筋の通ったきりっとした顔立ちで、切れ長の目は眼光鋭く、口髭や髪は常に短めに小ぎれいに整え、侍のような凛とした面貌であった。家系のルーツは知りうるところが戦国武将らしく、安土桃山時代より以前からこの地に住んでいた。そして先祖が建てた古い社が家の裏手の山頂にあり、征士郎と騨十郎は家と社を行ったり来たりして時間を過ごしていた。学校も行かず、学問や武道は全てこの騨十郎から教えてもらっていた。

母親は早くに亡くなり、征士郎が物心ついたころからいなかった。父親は化学者で、育てられたのは三歳まで。それまでは父の所属する研究所の近くに併設されていた宿舎にいた。その後は、都会から今の山奥に移り住んだものの、幼かったこともあり楽しいと感じていた。そして騨十郎と修行の日々が始まったのだ。

騨十郎と共に瞑想と武術の鍛錬の日々をひたすら送り、心身ともに成長を迎えた十六歳の誕生日、征士郎は社本堂に安置されている摩利支天像に騨十郎と祈りを捧げた後、膝をついて向かい合った。

「征士郎、お前はこれから一人の立派な武士となるのだ。現代において武士は必要ないと言われるかもしれない。しかしながら武士道そのものの心構えは必要。お前の心と身体が鍛えられ、その中核が完成された今、お前に手渡したいものがある」

騨十郎は征士郎に一振りの日本刀を差し出した。そして鞘から刀を抜き、刀身を露わにした。古い本堂には窓がなく微量の光さえ届かず、無数に炎えるロウソクの光が刀身の尋常でない輝きを更に怪しいものとして映し出した。

征士郎は居合道の修行を通し、一般では考えられないほど多くの日本刀を見てきた。だからこそ、この刀が並大抵なレベルの存在感でないことは一目でわかる。刀身は鉄だが碧みを帯び、刀には珍しいアジュールブルー色の縄で縛られた柄。東松が受け取ろうと手をのばしたその手が小刻みに震え、そして怖気《おじけ》付いた。

だれでもそうだが本物を手にした時、自分の身に過ぎる果報を感じ、幸福感で満たされる。神刀の輝きはまさにその身に余るものであり、目が釘付けになった征士郎はごくりと息をのむ。手が刀に触れるや否や電流のようなものが彼の背筋を走り、火に触れたかのような錯覚に伸ばした手を慌てて引っ込めた。それを予期していた騨十郎は両手で草薙を握り衝撃を抑えた。

征士郎は鈍い痛みに思わず右手を抱え込み前のめりになる。子鹿のように細い十六歳の少年は、ようやく張り付いた視線の先にある草薙から目をそらし騨十郎の目を見つめた。騨十郎はいつものような毅然とした表情ではなく、突然の草薙の反応が何を意味するのか探っているような、不安な表情を浮かべた。そして征士郎はようやく気付いたのだ。

「自分にとっては万能のじじでさえ、恐れることはあるのですね。じじ、大丈夫だよ。オレは草薙とともに生きていける」

少年は魂の幼さを覆う殻を脱ぎ捨てる覚悟を決めた。そして、痛めた右手をかばうことなく草薙に差し出し、そして握りしめた。火花の散る音が聞こえる気がする。

草薙は持つ人を選ぶ。そういうことだろう。征士郎に刀を手渡した刹那、騨十郎の全身に電流が走った。想定外の衝撃を受け、老いた身体を支えるのがせいいっぱいであった。草薙はすっと征士郎の手に馴染んだかとおもうと、青いオーラを放ち、温かなエネルギーをその手を通し伝え始めた。征士郎のオーラを草薙は好んだらしい。手の周りに青い糸状のオーラが発生し、やがて征士郎の全身を包み込んだ。草薙は騨十郎ではなく、征士郎を選んだのであった。

三

カラチのゾロアスター教寺院広場付近の商店の中、女は少し意識を戻し、寝返りを打った。東松はふと我に返った。

「これでこの女は一命を取り留めたはずだ。九分九厘はＡＦＡＣの戦闘員か、現地の警備隊に違いないだろう。貴女は女に生まれたことに感謝することだ。そうでなければ、オレはあなたをその場に放置していたであろう。ＡＦＡＣの戦闘員である可能性が高い人物を救済したとなっては、後で自分の命が狙われる原因になりかねない。戦場とはそういうところだ。まったく！　とんだことで時間を費やしてしまった。一刻も早く現場に戻らなければならない」

うかつに人を救ってしまった自分を信じられない東松は、心底後悔した。戦場での慈悲は自身に何も利益をもたらさない。作戦の障害となるのみで無く、自身が軍紀違反に問われる可能性を惹起し、自身の命をリスクに晒す行動である。後悔しながら屋外に出た後、全速で現場に戻った。

広場に戻ると、女を抱きかかえていなくなる前と、ほとんど状況が変化していなかった。一般人の気配はなくなったが、パキスタン軍警察やＡＦＡＣの戦闘員らの数が増え、彼らは、礼拝堂に潜入を試みるデブグルと睨み合っていた。またＡＦＡＣには精鋭スナイパーがいて、ピンポイントでデブグル隊員の頭部を狙い、数人の隊員等が頭を撃たれ、入り口付近で倒れていた。東松はＢＣＩ経由でナビゲーションシステムにアクセス、すぐさま他の隊員達がどの位置にいるか確認した。センサーをオンにした途端、珠加の怒鳴り声が聞こえる。

///何やってるんだい！　こんな時にフラフラ油を売って！///

///すまない。現地の女性を助けていた。瀕死だったので応急処置を施していた///

ルイスが横から口を挟む。

///お前が無駄な動きをするのはかなり珍しいな。相手は美人か？　後で感謝されて羨ましいぞ///

///おい！　こんな時に無駄口たたくな！///

　そこへ本部からの緊急アクセスがあり、場が静まり返った。

///現時点で作戦が計画通りに進んでいない。一般人を巻き込まない方法を選択したが、無理なようだ。このままデブグルの全車両を寺院に突っ込ませる。君たちの役割は地下に潜伏するカラを捕獲することだ///

　本部からの指令が届き、間髪入れずにデブグル隊員達を再び乗せた大型装甲車五台が一勢に突っ込んだ。一台は入り口のドアを突破し周りの壁ごと破壊した。一台、二台と装甲車は寺院の前に車を横付けし、中からデブグル隊員達が勢いよく飛び出して建物内に突入した。破壊の爆音と同時に、上空に現れた航空機から発せられた空間を揺るがすほどの重低音がこちらに近付く。地響きがあたりを揺るがした。空間を切り裂く爆音を発する音源は空を真っ二つに切り裂き、一瞬で視界から消えた。見覚えのあるその鋭角な形状はストライクイーグル戦闘機といってその名の由来通り電光石火の如く現れ、去った。東松はあまりにも本部の身勝手ともいえる行動に苦言をさした。

///……本部、どういうことだ。イーグルをよこすなんて。何を考えている///

その時、本部との通信は遮断された。東松は状況を探る余裕もなくＡＣＴＴは突入を開始し、隊員四人が一斉に建物に向かって突き進んだ。広場から教会までの直線距離二〇〇メートルを一気に駆け抜け、その間に銃弾のシャワーを浴びながらもボディアーマーが最低限身を守った。旧市街のビルの影に隠れているＡＦＡＣの戦闘員たちが、一斉にＡＣＴＴの隊員に向け集中砲火を浴びせた。

一発が珠加の足にあたり、衝撃の瞬間はまるでスローモーションのように感じられた。その姿は地面に勢いよく倒れ、冷や汗がＡＣＴＴ隊員の背中に伝わった。彼らはすぐさま珠加のバックアップをすべく、ルイス、アーロン、東松が倒れた珠加の周りを取り囲み、手持ちのハンドガンとサブマシンガンを構えた。

///わたしは大丈夫。そこをどいてくれるかしら///

倒れていた珠加はゆっくりと起き上がり、少し猫背にかがんだかと思うと、両腕を体の中心でクロスした。右手は左大腿のホルダーに、そして左手は右大腿のガンホルダーに。そしてクロスした腕を放ち、両腕を左右一八〇度に素早く開いた。珠加の両手には世界最強の50ＡＥデザートイーグルが握られている。この重量級の大型拳銃を想定されない姿勢で保持して、珠加は両手に持ち、射撃ができるのだ。珠加はそのしなやかな体を蛇のように反り、両手に持っている相棒のデザートイーグルの照準を四方にいる戦闘員十五、六人に合わせ、あっという間に地に沈めた。

///なんて女だ！　俺たちの出る幕はないな///

///珠加を女だと思わないことだ。彼女は男よりも頼もしい///

東松でさえそう呟いた。

三人の男たちは、お互いの顔を見て失笑した。

突然巨大な落雷が轟き、一本の光の直線が彼女の頬を一筋の紅で濡らした。紅色の線はやがて枝分かれし、数本の赤い筋となって地面に吸い込まれた。珠加が後ろを振り返った。再び数百メートル先の上空から一本の光の筋が空間を対角線上に切り込み彼女の眉間に向けてまっすぐ吸い込まれようとしていた。

何者かが珠加を狙っているのを気づいていた東松は、目標が珠加を狙う先に集中していた。東松は瞬時に背中に構えた草薙を腰に構え、銃弾が流れてきた方向に跳び上がった。アーロンは、ライフルを構えナイトフォース・ビーストスナイパーライフル用スコープを覗き込み、射撃手の眉間に照準を定め引き金を引いた。東松は珠加の遥か上方をとび越え、珠加の額に一直線に突き進む弾丸に草薙を振り下ろした。弾はその周りの空間とともに真っ二つに切り裂かれた。切られた弾の断片それぞれが別々の軌道で地面に吸い込まれ、石ころのように地面に転がった。草薙をふりはらった後の東松は両手片膝をつき地面に着地した。瞬時ビルの屋上にいるだろう射撃手の眉間には、ライフルから放たれた弾丸が吸い込まれた。射撃手は後頭部から薄ピンク色の脳髄を吹き出しながら後方に吹き飛ばされた。

全て瞬刻の出来事であった。ＡＣＴＴ隊員の四人はようやく寺院の前に立ち、ヘッドギアを再び深くかぶり突入の準備を整えた。

ゾロアスター教の寺院は美しい。世界最古の宗教だけあって建築物は桁外れに古く全てが石でできている。天井も果てしなく高く、青や金箔を塗ったタイルが経年の渋い光を放つ。またキリスト教の教会とは違い、礼拝堂に物はない。天井がドームになっているところは共通している。この場に先ほどあれだけの住民が詰めかけたにも関わらず、今は人の気配は一切ない。不気味なくらいの静寂につつまれる宗教的な神秘の空間に突入したＡＣＴＴ隊員。身を潜める障害物もなく、危機感を高める。ほんの少しの物音や光の変化に過剰反応する最中、ルイスが崩れたタイルにつまづいた。シューズのつま先に当たったタイルが砕ける音が、ドーム中に幾重にも響き渡った。

ＡＣＴＴ隊員達のタクティカル・ライトから発せられる光線は礼拝堂から地下へと繋る暗い回廊へと集中した。また四方からの攻撃にたえられるよう、お互い背中合わせの体勢で進んだ。ドームの天井高いところからかすかな月明りが幾筋も差し込む。ＡＣＴＴ隊員の四人は暗闇の奥へと進み、地下へと続く扉の前に立った。彼らのゴーグルに赤い文字が浮かぶ。躓く躓く

///NETWORK FAILURE（通信障害）///

ルイスは試しに、ゴーグルを暗視カメラのモードに切り替えたが、眼前に広がるのは真っ黒い闇のみ。電子機器が役に立たない状況には慣れてはいるものの、常に最も起きてはいけない事態で起ることに呆れる隊員達。

この事態を落ち着いた面持ちで受け入れてるのは東松のみ。東松は草薙を腰脇にしまった鞘から取り出し、扉にそれを突き刺し鍔の部分に耳を当てた。そして軽く目を閉じた。地下で生命反応のない大勢の人間が山積みになっているビジョンが目に浮かんだ。東松は言った。

/// 地下で大勢の人が倒れている。彼らの生体反応が感じられない。それも一人二人

ではない。百人余りの人の屍が山積みにされている＼＼＼
＼＼原因は毒ガスか？＼＼＼アーロンは直ぐさま、その理由を探った。
＼＼わからない。デブグル隊員達も生存しているのだろうか？＼＼＼
ＡＣＴＴ隊員の四人は真っ暗闇の狭い階段を下り、カラが潜伏しているだろう地下室にたどり着いた。

入り口にドアはなく、中でデブグル隊員達のタクティカル・ライトの光線が動き回っているのが見えた。彼らは生存していたのだ。しかし、東松らが目の当たりにしたのは地下室に積み上がる一般人の遺体の山。その恐るべき光景は、場慣れしたＡＣＴＴ隊員でも、背筋の凍るものであった。空間そのものがアウシュビッツ・ビルケナウ強制収容所のガス室を彷彿とさせたのだ。一気に気分を悪くした珠加とルイスは吐き気に見舞われ、続いてアーロンも思わず咳き込む。

一人のデブグルの隊長と思わしき人間が近付いてＡＣＴＴに話しかけた。
＼＼ヘッドギアをとらないほうがいい。あたりは毒ガスで充満している。集団自殺なのか、カラが逃げるために殺《や》ったのか＼＼＼

再び、あの空を切り裂くような音が接近し、轟音は頭上でマックスに達した。一瞬目の前が閃光で真っ白になったかと思うと大きな地響きとともに地震の津波が押し寄せ、床が一気に崩れた。目の前に見えていたデブグル隊員達が、まるで箱の中のおもちゃのようにひっくり返るのが見えた。大地震が起きたかのような巨大な振動と共に建物のあらゆる石壁が瓦礫となり、隊員たちの頭上に崩れ落ちた。大量の埃で辺りの視界を失い、その後に闇だけが残った。

四

――二〇二〇年

AFACの指導者、カラ・バハージは自宅のあるパキスタンの首都イスラマバードから四〇〇キロほど南東に位置するグジュラーンワーラーの別宅へ移動していた。カラの先祖はペルシャから渡って来たペルシャ系インド人で、インド特有の褐色系の肌は持たず、見た目は白色人種である。インド財閥の家系出身のパールシーで莫大な資金を米国に対抗するための軍事力に変えようとしていた。カラの反米感情は決して一代で培《つちか》われたわけではなく、二〇〇年以上も前の先代から続いていた。遡ること一八〇〇年代インド北西部に位置していたシク王国のイギリス支配から始まり、昨今のグレート・ゲーム（米ロの覇権争い）に引き継がれ現在に至っている。

AFAC（All Asian Front Against Crusaders 十字軍に対する全アジア戦線）という組織は反米・西側諸国の過激派組織である。一九九〇年の湾岸戦争の最中に結成され、二〇一二年以降名称変更と共に再結成されたのがGAIOである。戦闘員は現在では五十人ほどではあるが、共通の意思を持つ者が東西南北問わず世界中から賛同し集まっている。共通した意識というのは西側諸国に対する強い反感、もしくは憎悪である。

この命をかけた決戦のために、カラは本音では家族を巻き込みたくなかった。しかしながらカラの正妻との間にできた娘のアネーシャとイリーナが、カラが仕掛けようとしている対米戦争の中心的役割をいずれ担うことになるのだ。彼自身この時点では想像もしていなかったことなのだが。

――二〇〇〇年

アネーシャは本来であれば自慢の姉で、大事な家族の一員であった。アネーシャ一三歳、イリーナが九歳の頃、その当初から美貌と頭脳の明晰さ、そして性格の良さからイリーナたちの両親ばかりでなく周りからとても愛されていた。特に彼女の髪の色は、この地域では珍しく銀色（シルバー）で、金髪よりも希少なだけあって人々の注目を浴びた。髪質もよく直毛で輝いていた。加えて彼女の瞳はトパーズのような青緑色で、大きさも相まって人形のような絵に描いた完璧な美少女。そのような姉の下に生まれたイリーナはコンプレックスのかたまりだった。姉は背も高かったが、イリーナは姉ほどの身長はなく、目も白人系としては希少な細いアーモンドアイズ。髪の色も姉のようなシルバーではなく、どちらかというとくすんだグレーで、そのためイリーナはあえて髪を幼い頃から藤色に染めていた。髪の毛も姉のようなストレートではなく、フランス人形のような綺麗なウェーブがかかっているわけでもない。だからこそイリーナは姉よりは目立ちたいという願望を持っていたので、姉の髪の長さよりも常に長さを腰のあたりまで伸ばしていた。

大人に成長したアネーシャは頭角を現した。勉強がよくできる賢い子であったため、イギリスに留学し、二〇一六年に医師免許を取得した。この地域では女性が仕事に就くということはあまり許されてはいなかったが、カラはそのようなアネーシャが自慢であり、医師という職業に就くことも容認していた。

イリーナは自分が姉と比較されていることを感じ、自分の特技を模索するなかで少しでも父親から認められるよう、将来は父親を守るボディガードになろうという夢を抱いていた。カラは時として目にするイリーナが射撃や武術に勤しんでいる姿を、アネーシャと同様誇らしげに見守っていた。

イリーナはできるだけ父の愛情を独占したかったが、コンプレックスも強く、物事を白黒つけたがる気性の激しさも相まって、いつの間にか姉に対して強い嫉妬心を持つようになっていた。一方的にライバル心を持たれるアネーシャとしても居心地が決して良くは感じていないため。いつの間にか姉妹の関係は冷え、お互い疎遠になっていった。

カラの愛情とイリーナの強烈な嫉妬との狭間にいることを不快に思ったアネーシャは、ある日家をでた。父親は大反対し、絶縁される寸前までの大げんかをしたあげく行方をくらませた。

そんなある日、二〇一九年カラチでカラとイリーナが多国籍軍から爆撃を受けたとの連絡が入った。東松もその爆撃の被害にあったその日のことである。

姉のアネーシャは現地に駆けつけたが行き違いとなり、お互いが現地で遭遇することはなかった。イリーナはカラチで大怪我をしてパキスタンのグジュラーンワーラーの自宅に運び込まれた後、カラも間も無く自宅に戻った。

家族を探すアネーシャだけがカラチで彷徨い、途方にくれながらも医師として負傷者の救助活動を行なった。アネーシャはそこで偶然救助した多国籍軍の負傷兵と思われるアジア人男性を自分の診療所に連れ戻った。そしてそれは噂となってカラとイリーナの耳に飛び込んだのだ。父親のカラはその噂を聞いて、居ても立ってもいられぬほど落ち着かなくなったが、家を出た娘とはしばらく疎遠になっていたため、知って知らぬそぶりを装っていた。何をしようと関与しまいという必死の我慢だったのだ。

一方、イリーナといえば、カラチで負傷したアジア人の兵士と聞き、同じく落ち着かない心境となった。なぜかというと、イリーナには忘れたくても忘れられない日本人の男性がいたからだ。

「まさかトウマツ？　そんなばかな。同一人物であるはずがない」

イリーナが負傷したカラチの寺院前で、イリーナの命を救った男性は確かに自分は日本人であることを認め、名前もトウマツとも言っていた。この日本人が彼女らにとっての敵である多国籍軍かはたまた米国の特殊部隊であることに、ほぼ間違いはないだろうけれども。であれば尚更、敵である自分を救った事実に感謝の気持ちが強まった。しかしながらそれも父のカラには決して打ち明けることはできない。

イリーナは今でこそ回復しているが、怪我をして運び込まれた直後は死線をさまよっていた。意識が戻るか戻らないかの時でも東松の事を何度も思い起こした。東松の声のトーンや暖かい手の温もり、感触、全てが暖かく、安らぎで包み込む不思議な魅力全てが記憶から離れないでいた。自分の意識が回復した後は、すぐにトウマツという名の日本人兵士を探そうと手をつくしたが、現場の寺院は米軍による誤爆により跡形もなく崩れ去り、近辺にいた米国部隊は全滅したという事実のみが伝わってきた。イリーナは自分を助けた恩人が犠牲になっている確率は高いと半ば諦めていた。しかし、その時アネーシャがカラチの中心街での救出活動に参加していたこととの事実と擦り合わせると、二人の接点があった可能性は否定できない。

「まさか……？。アジア人の多国籍軍兵など大勢いる。同一人物であるなんて我ながら馬鹿馬鹿しい妄想に過ぎない！　でも、もし姉が連れ帰ったアジア人が、あの時わたしを助けた日本人、トウマツだとしたら？」

イリーナの頭の中は妄想で混乱し疲弊した。仕方なく自分の体調の回復を待ち、姉が明かすことのなかった住居を探し当てて訪ねることにした。姉のアネーシャの住居は思ったよりも早く見つかった。イリーナは愛馬に乗って姉の住む住居に向かった。それは日中であったが、姉が往診で外出している時間帯を見計らって自宅に忍び込むことにした。

パキスタンのインド国境に近い大都市であるラホールに姉の住居はあった。医師業を営んでいた姉は、カラからの支援がなくとも裕福な生活をしていた。どちらかというと富豪クラスの住宅は庭も広く、二階部分には大きなバルコニーがあった。主人の居ない家の家政婦らは、キッチンで雑談しており、玄関脇の窓からイリーナが中に侵入するのは容易であった。

玄関から入って左手に大きな応接室があり、そこを通り抜けた先の客室にはベッドが配置され、何者かが横たわっていた。

そしてそのベッドの横のテーブルには同じく、存在感のある大太刀が横たわるように置いてあった。イリーナはその大太刀に見覚えがあった。

「あれは…あの日、トウマツが持っていた、あの日本刀ではないか？」

イリーナは恐る恐る刀に近づき、それを握った。そしてベッドに横たわっている人物の顔を覗き込もうと、慎重につま先立ちでベッドに近付いた。一歩近づくにつれ妄想が現実となり、心が震えた。ベッドに横たわる人物の姿から、かなりの大柄な人物であることが窺い知れた。さらに近づいてみると髪は短く刈られ、形の良い額が覗いている。さらに近づき、上から覗き込んだ。鼻から下はよく見えないが、だいたい想像はつく。日本人系の端正な顔立ち。深い眠りの証拠で肩が揺れ幾度も深呼吸を繰り返している。

イリーナは確信した。たった一度しか目にしていない人物だが、記憶から離れることはない。間違いなく、あのカラチの礼拝堂近くでイリーナを助けてくれたあの人。気付くとイリーナは涙を溢れるばかり流していた。そして自分の頬を流れる涙の暖かさに驚く。

「なんてこと！　ようやく会えた……。ずっと探していた貴方。私の命を救ってくれた人」

その瞬間は、アネーシャが匿っているショックより、会えた喜びしかイリーナには感じられなかった。溢れる涙は止め処なくベッドカバーを濡らした。そんなことが気にならないほど東松を食い入るようにして見入った。

しかし、喜びと同時に複雑な感情が胸中に渦巻いた。トウマツが生きていることは何よりも嬉しい。だが姉がトウマツを好きになってしまったらどうしよう。姉はカラの愛情を独占し、さらにトウマツまで奪うのか！

突然、玄関付近でドアの鍵が鍵穴にかかる金属音がする。慌ててトウマツから視線を無理やり引き離し、窓をこじ開け持っていた刀を外へ放り投げた。そして自らも外へ脱出し窓枠のすぐ下に身を隠した。アネーシャは家に入ると、まずは一目散に日本人の男のいる部屋に駆けつけた。そして不審なものを感じ取り、空いている窓の外を隈なく見回し、何も見つけられずに頭を引っ込めた。イリーナはアネーシャに見つかってもいいと思ったのだが、アネーシャは慌てていたのかイリーナを見つけるどころか、すぐに窓をバタンと閉めた。アネーシャが東松に会うために全てをかなぐり捨てて無我夢中で帰ってきたのだと直感した。

イリーナはそっと中を覗き込んだ。アネーシャは寝ている日本人を見つめていた。本当は起こして東松に触れたいのだろう。気持ちを抑え、安らかに眠る東松を見守るアネーシャの横顔はまるで聖母の彫像のような完璧な美しさであった。しかしながらその瞬間、イリーナの嫉妬心に火がついた。

（アネーシャは間違いなく東松に愛情を持っている！　そして自分から大事な人を姉が奪うのは、なにもこれに始まったことではない。父の愛情を独占し、なおかつ私から初めて愛する男性までを奪い、我が物にしようとしているのだ。まして自分の方が早く東松に出会っていたのにも関わらず！）

イリーナの怒りは収まることはなかった。イリーナは再び愛馬を走らせグジュラーンワーラーの邸宅に戻った。邸宅には小規模な礼拝堂があり、イリーナはそこに駆け込んだ。感情が抑えられないほど興奮することは彼女には頻繁にあったが、そんな時はここに駆け込んでいたのだ。そんな彼女でさえ、かつて経験したことがないほどのぶつけようのない怒りの感情を再びこの場でなんとか鎮静させようと思ったのだ。

(東松をいっそ誘拐しようか？　ばかな。瀕死の負傷者の身体を動かすなど到底できない。まして彼は私の命を救ってくれたのだから、それこそ恩を仇で返すようなもの。しかたない、このまま彼の回復を待つしか私にはできないのだ。それにしても何と憎らしい姉なのか。運まで自分に引き寄せるとは)

五

その後の二年間の歳月が過ぎた。風の噂で、アネーシャが身籠もった事実を知った。もはや、感情は怒りの感情から諦めへと鎮火していった。そんなイリーナに追い打ちをかけるように、アネーシャは女児を出産したという情報も飛び込んだ。絶望が諦めの感情を覆った。

イリーナはすっかり気落ちし、別人のようにやつれてしまった。食事もほとんどとらないので頬は痩せこけ、肌の色艶も消えた。体も枝のようにやせ細り外出はほとんどしなくなった。父親の前にも姿を現さなくなり部屋に閉じこもる日々が続いた。

一方、アネーシャは出産後、一層精力的に医師としての活動を再開した。東松が手足の自由が利かぬ身になってしまったため、自分が家庭を支えなければならないという気概を感じ、かつてないほど人として輝いていた。ある日いつものように街へ往診に行った時、街は再び多国籍軍による空爆を受けた。激しい戦禍のなかを、医術をつくす女医アネーシャは、ついに被弾し、帰らぬ人となったのであった。一報を聞いたイリーナ達は姉の骨さえ拾うことはできないほど、街が爆撃による被害で壊滅状態となったのだ。

　一度に起きた一連の出来事の情報処理が追いつかない状況はイリーナもカラも同じであったが、アネーシャを心底愛していたカラの心中は、想像するに難くなかった。父が落ち込めば落ち込むほどイリーナは複雑な心境になっていた。しかしながら実のところ父への配慮どころではなかった。イリーナの頭の中はただでさえ東松のことでいっぱいで、彼のことが心配のあまり居ても立ってもいられなくなった。トウマツはひどい怪我を負っていて、いまだに介護が必要な状況であると聞いた。まして姉のいない現在、収入が断たれた状態で生活を営めないことは間違いなかった。

　その日以降、イリーナは生活資金の小切手を姉の家へ定期的に送り続けた。贈り物には何気ないメッセージが添えてあり、それは東松の健康のことを気遣い、生まれたばかりの乳児の様子をうかがったりするものであった。送り主の欄にはアネーシャの家族という以外は記されておらず、差出人が誰なのかは知ることができなかったが、メッセージの書かれたカードは花柄などの模様があしらわれて、かろうじて女性であることはわかった。小切手の他に、食料や花、東松の服や子供服などが頻繁に届けられ、全て女性らしい心配りを感じさせた。東松は小切手を現金に換え、身の回りの世話をする給仕らの給料に充てることが出来たため、今までと何ら変わることのない生活を維持することができたのである。

　不自由な身体でありながら収入が断たれ、一時は途方にくれていたというのが正直なところであろう。急に現れた目に見えぬ存在が自分と娘のゆり愛を守り、以前と何のかかわりのない生活を営めていけることに、知らぬ相手とはいえ心から感謝した。いつか直接会ってお礼をしたいとさえ思っていた。

それはイリーナも同様で、いつかは直接これらの物を直接渡したいと思っていた。そして、彼女が思わず持ち帰ってしまった東松の大切な刀も。今は毎日この東松の命ともいえる草薙に触れ、相手のことを想い、そして贈り物を選ぶことがただ楽しかった。このやり取りでお互いが通じ合えていられる感覚になることは、何よりの幸せであり、かつて経験したことのない幸福感は彼女の心を満たし、充実した日々を送ることができたのだった。すぐに名乗り出て東松に会いたい衝動はあったものの、鬱病との壮絶な闘いの末の痩せ細った身体を、東松に見せるわけにはいかないという女心があった。イリーナはこの間、心身の回復を図り来たるべき日に備えようとした。

六

イスラム系第一級のタイル職人が、透き通るようなターコイズブルーのタイルを空間全てに敷き詰めた回廊に、わずかな光が柔らかく表面に反射し、天国のような幻想的な光を放っていた。その回廊の内側は中庭になっていて、複雑で左右対称の三角形のモザイクのタイルが、同じく緑とブルーの複雑な光を放った。中央にお揃いのタイルで貼られた石の直径三メートルほどの小さな噴水が、優しい音色を立て湧き水をたたえていた。砂漠の民にとって富の象徴でもある水を豊富にたたえ、聖堂のような建築に仕上げたのは、所有者の財力と権力を示すためでもあった。圧倒的な財力を誇るカラ財閥の総帥であるカラ・ババージは、その財力を武力に変えつつあった。最近では物々しく武装した軍人たちが、この美しい回廊を慌ただしく行き来するようになっていた。

イリーナは姉のアネーシャを失った父が、いっとき病に伏してしまうほど悲しみにくれ、その後立ち直れなくなってしまったことを目の当たりにしていたが、最近では何か違うことに関心を寄せている様子を見て少し安心していた。カラがアネーシャを忘れるために他に没頭することを探そうとしていることは、イリーナから見て明らかだった。

ある時イリーナは父に呼ばれ、父の書斎の扉をノックした。長いタイルが敷き詰められた美しい回廊の奥にあるカラの書斎は会議室と隣接していた。天井は高いが壁が暗色の赤とグレーの唐草模様、バロック様式で重厚感がある。カラは豪華絢爛なデザインが好きなので、優美かつ繊細なロココを好まず、バロック調の家具を職人に依頼し、自分好みの空間を作っていた。色調にもこだわりがあってオックスブラッドやボルドーといったやや暗めの赤を好み、マホガニー材のフレームにもこだわりがあった。豪華さのワンポイントにも金を使い、赤いカーテンは天鵞絨で金の装飾が施され、タッセルは金色の太い縄でできている。重厚かつ華やか、そしてエレガントなこの空間をカラは何よりも気に入っていた。そのバロック調のマホガニー材でできた赤いソファーにＧＡＩＯ幹部の三人が座していた。

カラはかつてないほどの神妙な面持ちをしていたが、イリーナが部屋に入った瞬間、眉間によっていた眉を緩めた。アネーシャの死後、カラはイリーナに優しくなった。その反応は正直イリーナにとっては意外であった。なぜなら自分は父親から愛されていないと思っていたからだ。姉は父の愛を独占していて、そんな姉をイリーナは物心ついた頃から嫉妬していたのだ。そしてその姉の死後、父の関心が自分に向けられるかもしれないことを複雑な心境で受け止めていた。

カラの向かい側の奥に父の軍事面の側近であるウォフ・マナフが座していた。彼はカラが組織する軍閥ＧＡＩＯの幹部の一人で、迷彩柄の軍服、そして黒いブーツを履いていた。顔の半分まで黒く濃いヒゲを生やしている。彼はイリーナの上司でもあるので、よく知っていた。しかしその隣に座している男は初めて見る顔であった。

明らかに白人系の男で身長も６・６フィートはあり、筋肉質な肉体とアクアマリンの宝石のような透き通った海色の瞳をもっていた。そしてその美しいはずの瞳に一瞬期待をしたものの、なぜかそれは輝いておらず、すさんだ鈍い光を放っていた。そして男の頬と額には大きな切痕があり、それは、この男が幾多の戦場を経験してきている戦場のプロであることを物語っていた。その男は、アドルフ・ゾフヴェーグ、通称ゾルといい、元・東ドイツ第四十航空突撃連隊『ヴィリー・ゼンガー』出身の降下猟兵である。一九九〇年十月三日、ドイツ民主共和国が崩壊し、国家人民軍が連合軍へ統合される中、所属する先を失ったゾルはロシア連邦軍スペッナズ（特殊任務部隊）に採用され、後にカラの組織したばかりのＡＦＡＣの活動目的に派遣された。

ゾルは傷だらけの全身を隠すわけでもなく、肌の露出しボロボロになった戦闘服の肩の部分を切除し、三角筋と上腕二頭筋、その他の上腕の筋肉を誇らしげにむき出しにしている。またその両腕には刺青が施されていて、悪魔や蛇などの邪悪な印が埋め込まれている。ゲルマン系コーカソイドでも珍しい銀髪の髪は、軍人らしく短く刈り上げている。この下品な男に相応しくない美しい髪とアクアマリンの瞳は、この男の険しい表情を幾分和らいで見せていた。そしてその深く冷めた目はイリーナに焦点を定めるや否や、いやらしく、頭からつま先まで品定めするようにまじまじと見つめた。

イリーナは男が座していることをいいことに、上から見下し睨んだ。通常、男はこのイリーナの目線を嫌がる。大概は睨み返してくるが、この男は違った。むしろその真逆で、美しいものに感嘆し、少々うっとりした目線でイリーナを見つめ返したのだ。男は美しく、芯のある強い女が好みであった。なおもいやらしさを感じたイリーナは、目線を無理やり引き剥がした。睨む行為は、この男を却って喜ばすだけのようであったからだ。この二人は連日、カラの書斎を訪ねてくる。そしてほぼ一日中、この書斎に籠って話をしている様子だった。この物々しい雰囲気の中に、突然イリーナが呼び出されたのだ。

「お父様、わたしをお呼びになりました？　どのような御用でしょうか？」

カラは腰を据え直し、やや前のめり気味にイリーナの方に姿勢を向けた。

「イリーナ、私の自慢の強く美しい娘よ。お前に一つだけ重要な頼みがある、聞いてくれるか」

七

どれほどの時間が経過したか記憶にない。それが昨日のことだったのか、今日のことだったか。カラの話がショックで時間感覚がなくなってしまったのだ。イリーナは、なぜこのような事態になったかに思いを巡らし、ただ窓とベッドだけがある部屋に腰

掛け、じっと何も飾り気のない白い壁に目を据えた。草薙を手に取り再び東松に思いを馳せようと試みるが、突如、父の顔がフラッシュバックする。

「イリーナ、お前が自分の人生をかける時がいよいよきたのだよ。わたしたちが、統一アジア構想を持っているのはお前も知っていると思う。そしてお前たちがいずれは力を結集し、邪悪な魂を持った新しい十字軍と戦わなければならない日が訪れることも理解してくれていると思っている。我々はこの長きに渡るグレートゲーム（中央アジアの覇権を狙う、イギリス帝国とロシア帝国の戦い）を始めとする、その第五期としての大戦争の引き金を引くことになるだろう。そして、とうとう長い間、地球を真っ二つに分断してきた戦いの歴史に終止符を打つ時がきたのだ。しかしながら、その日を迎えるために壮絶なる戦いをしなければならないこともわかるだろう。そして我々は本戦の始まりの地に、あの聖なる山のある国、日本を選んだのだ」

イリーナは、いてもたってもいられない気分になり、たまらずに父の書斎から走り飛び出した。長いタイルの回廊を走り、溢れ出る感情を止められない時に駆け込む礼拝堂へと向かった。廊下はシーンと静まり返っていたが、イリーナの足音がその沈黙を破った。イリーナの心中には、あの時の日本人の記憶がフラッシュバックしていた。男の死線を幾度もくぐり抜けてきた強くも真剣な眼差しは、イリーナの命を救うためにまっすぐに傷口に集中していた。イリーナの体からとめどなく流れる血を、一滴たりともこれ以上流しはしないという信念を漂わせながら。一瞬にしてイリーナの魂を引きつけ、心を奪った日本人男性。そして日本が舞台ともなる戦争ともなろうことなら、東松は間違いなく捕虜として囚われ、その後は拷問の上の死が待ち受けているだろう。彼女は父親の持つ信念と組織の掟を十分に理解していた。

石壁で覆われた礼拝堂は昼でも薄暗い。カラの邸宅の中でも、唯一窓のない空間中央の祭壇には《永遠の火》が灯されている。拝火教には偶像崇拝の習慣はなく、祭壇中央には拝火壇が配置され、その奥の壁にはプラヴァシの紋章がかざられている。

イリーナは祭壇の壇上に、普段見慣れぬものが配置してあるのに気付いた。それはシャムシールというウーツ銅が使用された極めて刃の薄い湾曲した片刃の刀身を持つ刀剣で、柄には先祖代々受け継がれた愛と知性の象徴であるエメラルドが埋め込まれていた。バハージ家で先祖代々受け継がれる神剣はゾロアスター教のあらゆる儀式で使用され、実用性も兼ね、かつてラモールに侵入してきたイギリス軍に対しても使用したと聞く。一説には、古代イスラエルのソロモン王が持っていたシャムシール・エ・ゾモロドネガルを継承したのではないかという言い伝えがあるが、定かではない。

普段は家宝として金庫で保管されているものであり、それがここに無防備に置かれていることは不自然なことであった。ふと人の気配がしたのでイリーナが後ろを振り向くと、礼拝堂の入り口に立つ人の姿があった。

父親のカラであった。カラの目線は祭壇に向けられており、そこに向って真直ぐ進み、そして祭壇の前に立った。壇上のシャムシールを鞘ごと握り、それを鞘から抜いた。シャムシールは、祭壇の《永遠の火》から受けた光を反射し、刀身が黄金色に輝く。柄に埋め込まれたエメラルドも共鳴するかのように輝いた。イリーナは、シャムシールが鞘から出されたのを生まれて初めて見たので、その刀身が放つ黄金色の輝きに強く惹きつけられた。同じシャムシール型の剣は普段の戦闘で使用することはあるが、比較すると尚更家宝のシャムシールの本物の輝きの存在感が別格であることがわかる。

カラはシャムシールを重々しく両手で祭壇に掲げ、そして一礼をした。その後、鞘に戻すとそれをイリーナへと手渡した。

「イリーナお前にこの戦いの指揮を任せたいと思う。この神剣を持って日本に行って欲しいのだ。これは必ずお前を魔の手から守ってくれるに違いない」

カラは最近のイリーナの様子から、彼女に起こっている異変を察知していた。そしてイリーナがこの戦いを拒否することも想像していたため、敢えて断れないように仕組んだのであった。イリーナは父の本当の恐ろしさを知っていたので、拒否すれば娘でさえ抹殺しかねないこともわかっていた。イリーナは最後の決断をした。そして東松を救出するために父親を裏切る覚悟を決めたのだった。

意を決して行動を起こそうとしたその夜、イリーナは東松の元に赴くために父と暮らして居た家を出た。ドアを開けた途端に外は銀世界が広がっていた。真冬の凍てつく空からは、天使の羽のような真っ白い雪がひらひらと地上に舞い降り、イリーナの白い膝上まであるブーツは瞬く間に地面に吸い込まれた。歩くことに少し不便を感じたイリーナは馬小屋に向かった。イリーナの自慢の白馬の鼻を撫でながら、東松に告白をするための呼吸を整えた。愛馬の温もりが、緊張で冷えきってしまったイリーナの心を温めた。呼吸を戻したイリーナは東松の草薙を握り、背中に担ぐと愛馬の背に飛び乗り一目散に彼の元に馬を走らせた。馬の背で揺られる最中、彼に会った時、伝えるべき事を思い起こしていた。

『いきなり私が現れて、驚かれることでしょう。でもとうとうこの時がきたのです。わたしはあなたに想いの全てをお伝えするつもりですし、そしてここに留まるようにお願い申し上げます。

今まで姉の亡き後、貴方に贈り物を送り続けてきたのは私です。未だ癒えぬ傷を抱える貴方を守るのは、今度は私の番。姉の子供でも、あなたの子供であれば愛せる自信はあります。まして姉の子供であれば、同じ血を分けた姉妹、愛せないはずはありません。わたしがあなたと、あなたの子をを守ります』

東松に全て伝えるため、何度もなんども言葉を選び、直しては繰り返した。自分がいまここにいられるのは全て東松のお陰であると。そしてカラが企てている戦争は、大戦へ発展する危険性を孕み、今は一刻を争う事態、今すぐ一緒にどこかへ逃亡しようということを。

東松が身を潜める家屋は隣町にあったが、この地域では珍しく周りが森林に囲まれ、伝統的アラビア様式の大きなマンション風の建物の前には芝生や庭木でさえ密集していた。雪が庭木を隠してはいるものの手入れされてない様子は窺うことができる。家の中から光は溢れていない。乳児の泣き声さえなく、シーンと静まりかえっている。イリーナは馬から降りた後、しばらく家の二階部分を見つめ、意を決する努力をした。

それにしてもあまりにも静かすぎ、人のいる気配がないことに気付く。少なくとも女中や乳母なども何人か雇っているはずだから、部屋から灯が少し漏れていてもおかしくないが、今は夜中の一時だから時間の問題なのであろうか？　イリーナは家の呼び鈴を鳴らした。その直後、メッセージが流れた。

「現在、留守にしているため、メッセージをお残しください」

生前の姉のアネーシャの声だ。イリーナは家の周りをぐるっと回り、勝手口のある裏手を前にしたその時、大きな黒い影を見つけた。男はこちらに背を向けた状態で、何か大きなものを抱きかかえ、家から出るところであったのだ。黒い影の男はイリーナの存在に気づき、こちらを振り返った。男は頭を頭巾で覆っていたが、イリーナはすぐに東松であるとわかった。男はかなり驚いた顔をして一瞬体を硬直させた。イリーナは勇気を振り絞り、男に声をかけた。手は緊張で汗ばみ震えていた。

「突然でごめんなさい。私はイリーナ。あなたの亡き妻であるアネーシャの妹です。姉が亡くなってからというもの、あなた方の生活を支えていました」

声の震えが収まらなかったので、一呼吸おいてからイリーナは続けた。

「あなたは記憶されていないかもしれませんが、あなたはカラチの空爆の時、わたしの命を救ってくれた。覚えてますか？」

東松は訝《いぶか》しそうな顔をこちらに向け、伏し目がちに頭を横に振っていった。

「俺はあの戦闘での負傷で、その前後の記憶がない。申し訳ないのだが」

東松は嘘をついた。実のところ、アネーシャとの生活の最中も米国国防総省本部との通信は続いていて、そこから得た情報から自分に迫る緊急事態を予知し、パキスタ

ンからの脱出をしようとしたのだ。まさにそのタイミングでイリーナに出くわした。イリーナの好意は知りつつも、この場でイリーナに心を許したら立ち去ることが困難になることは想定できた。一方イリーナは、東松に自分の記憶がないことが衝撃であり、彼女の全ての計画と想定を覆してしまったことに躊躇した。それでも話を続けなければならない。

「そう。でもあなたは私の命の恩人で大事な方です。ましてあなたはわたしの義理の兄でもあるわけですから。そしてあなたが抱きかかえている子供は、わたしの血も継いでいます」

トウマツは困ったような顔をした。それが何を意味するのか、この瞬間のイリーナには全く想像つかなかった。もともと思考が一方向性にしか持てない気質のあるイリーナは、東松の立場や状態を弁えずに、そのまま自分の思いをぶつけようとした。

「あなたとあなたと姉の間に生まれた子が身の危険にあります。詳しい事情はお伝えできませんが、わたしを信じてついてきてもらえませんか?」

東松はしばらく驚いた顔をイリーナに向けていた。東松からしてみると、このタイミングの悪い瞬間に現れた女を追い払うことしか考えられなかった。例え今までの自分たちの生活を支えた人であっても、これ以上話を引き摺りたくはなかった。いままさに危険なパキスタンとインドの国境越えをしようとする、このタイミングで。まして身体は不自由なままだ。

東松は重い口を開いた。

「……俺が今、この地にいることは誰にも知られずにきたつもりだった。なのになぜ貴女がそれを突き止めたのかわからない……。一体どうやって俺の存在がここにあることを知ったのだ？　妻のアネーシャも俺とこの子を徹底的に隠していたのに……」

イリーナはこの二人が身を隠していたことを知っていた。イリーナの知り得ない事情によるものであろうが、特にトウマツ側の都合によるものらしいことがこの瞬間に察することができた。

「頼むから見なかったことにしてほしい。そして俺とこの子を追わないでほしいのだ。できれば何もなかったことにしてほしいのだよ」

「なぜ？」

イリーナは聞き直した。東松はまた首を横に振った。

「申し訳ない。俺が貴女にお答えできることは、俺という存在、そしてこの子という存在が、最初からなかったものとして、記憶から消してほしいとお願い申し上げるしかない。そしてそれは貴女のためでもあることです」

東松は再びイリーナに背を向けて、ほんの少し足を引きずりながら布に包んだ子供を抱えこの場を立ち去ろうとした。

「待ってください！」

イリーナは思わず、自分でも思いもしなかった大きな声で感情を剥き出しにした。

「行かないでください！　わたしから立ち去らないでください！　私はあなたの命の次に大切にしているものを持っている」

イリーナは馬にくくりつけた草薙を手に握り東松の前に突き出した。

一瞬、止まった様子を見せた東松。目を大きく見開き、固唾を飲む。それでもこちらを振り返らず立ち去ろうとしたため、イリーナは走って東松の肩を掴んだ。その瞬間、東松は予想外の力が入り、イリーナの手を振り払うと、彼女はその場に勢いよく倒れ込んでしまった。東松の感情は、もはや焦りから怒りへと変わっていた。自らを抑え、そして伝えた。

「……すまない。貴女を傷つけるつもりはなかった。でも理解してほしい。本来なら、国外脱走を知ってしまった貴方を、俺はこの場で殺さなければならない。わかって欲しい。それができないことを！」

東松は苛立つ気持ちを隠せず、そのまま無言で立ち去った。イリーナは、降り積もる雪の中で、膝をついたまましばらく立ち上がることができなかった。また自分自身に沸き起こった感情は、限界まで高ぶっていた分、制御不能と化し、精神は自己崩壊を始めていた。追い討ちをかけるように最後に東松がイリーナに向けた怒りの目線。イリーナの心はこれ以上傷つくことができないほどに自己崩壊し始めていた。

「東松は確かに言った。わたしを殺さねばならないと。むしろいっそあの場で殺して欲しかった。二度も命を救われるくらいなら！」

イリーナはショック症状を起こし、途端に呼吸困難に陥り、咳き込んでその場に伏した。

降りしきる雪は、さらにその激しさを増した。しばらくの間、ただ呆然と、自分の身に何が起こったのかも理解できず倒れていた。やがて涙がとめどなく流れ始めた。ほぼ垂れ流しに近い涙は、彼女の足元の雪を湿らせた。このような大量の涙が体のどこから流れるのだろうか？　そう思った。

身体中の水分が流れ続け、自分の体内の液体が全て消えて無くなるのではと思ったその時、白い雪が赤く染まり始めた。涙として流すべき水分が底をつき、代わりに赤い血潮を流し始めた。その瞬間、かつてイリーナの中にいなかった新たな人格が誕生したのだ。人生でこれほどまでに人を恨んだことがなかったイリーナに、激しい憤りと恨みの感情が込み上げ、漆黒の塊のように彼女の魂をどす黒く染めた。

真紅の血の涙を流し続けるその目は、幼子を抱きかかえた東松の背中が純白の雪の降りしきる真夜中の草原に消えていくのを最後まで見つめ続けた。そして暗闇に消えるその姿に呟いたのだ。

「トウマツ、お前がいま私を殺さなかったことを、必ず後悔させてやる」

第三章

一

光量の少ない真冬の雪空の下、光は東松を見つけ出すことができない。東松がここ数ヶ月住処《すみか》にしている新宿大久保の雑居ビルの谷間に、ビル群が高層化していることもあり、地面まで届く光が少ない。

寒さを誤魔化すために、あらゆる手段を尽くした。凍てつくアスファルトと自分の身体との隙間に、この冬の到来前にボランティアから支給された薄く硬いタフト毛布を何枚にも重ねて敷き、なんとか身体に伝わる冷気を遮断しようとした。

しかし、今年の冬はいつになく寒さが厳しい。

東松はあらゆるものを身体に巻き付け、頭から首にかけて布をぐるぐると巻き付けた。随分と長く履き古した黒の皮のブーツは、足首をかろうじて隠してはいるものの、手入れをしていないせいかボロボロで、皮の柔らかさもなくなり硬くなってしまっている。薄汚れて黒くなったテント生地のボトムのシワの中には、やせ細り切ってしまった足が、骨の形で浮き彫りになっている。

「……もうこれ以上は痩せることはできないだろう。俺の体を蝕むこの病は、どれほど進行しているのだろうか。この痩せ方から、自分の命に残りが少ないこともわかってはいる。しかしこの世から消える恐怖以上に幼い娘のゆり愛を天涯孤独の身にさせてしまうことの悲しさに胸が押しつぶされそうだ。

今日はクリスマスだから、あの子はきっと施設で楽しい時間を過ごしているに違いない。いや、そうであって欲しい。決して一人ぼっちになってしまったことを悲しんだり、俺のことを思い出して切ない気持ちにはなってもらいたくない。

俺がいなくなったらゆり愛は何の身寄りもなくなってしまうのだから、施設に預けてよかったのだ。

あの子ならきっと大丈夫だ。五歳でこの近くの特別養護施設に預けた時は、泣きやまなかったが。最後の別れの時、俺が言った。

『可愛い子は、絶対に泣かないんだよ』

そう言っても俺の足にしがみつき、そして溢れる涙をこらえることはできなかった。いつもだったら、この魔法の言葉で泣きやまないことはなかったのに。だから俺が愛しいあの子の目から溢れる涙をぬぐいながらできるだけ、優しく言った。

『ゆり愛がいい子にしていたら、必ずまた迎えにくるから。だから泣かないでほしい……。パパがそばにいなくても前向きに生きて欲しいんだよ。わかってくれるよね？』

そう言うと、その大きな瞳から流れる涙を一生懸命こらえ、そして大きく一回だけうなずいて答えた。

『ゆり愛、いい子になれるかな？』

一生懸命、小さい体で悲しみをこらえる姿は余計俺を悲しくさせた。なぜなら、それは嘘だったから。二度と会えるはずなどなかったから。でも俺は、ゆり愛に本当に最初で最後の、優しい嘘をついた。……今度は俺が泣きそうになった。今まで涙なんか流したことなどなかったから。とっくに戦争で涙腺なんて破壊されていたと思っていた。いや、涙腺ではなく、自分の心が蝕まれていただけなのだ。でもそれは間違っていた」

ゆり愛が生まれる前の前、先の大戦で失ったパールシーのとても美しい白銀色の髪のアネーシャが東松の命を救った時、自分は変わった。アネーシャはその顔立ちが完璧なまでに整っているだけでなく、医師としての知性とそして何よりもその慈愛に満ちた表情は、東松の凍てついた孤独の闇の中に一筋の光を放った。彼女の優しさは東松の心に染み込み、凍った心を温めて溶かした。東松は軍人としてではなく、人として生まれ変わったのだ。先の対テロ戦争ではあり得ない敗北を喫した。ミッションを受けた米国からの誤爆に巻き込まれ、本来は敵であるべき人々から救われ、そして一人の女性医師に命を救われた。その後、間も無くその女性を心から愛すると同時に、最愛の娘を授かった。それがゆり愛だ。

「ゆり愛はあいにく母よりは、俺に似てしまったようだ。どこから見てもハーフには見えない。見た目は完全に日本人の女の子だ。きっと妻のアネーシャが俺が可愛がるようにと俺そっくりに産んだのだ。その後間も無く妻との永遠の別れが訪れた。もちろん全て戦争のせいだ。

一人の女性との出会いは俺みたいな人間でさえ変える力を持つ。アネーシャとの出会いは、俺という戦場で生き抜くことしか頭にない人間を全くもって変えてしまった。そして彼女との間に授かった生まれたばかりの子はとても愛おしく、この子のために生きていきたいと心底思ったその瞬間、俺に与えられたのは重く辛い死の宣告だった。

だから今、俺は天におられるだろう神を心から恨んでいる。しかし恨んでも仕方のないことなのだ。これは与えられた罰なのだから。

軍人は人を愛してはいけない。それは人を不幸にするだけでなく、自らの心さえ破壊する。軍人は家庭的幸せとは無縁であるはずなのだから。ＡＣＴＴの軍事ミッションに生甲斐を感じ、そして仮にそのミッションの最中に命が絶えたとしても、俺は幸福を感じるべきだろう。全てを戦争のために使い尽くした身体には、全身に転移したであろう癌が蝕む。そして日々痛みが激しくなっていく」

東松は末期癌を患い、全身に転移したがん細胞は激しい痛みをもたらしていた。それを抑えるために飲んだアルコールの瓶が、この新宿の見捨てられた暗がりの一角にうずくまる東松の足元に無数に散乱している。

「俺は主にタンパク源を、この辺に生息するネズミから摂取していた。身体が思うように動かせなくなり、その辺にある釘と紙の材料で吹き矢を作り、野ネズミを射止めていた。その食い尽くされた残骸の骨も同様に自らの足元に散乱している。

すぐそばにゴミの捨て場があるのだから持っていけばいいのだが、もうそんな気力さえ失せた。ホームレスにいつかはなるだろうとは覚悟していたが、俺には最低の最後がふさわしいのかもしれない。それ以外の選択肢もない。人としての気持ちや思いなど、いっそ戦場に捨ててくればよかったのだ。どうせ戦場では完璧な戦闘ロボットとして立ち回っていたのだから」

「戦争で鍛えたつもりの体は、いつの間にか戦場で撒き散らされた化学毒性物質で蝕まれ、鍛えたつもりの魂も家族ができ、かえって弱くなってしまった。せっかく守り

たいものができた肝心な時に役に立たなかったのだから、全くもって意味がない。

今まで自分は強靭な軍人であると思い込んでいたかった。だが、たった一人の愛すべき娘さえ守ることができず、彼女の何の役にも立たなかったのだ。毎日敗北感に苛まれ、自らの人生の虚しさに耐えがたいものを感じ、最後の自尊心さえ打ち砕かれ、もうこれ以上は、惨めな自分自身に向かい合うことは難しい」

東松の乾いた頬を一粒の涙がしめらせた。そして、後悔の前に立ち塞がったのは絶望という新たな境地だった。

「いまは、ただ静かに最後の時を迎えたい。それだけだ」

東松はゆり愛と過ごした最後の時間を思い出していた。そして死ぬ前に、ゆり愛に手紙を書くことを心に決めたのだ。この想いをゆり愛に届けたい。そして、ゆり愛がすぐにわかるよう、子供がわかる文章で綴ることを決めた。

――愛しい ゆり愛へ

それはクリスマス前のゆり愛の誕生日だった。君は二〇二一年十一月十四日にパキスタンのラホールで生まれた。ママのアネーシャはひっそりと自宅で産んだんだ。忘れもしない。俺がアネーシャの手を握って、そしてアネーシャがゆり愛を産んだ時に聞こえた産声。君はとても素敵なハスキーな声をしていたので、将来ボーカリストになってもいいなと思った。

俺は産まれたばかりの君を抱きかかえた。その時のママのアネーシャの表情は忘れもしない。この世のものとは思えないほど美しかったんだ。安らぎと愛に満ちていて、ただでさえ美しい顔立ちに愛情に満ちた表情というのは本当に何とも言えないほど美しく輝くものなのだ、と。

そしてアネーシャも俺も、ものすごくホッとして不思議と涙が出てきたんだ。本当に無事にこの世に誕生してくれて、そしてどうしょうもなく愛おしかった。この込み上げてくる感情は何だろうと思ったんだよ。不思議だよね。今まで生きてきて、こんな感情を持ったことがなかったから。

しばらくは、子育てに夢中になっていた。オムツだって交換したし、授乳以外は全てやった。離乳も大変でね。ママは働かなきゃいけなくて、仕事に復帰してから、パパがゆり愛にご飯をあげなければいけなかった。ゆり愛は、早くから母親が仕事をしているから、乳離れが全然うまくいかなくて。なかなか食べ物を口にしてくれなくて、本当に死んじゃうんじゃないかって心配したよ。

でもある日、ママが本当に帰ってこないことがわかったんだ。ママが帰ってこない理由なんてわかるはずもない、君がまだそんな幼い時に。でも、それはきっと良かったんだ。もしわかってしまったら、君の悲しみをパパは受け止めることが難しかったと思うから。

その間、俺は秘密裏にアネーシャの父親が非常に危険な人物であることを知ったんだ。そしてそれは、パパとゆり愛の永遠の別れを意味していた。もしアネーシャの父親が知ったら、君は俺から無理やり引き離されることを知っていたから東松は一旦ペンを置いた。手が寒さでかじかんだためだ。いや、そうじゃない、きっともう手がうまく動かなくなってしまうほど病が進行しているからだ。それでもこの手紙を書き終えるまでは決して死んではいけないと思った。東松は最後の力を振り絞るようにしてペンを再びとった。

——パパはいてもたってもいられなくなったんだ。ゆり愛を失うなんて、もしそんなことになったら、パパは死んじゃうと思ったんだよ。身体は思うように動かなかったけど、何とかその晩のうちに国境を越えて脱走をしようと思った。二人でこっそり抜け出せば、今なら誰にも気づかれないと思ったからだ。特に、家族の誰かが援助をしてくれているということは、義父が知っているかもしれないからね。

その晩はとても寒くて、外を歩くことはとても危険だった。まして乳児をつれてなんて二人とも死んでしまっても全然おかしくなかった。

……ごめんね。そんな危険を犯してしまって。でも、どうしてもゆり愛を失うことができなかったんだ。それでも一〇〇キロくらい先にあった国境を越えれば、あとは味方が待っててくれているから。

パパは何度もゆり愛に話しかけて、その度にゆり愛はパパに向かって微笑みかけてくれたんだ。時々、大声を出して笑っていたんだよ。信じられないよね？でもゆり愛は、とても愉快な子だったんだ。とても冗談が好きで時々、おばあちゃんだったお手伝いさんの猫背の真似をしたり——

東松は、それ以上、ペンを進めることができなかった。手は悲しみで震え、涙で顔は覆われた。大きな肩を震わせて涙を流した。それでも最後の力を振り絞って、東松はペンをとった。

――ゆり愛は、赤ちゃんなのに……パパを一生懸命励ましたんだよ。信じられるかい？　くじけそうなパパを、笑顔で励ましたんだよ。ゆり愛、どれだけパパが励まされたかわかるかい？　そして、いま、ここにいて欲しい。そばにいて欲しいと、どれだけ思っているかわかるかい？――

東松は込み上げる感情に耐えきれなくなり、その重たい身体を起こした。書いていた手紙を最後まで書ききれなかったことは無念だったが、涙で紙が濡れてしまい、これ以上書き進めることはできなかった。

手紙を懐にしまった。そして死ぬ前にゆり愛に届けなければならないと思った。今まで立つ気力さえ持てなかったが、とうとう最後の力を振り絞った。そして二度とこのように立ち上がれないことも知っていた。もはや自立しての歩行は不可能で、不本意ながらもその辺に落ちていた木の棒を支えにゆっくりと進む。

ビルの外壁に身を任せ、鈍い光さえ届かぬビルとビルの合間の隙間を猫背で重たい体を引きずりながら歩き出した。周りにいたホームレス達も意識が朦朧としている者が多かったが、過去に見たことのない東松が動く姿を目の当たりにし、想像を超えた身体の大きさに緊張が走り壁際に退いた。

　その光景はあたかも、東松の最後の花道をつくっているかのようだった。久しぶりに周りに与えた威圧感に懐かしささえ覚えた。先の戦闘で致命傷を負ってからというもの、生まれて初めて弱者として生き、精神的にも立ち直れなくなってしまった。それでも今は、むしろ以前よりも周りへの威圧力が倍にも増した気さえした。東松はなぜ自分がそうなったかをすぐさま理解した。恐怖とは、自分を守ろうという気持ちから生まれるもの。すでに守るべき自分がなくなれば、恐怖はなくなり、恐怖を克服した己はさらに魂の強靭さを身にまとう。不思議と腹から湧き起こるような力を感じた。そしてようやく大久保通りに出たのだ。

　目に飛び込む鈍い光が真夏の太陽のように感じた。真冬の凍結したビル街に差し込む光が、しばらく光を必要としてなかった東松には、何千倍もの威力となり、鋭い針のように眼球を突き刺した。耐えきれず思わず手の平を目の前にかざし、光から目を背けた。しばらく受けていなかった光がまぶしすぎるのか、それとも病のせいなのか。死を間近にした東松の瞳孔は、虹彩の筋力の衰えとともに日の光が鋭角的に差し込み、視界を真っ白にした。

　しばらくすると視覚が蘇った。通りのざわつく音と共に、雑踏のクリスマスの慌ただしさが徐々に見えてくる。東松は、ただでさえ狭い大久保通りの歩道で通行人にぶつかりながらも前に進もうとした。時々足がもつれ転びそうになる。その時、この近辺に大量に生息するたちの悪いチンピラ一人の肩に接触した。

「ワレ！　どこに目つけてんじゃ、このボケ！」

瞬間、前後上下の感覚は失われ、東松の体が頭から地面に叩きつけられた。そもそも人から殴られるのは久しぶりだった。過去に世界の戦場では殴り合いなど無縁であったし、悪意のある接触で、過去一度たりとも指を体に触れさせることはなかった。己の生命の終末を知りながらも、その感覚や身体の衰えにあらがうことができず、ただただチンピラから一方的な、かつての彼にはありえない殴打を受け入れるしかない自分を目の当たりにし、すでに病で身体の感覚であるほぼすべての痛覚は失いつつあるものの、このままタダで食い下がることのできない憤りの感情がフツフツと東松に湧き上がった。

「こんのオオオ、チンピラめ！」

心ではそう叫んでいたが、東松の声が一滴も出ることはなかった。声を出す筋肉でさえも機能を失っていたのかもしれない。チンピラはうずくまる東松に執拗に蹴りを入れ続けた。そいつが、下から捲き起こる地響きと共に一瞬にして空高く宙に浮き、上空に持ち上げられたと思うと、鈍い冬の光がその身体を光で隠した。気づいた時には枯れ枝のように男の四肢はあらぬ方向に曲がった。地面に頭からくずれ落ちたのち耳と口からは大量の血が流れ、歩道を一瞬にして血の海にした。

まずはその強烈なビジョンが目に飛び込み、その後音が後から付いてくる。体内のいくつかの骨が砕け内臓が潰れる鈍い音。追いかけて、それらが自由落下し地面で潰れる音。

驚いた人々はその場から逃げ惑った。一瞬にして雑踏から音が消え、人々でごった返していた大久保通りから人気が消えた。これだけ大勢の人が人通りの多い通りから姿を消す風景は圧巻だ。チンピラはおそらく即死だろう。ただ単に東松は男の顎にアッパーカットを食らわせただけだったが、その威力は尋常ではなく、顎もグチャグチャに砕けてしまっている。傍目にはただならぬ殺人鬼の仕業と思われるにちがいない。

「今、警察に捕まるわけにはいかない」

東松は必死になって逃げた。警察が後ろから迫り必死になって犯人を探しているのが見える。しかしながら元傭兵特殊部隊員の東松は、当然のように自分の身を隠す術を心得ていた。すぐさま住宅街へつながる路地に入り、息を潜めた。

かつての大久保の街の閑静な住宅街に囲まれた狭い路地は、今では休日の昼間に麻薬の売買が行われるほど得体の知れない場所になってしまった。東松はこの住宅街を抜け、コリアンタウンの雑踏に紛れ込んだ。ここまでは死を目前にした動きとは思えないほど俊敏な行動であったが、今この瞬間に、死を目前にした末期癌特有のだるさが東松を襲う。もう一歩も歩けないくらいの疲労感。意識も徐々に遠のいてきた。東松は最後の力を振り絞り歯を食いしばった。

「ゆり愛を、一目見るまでは。この想いを伝えるまでは……ぜったい死ねない！」

東松は棒っきれに全体重を乗せ、よろめきながら何とか前に進もうとした。過去に戦場の死線を何度もくぐり抜け、その度に致命傷の傷を抱え、そして大量の血を流し、それでも命をつないで生還した。東松自身でさえ、かつて自分は不死身であると信じ込んでいたのだ。でも今は違う。確実に死神は東松に近付き、そして頭から飲み込もうとしている。

「死ぬ前に、ゆり愛を一目見たい。そうすればきっと幸せな気持ちのまま死ねる。ゆり愛には俺の姿は決して見せまい。あの子はきっと泣いて俺から離れないにちがいないから」

　東松は明治通りの手前の路地に入ってからは、目的とする下落合の交差点まで一心不乱に前に進んだ。右足はむくみでパンパンに腫れ上がり、膝を曲げることさえできない。全体重が左足と杖として使っている棒っきれに寄りかかる。そしてようやく下落合の交差点に差し掛かったとき、支え棒が真っ二つに折れ東松は無残にもまた頭から倒れこんだ。そして脳震盪を起こし、しばらく気を失った。自分でも頭部から血が流れているのがわかる。血が目に入ってしまったが、もはやそれを気にすることもない。通行人たちが奇異な視線を送るなか、東松はヨタヨタと立ち上がり、ようやく横断歩道を渡りきった。その先にはゆり愛のいる特別養護施設《ひまわり園》がある。

東松は坂の手前でその頂上を見つめた。

「あと少しだ。これで全てが終わり楽になる。死んだら自分はこの坂の石版の一部となり、ゆり愛をこの坂から一生見守り続けるだろう」

　東松は渾身の力を振り絞り、壁を伝い坂を一歩一歩踏みしめ登り始めた。この時、一人の女が東松を後ろから追尾していた。女はワイヤレスのイヤホンマイクで本部と通信を開始した。

／／本部。こちらターゲット発見。現在追尾中／／／

　女はモッズコートのフードに隠れた男の額に深く刻まれた十字の傷を確認し、ぐっと息を飲んだ。

「間違いない。東松征士郎。随分と長くお前を探し続けていたが、こんなに痩せ細ってしまうとは」

女は男の様相があまりに記憶との差が大きく、思わず息をのんだ。

「現役の時のお前からは想像できない。お前が病気で瀕死の状態との噂は、本当……だったのだな」

女の名は珠加といった。東松が傭兵特殊部隊時代に何度も戦場を共にした仲間であり、カラチでの多国籍軍による誤爆を受けた後、東松とは離ればなれになったきりだ。珠加は女性にしては長身で、鍛え抜かれた肉体は筋肉で引き締まり、肩は水泳選手のように広く筋肉が盛り上がりを見せている。重い武器ばかりを抱えていたせいもあるかもしれない。サブマシンガンどころか対戦車砲や迫撃砲やスティンガーなども取り扱っていたため、手首のあたりや腕橈骨筋のあたりは女性とは思えないほど逞しい。そして顔には複数の傷があり黒ずんでいる。服を脱げば、さらにその身体が傷だらけであるということが分かるであろう。傷は深くえぐられたもので、半端ではない重火器を取り扱い、自らがその犠牲にあっていたことが想像出来る。シャープな切れ長の眼に睨まれたら人は視線で殺されるかもしれない。そんな目つきは東松と同じで、幾度も激しい戦闘をくぐり抜けた本物の兵士であることには変わらない。

珠加は蒸発した東松をずっと探していた。東松は突然、仲間との音信を絶って一人でどこかに消えてしまったのだから。しかしながらその理由が今、はっきりとわかった。東松と幾度もの高度なミッションを乗り越えた戦友である珠加。東松は自分にとっては血を分けた兄弟以上の存在であり、絶対的リーダーシップを執ることができた彼を彼女は尊敬していた。

珠加はその顔に相応わしくない切ない表情を浮かべた。

「なんとか間に合ってほしい。お前をドクター厳のところに届けるまでは。坂の先に、間も無くＰＯＣのスタッフが到着するでしょう」

珠加は、今東松が向かう先に何があるかも全て知っていた。しかしながら、これだけ近くにいながら、東松に手を差し伸べることもできない自分の歯がゆさに、険しい顔をさらに険しくしたのだ。

二

特別養護施設『ひまわり園』の庭は開放的で、小学校の校庭の半分ほどある広い庭は、滑り台や砂場、子供の遊戯器具がたくさん置いてあり、庭の樹木の間からは適度に中の様子を見ることができた。昼間の時間ということもあり、親が何らかの事情で一緒に暮らすことができない家庭の子供たちが、驚くほど大勢園庭で遊んでいる。二、三歳の幼児も少なくはない。東松は最後の力を振り絞り、坂を登り切った。自力では呼吸困難に陥りかけながら、肩で呼吸をしていた。全身に転移した癌は彼の肺をも蝕み、その役割を果たすことはできなかった。子供たちの笑い声やさけび声が聞こえるが、それも朦朧とした意識の中で途切れ途切れとなる。すぐ目の前に園庭の垣根が見えてきた。金属製のフェンスに捕まり荒い呼吸を整えた。

フェンスのすぐとなりに6・6フィートくらいの木が生い茂っていたため、適度に東松の存在を中から隠す役割を担ってくれた。ゆっくりとそこを背に腰を下ろす。首だけを園内に向け、中を覗く。遠くから幼い一人の女児が園長と思われる小太りの初老の女性の足元にまとわりつき、何やら話しかけている。女児は無邪気な表情で目も宝石のように輝いている。

東松はとうとう最後の願いを叶えたのだ。東松はゆり愛をしばらく遠くから眺めていた。死しても決して忘れぬよう、その愛しい姿を自らの記憶に焼き付けるために。

右手には、ゆり愛に宛てた手紙が握り締められている。

「最後にこの手紙を渡すことを願っていたが、それももう難しいだろう。でもこれでいいんだ。これで思い残すことなど何もない。

願わくば誰かこの骨をこの園庭の桜の下に埋めてほしい。そして土に還った自分は桜の木の一部となり、ゆり愛の成長を見守り続ける。そんな願いを神は叶えてくれるだろうか？」

東松は垣根を背もたれにして静かに目を閉じた。自分の動悸の状態から心臓の動きが不規則になっていることを感じる。不思議と痛みも和らいでいた。身体中の感覚が体から抜けようとしている。そしてなんとも言えない幸福感に包み込まれた。意識はまだあるものの生きることと決別する意思をようやく固めることができた。ふと空を見る。雲の切れ間から一筋の暖かい光が彼の身体を包み込んだ。

その時、空間を乱暴に切り裂くヘリコプターのローターブレードが回転する音が子供達のはしゃぐ声を掻き消した。声は叫び声と変化し、泣き声があたりに響いた。こども達は蜘蛛の子を散らすように散り散りになって逃げた。やがてヘリコプターは園庭に着陸し、一人の紫色でウエイブのかかった長髪の白人女性が降り立つ。そして女は園長の足にしがみつくゆり愛に近づいた。東松がほんの目と鼻の先にいることに気づくはずもないイリーナは、幼いゆり愛に歩み寄り流暢な日本語で話しかけた。

「ゆり愛、随分と大きくなったのね」

イリーナは険しく変化した表情を少し緩め、じっとゆり愛に見入った。

「お父様そっくりね。あなたは東松のことをもちろん覚えてないでしょう。なぜなら、あなたを最後に見たのは、あなたがまだ生まれたばかりの時だったから。遠い西の砂漠にいらっしゃるお祖父様があなたのことを首を長くして待っているわ。さあ一緒にお母様が永眠《ねむ》る国に戻りましょう」

ゆり愛はイリーナを睨みつけた。まるで虎の子が威嚇するかのように、噛み付かんばかりに歯をむき出しにして、相手をにらみかえした。

「ちっ。可愛くない子ね！」

吐き捨てるようにイリーナは言った。その表情に歪んだ性格を丸出しにし、冷酷極まりない表情に戻る。

「子供だと思ってたけど、まるで悪魔ね」

イリーナは無理矢理ゆり愛を園長から引き離し、片手で抱きかかえた。園庭の上空でホバリングをしながら待機するヘリのロープを掴んだ。ロープはゆっくりとヘリに吸い込まれた。ゆり愛は呆然と立ちすくむ園長に向かって叫んだ。

「園長先生！　助けて！　助けて！」

イリーナは窓から乗り出そうとするゆり愛の肩を鷲掴みにして、キャビン内に引っ張った。

「危ないから中に入りなさい！」

ゆり愛は自分の肩にかけられたイリーナの手に噛み付いた。

「パーーン」という音と共に、ゆり愛の頬が殴られ、その柔らかい頬を真っ赤に染めた。ゆり愛は大声で泣き出した。子供の扱いのわからないイリーナは一瞬、罪悪感に困惑したが、すぐにその思いを捨て、再び冷酷な目で泣き叫ぶゆり愛を睨みつけた。

地上では、かけつけた警察官が園庭に集まり大騒ぎになっている。珠加は校庭で立ち尽くしつぶやいた。思わぬ事件が目の前で展開され状況も掴めぬままであった。

「一足遅かったか……」珠加は垣根に倒れている東松のところに駆け寄った。

「東松！　しっかりするんだ。お前を絶対に死なせやしない。絶対に助けるから！　だからお願いだ、命をあと少しだけつないでてくれ！」

その時、珠加は東松の右手に大事に握られている手紙を見つけた。その手から引きはがし、中を開けて読む。

「……これは……！」

東松が書いた手紙を握りしめる珠加の背後で、一台の黒塗りの大型のバンが停車した。中から白衣を着た男たちが東松に駆け寄った。その先頭に立つメガネの長身、骨ばって神経質な面持ちの男が東松に歩み寄り、彼の腕を捲り上げ、注射を一本打ち込んだ。

「ドクター厳《げん》。必ずこの人を助けてほしい。絶対に死なせないでくれ」

ドクター厳は神経質そうな細く鋭い目だけを珠加に向け、決して顔の正面を向けることなく無表情で答えた。人に顔の正面を向けずに話をするのは、人を馬鹿にしているのか、もともと相手にもしていないのだろう。珠加に対して話しているのではない。

かろうじて相手の会話を聞いてはいるものの、相手を自分の視界に入れることさえ好んでいないのだ。そしてこの男の会話はまるで独り言のようだった。

「私がこの場に立ち会ったのは、東松が絶命する前に確実にある薬品を投薬するためだ。この男の心臓が止まらない限り、ＰＯＣでのオペはスムーズに進行するだろう」

珠加は頷きそして言った。

「頼む。ドクター厳、あんたしかいないんだ。東松を救える人間は！」

ドクター厳は強面の珠加にでさえ、怖いもの知らずな返答をした。

「勘違いしないでいただきたい。わたしは東松を救うのではなく、わたしの大事なマテリアルだからこそ、死んでもらっては困ると思っているだけだ」

「マテリアル……」

「そう、死なない兵士の製造はわたしの人生を賭けたライフワークであり、単なる科学的実験と思ってもらっては困る。既に米国の技術より我々ＰＯＣの技術は上回っている。その実証のための今回のオペだ。東松はその大事なマテリアルにすぎない」

珠加はこの人格の歪んだマッドサイエンティストに、大事な仲間の命を預けたくはなかったが、他に東松の命を救う手立てがない。右拳をぎゅっと握り、下唇を噛んで悔しい気持ちを抑え、白衣のドクター達が枯れ枝のように痩せ細った東松の体を車内へと運び込むところを見守った。車は発車し、新目白通りから国道二五四号線へと曲がり、三十分ほど下り方向に位置するＰＯＣを目指した。

三

【心理作戦センター（Psychological Operation Center 以下ＰＯＣ）】というのは表向きには警察にも自衛隊にも属さない第三セクターであり、前身の施設は大正時代に勃発した世界大戦から設立され、現在に引き継がれているという説もある。ＰＯＣという名称は有事において特殊部隊に所属する心理作戦の遂行できる人材に、多数の任務を最良にこなすトレーニングを行う場所という意味で名付けられた。同時に戦争で精神的外傷を患った者に治療を施すための組織でもあり、特殊部隊員のトレーニング及び心理的なケアを行うための専門組織という名目で設立された。その後、国立系の先端科学研究施設だったものが部分的に時代の必要性に応じて急速に拡大し、現在のＰＯＣの形となったのである。外観は普通の国立系研究施設といったビルの出で立ちで看板も出ておらず、地域住民はその実態に気付いてはいなかった。しかし一歩そこに踏み入れると外からの外観は全くのカモフラージュで、建物内は最新のセキュリティーシステムが導入され近未来的な電子機器で埋め尽くされていた。

　その建物の地下五階にオペレーション室は存在した。二〇〇平米ほどの巨大な空間の、入り口を入ってすぐに四、五十台もの大きな遺伝子変換手術用カプセルが弧を描くように並べられているのが目に入る。それぞれのカプセル内には、肉片と化しバラバラになっている人間が納められていた。それらは人型の透明な膜につつまれていて、千切れた肉片はそれが収まるべき場所にはめ込まれていた。空間と肉片で構成された固まりの所々に、細胞蘇生の装置で形状は黒の四角形であるナノチップが貼られ、電子部品独特の小さな発光体を光らせている。

時代は電磁波と遺伝子操作で手術を行う段階にきていた。かつては難しかった細胞の再生もナノテクノロジーの技術発展によって、直接遺伝子情報を操作し、壊れた肉体の蘇生を容易にした。しかしながらＰＯＣの本来の機能はその点ではなく、さらにその上の段階の遺伝子情報、その蘇生速度の改変、遺伝子構造を常人のレベルではなく、筋肉の強化、過酷な環境において、栄養の摂取なくとも疲労しない、眠らないで戦うことのできる不死身構造への改変のための研究に取り組んでいたのだ。

結果的には遺伝子の改造実験の取り組みが残され、《Gene Remodeling TAKAKUWA Immortalized Cell Operation（遺伝子改造不死化細胞手術）》、略してＧＲＴＩＣＯグルティコと呼称される計画は、ＰＯＣ設立以前の一九七〇年代から運営されている前身の組織から始められていた。このころからグルティコによって生成された兵士は《Warrior Generated by Gene Remodeling Surgery》略して《ＷＧＧＲＳ　ウグルス》と称されていた。

創設者は小笠原眞生という人物で、一九七五年に謎の死を遂げたが、この人物こそ、現在では実現の光が見えている《死なない細胞＝不死細胞》の製造に着手し、成功させていたと噂される人物であった。活発に遺伝子操作手術が実行されている巨大なドーム型のカプセルが一つのオペレーションルームに設置されていた。そのオペレーションルームには、何台ものコンピューターとディスプレイモニターが設置され、一つのディスプレイ画面では被験者が三次元のワイアフレームになって現れ、三次元的にそれらが徐々に修復されていく様子が確認できた。

そのような巨大なオペレーションルームのさらに奥に、全てのオペレーションを自動管理するためのコントロールルームがあり、そこがいわゆるこのオペ室の中枢で約二〇〇台ほどの端末が各オペレーションを管理していた。オペ室の入り口には防音・防熱・防火の、まるで金庫の扉のような金属製の重たい自動ドアが設置され、有事の際は外界からは遮断できるようになっている。そしてドアの開閉は生体認証でのみなされる。

ここに東松の格納された黒い半透明の自動走行機能のついた担架が、何百ものオペレーションカプセルの間をすり抜けて進んだ。担架の中は、半透明のケースから電子機器の発する点滅する青緑色の光が透けて見える。同時にケースには周りの壁に取り付けられた電子機器の無数の赤や緑に点滅する微小のライト群が反射している。この巨大なオペレーションルームは無人であったが、部屋そのものが一つの自動管理された空間であり、空気中の成分も全てコントロールされている。

東松を乗せた黒い担架はこのオペ室の一番奥、コントロールルームからほど近い場所の、この施設の中で最も最先端のカプセルが配置されている場所へと移動した。東松が格納されるオペレーションカプセルは『ドーム』と呼ばれ、通常のカプセルよりは大型であった。形は円柱型の横置き型で、他のカプセルとは桁違いに大きく二メートル×四メートルほどのサイズ。また床面から二メートル五十センチほどの高い位置に設置されていた。東松を乗せた担架はその真下に運び込まれた。同時に担架とカプセルを繋ぐシールドが、カプセルから真下にスライドし、担架に固定された。そして東松を乗せた担架が上方へと持ち上げられると同時に、ドーム内で担架の上部シールドが開口し、磁場を発生させるためのドーム内に東松はおかれた。

　オペレーション開始を知らせるブザーが室内に鳴り響く。ドーム内に収容された東松にアームのようなものが伸び、体の部位の数カ所から細胞が摘出される。細胞はドーム内部の検査管に収められ、ＤＮＡの照合が開始された。本人確認がなされた後は、もともと採取されていた東松のＤＮＡから、再プログラムされた遺伝子情報へ変換するための視覚的には周りに細かい粒子の、しかも一つ一つが七色の光を帯びている玉のような光の粒が集まるように見えた。その後東松の体のひとつひとつの細胞に電磁波が注ぎ込まれ、それらが遺伝子情報の書き換えを開始した。

　目の前のガラス張りのコントロールルームには、窓越しに三人の姿があった。ＰＯＣセンター長の籠正憲《かごまさのり》、若手与党政治家の田崎進三郎、そして東松の手術の執刀医であるドクター厳の三人が、オペが開始された様子を固唾を飲んで見守っている。数名の化学研究者、研究助手達がコントロールルームにぎっしりと詰めかけ、史上初のウグルスの誕生を見守っていた。田崎進三郎は、現在政権を握る政党に所属し、内閣総理大臣や執行部から信頼を得ていた。身長百六十五センチほどのやや小柄な男であるが、年齢四五歳の元柔道家で武道家らしい厳《いか》つさがある。いかにもエネルギッシュで脂ののった働き盛りで、やる気の塊のようなオーラを放ち、短めの髪で精悍さもアピールしている。

　田崎はセンター長である籠正憲に話しかけた。どちらかというと痩せ型で、神経質な面持ちの籠はもともと科学者としてノーベル賞候補に上がったことがある人物ではあったが、現在では定年間際ということもあり管理職に収まっている。生粋の科学者であり器用さには欠けるが、センター長になるほどの柔軟性は兼ね備えていて、例え若い上司でも低姿勢を貫いている。

「この先端医療技術は軍事技術とは異なる。人口も減りGNPも頭打ちとなった日本で、ナノテクノロジーを使った遺伝子改変技術は現在では米国の技術を上回り、次世代の輸出産業の担い手となっている。この莫大な収益を上げつつある最強兵士製造技術は既にこの時代でPOCがリードしていることに間違いない。政府が次世代産業として注目している最先端の技術が、この東松という兵士の完成により量産を具現化しようとしているのだ」

籠センター長は、その場で東松のカルテをパソコン画面に映し出した。

「田崎さんもご存知とは思いますが、このゲノム編集手術はただのオペと違います。細胞を別な性質に改変してしまう。改変というのは最適でない表現で、もっと適切な表現をすると【遺伝子の改造】という言葉が一番当てはまります。細胞の遺伝情報を違う形質に生まれかわるよう転換する。その後は、なんと申しますか、簡単に言ってしまうと、かつて人類が過去に持っていなかった再生能力を持つ細胞に生まれ変わるのです」

すかさず、ドクター厳はそこで割り込んできた。身長は百八十六センチほどの長身で、頬は痩せこけ、筋肉も病的なほどなく、肩くらいまで伸びきった髪を中央でわけ、細い老眼鏡のようなメガネのレンズ越しに見える目は同様に細く鋭い。感情を感じない表情は、哺乳類的体温を感じない爬虫類的な外観的風貌を醸し出している。

「このように出来上がった人をPOCは【死なない兵士】と言います。なぜなら、銃器などで破壊された肉体は、その場で自動修復されるので、当然このPOCでの再生手術を必要としない」

「エクセレント！　今でも活発に行われている再生手術が、今度はこれ以上の価値を生むものとなるとは」

　このPOCのプロジェクトの成功は当然、担当大臣である田崎の功績となる。

「しかし……」

　センター長の龍は言った。

「このオペは人の遺伝的性質を全く違うものへ変えてしまう形質転換手術です。私はかつて人類が発達しえなかった領域で、再生細胞の時に高いエネルギーを放出させるため、通常の人間のエネルギー摂取では追いつかないことに加え、もうひとつ最大の欠点が……」

　ドクター厳が間を割って答えた。

「サルの実験室内個体のクローン化にも成功していて、明確になっています。寿命が劇的に短くなるということです。おそらく術後の余命は五年。我々化学者がいかに神の技を身につけたとしても、現状では乗り越えることができない壁は存在します」

　神妙な面持ちのドクター達に対して、田崎は「だからなんなのだ」と言った顔をした。龍センター長が更に続けた。

「また手術を受ければ、当然全ての細胞が分子レベルでの再生ではなく、生まれ変わるわけで、副作用として記憶をつかさどる海馬が原因不明の機能障害を起こし、記憶の喪失を伴います」

田崎はしびれを切らして言った。

「あなたがたは人道的立場からそのような心配をされるかもしれない。しかしながらＰＯＣは、この手術を施した兵士を量産するつもりはさらさらないのだよ。この大いなる実験は、過去の医療行為としての遺伝子改変手術とは違う。アメリカのＤＡＲＰＡでさえ我々の技術力には及ばない。言ってしまえば……」

センター長とドクター厳は顔を見合わせた。

「この大いなる実験をＰＯＣはＡＣＴＴプロジェクトと呼ぶことにしたのだ」

「ＡＣＴＴプロジェクト?」

「そうだ。東松らが元々結成していた傭兵特殊部隊のユニット名である【Acrobatic Combat and Tactical Team】を略したＡＣＴＴの名称をそのまま使ってはいるが、実際はこのウグルス製造計画は最強特殊部隊製造計画の一部であり、我々の目標はＡＣＴＴ隊員達のような良質な遺伝子を使い、最強の死なない兵士を製造することなのだ」

田崎は更に続けた。

「日本政府は、アメリカの諜報機関により秘密情報を得た。それは日本が大規模なテロ攻撃を受ける可能性について示唆するものだ。しかしながら現状、日本のカウンターテロ組織は大変稚拙なものであり、そのような攻撃に耐えうるものではない。そこで我々が今回得たミッションは最強の兵士を製造し、地上最高戦略作業遂行要員を結成することだ。これは単なる医療行為でもなんでもない、国家を守るための最終兵器製造プロジェクトなのだ。そのためにＰＯＣはターゲットとして改造手術を施す人間を探し当てた。センター長ならびにドクター厳は、ウグルス『死なない兵士＝マテリアル』製造計画の先導をきっていたので重々承知されているとは思うが、マテリアルになる素材は誰でもいいというわけではない。なぜなら最強の肉体に適した最強最適の素材でなければ最強兵士としての適合が難しいということは、現在までの数多く失敗した実験の結果から認識させられてきた。過去のケース、通常の強度の精神を持つ肉体を改造して最強のものにしたとしても、戦場での勝利を導く素材とはならなかったからだ」

「我々化学者にとっては、マインド（＝心）についての計測は難しい」

篭センター長の意見を無視して、田崎は続けた。「その点は君たち化学者が計測することは確かに難しいだろう。ＡＣＴＴプロジェクトとはその点において、化学を超えた大いなる実験なのだ」

「確かに。マテリアルの選定に関してはＰＯＣは意見を言っていない」篭は言った。

「あくまでも結果論として、ＡＣＴＴは戦場ヒエラルキーのトップに君臨したことは間違いない。彼らはマテリアルとして選ばれし者達なのだ。最強ではなく、厳密に言うと最適の精神。それあってこその最強の肉体。最適というのは、その精神、および化学的に証明はできないが、おそらく魂といわれるものが逸材であるためには、その最善最適のＤＮＡを受け継いでいなければいけないという我々の想定だ。このオペはそれを実証するためのプロセスに過ぎない」

田崎は東松の経歴書を表示するよう、オペレーターに指示した。そして表示された画面を読み上げた。

「我々が注目したい点は、今回選ばれた東松征士郎という逸材は、一時の為政者を守り抜いた強靭な隠密の末裔であるということだ。つまり選ばれし者はその血筋から選定しなければならない。東松の先祖は江戸幕府を守る忍であり、そのため江戸時代からは半蔵門に居住。東松の先代にいたってもそこに居住していた。しかしながら、東松誕生と共に母親が他界。父が化学者として自宅に戻ることは滅多になかった事によるのか、その後幼い東松は戸隠の山中で祈祷師をする祖父に引き取られた」

田崎は話の核心を打ち明けるべく、一呼吸置いた。

「ここで国家機密に言及せねばならない。第一に、このような実験を施すことができるのは、この世に存在しないものでなければならないからだ」

「この世に存在しないもの？　それはどういうことだ？」

普段は感情を滅多にださない籠センター長が眉間に皺を寄せ、慌てて東松のカルテにもう一度目を這わす。以前見た時に気づかなかったが、戸籍の欄が空欄になっていることに、今更ながら気付く。

「このカルテによると、東松征士郎、一九七三年生まれ　性別：男性。国籍不明。二〇〇三年以降、多国籍軍に所属し、アフリカで特殊部隊の訓練を受けたのち、イラン戦争に参加……」

籠センター長は顔を上げた。「国籍不明……」一瞬息をのむ。

「確かに、彼のその経歴には、戸籍の覧が空欄になっている！」

ドクター厳もさすがにこれには驚き、口を挟んだ。

「複雑な経歴による何かの手違いか、情報が得られ本人の所属が不明と記されていた。

つまり東松の国籍はこの地球上には存在しないということか？　一体どういうことなんだ！」

興奮する化学者たちに向かって田崎は打ち明けた。

「東松が選ばれた生まれながらの、いやこの世に生まれる前から宿命づけられた特殊部隊員であることを忘れないでほしい。東松は、その生を受けるまえから、国家機密の特殊部隊員になることが決まっていたのだよ」

「今時、そんな話が本当にあるのか？」

「あなた方は本物の忍というのをご存知だろうか？　江戸時代の幕府から明治へ時代が移行した際の急激な近代化、西欧化にほぼ絶滅したと思われているが事実は違う。実際、東松と同じ境遇の人間は国内に多数存在する。それはある家系において日本の古代から伝統的に行われ、驚くべきことに現代にいたるまで引き継がれているのだ。実は忍者の継承については米国政府も絡んでいる」

「なぜだ？」

籠センター長とドクター厳は驚き慄いた。

「米国政府が第二次世界大戦中、京都を空襲しなかったことと同様、忍者を無形文化遺産とみなしたからだ。彼らは、生まれながらに戸籍を持たず、そしてその死も人に知らせられることはない。文字通り国家のために『闇に生き、闇に死す存在』として、生を受けた忍の宿命を持つ人間なのだ」田崎は矢継ぎ早に切り出した。

「運命は残酷にも、東松の死期を早めた。この時こそ彼が本領を発揮するときであったにも関わらず、彼は命をつなぐことができなかったのだ。同時に進んでいた《死なない兵士計画》すなわちウグルス製造計画に着手し始めたのもつかの間、マテリアルの選択の失敗が続き、計画も頓挫しようとしたその矢先、東松というマテリアルを偶然に探し当てることができた」

「なんということだ、そんなことが背景にあったとは！」

驚く籠センター長、ドクター厳に頷く田崎。

「そして、まさか東松がこのタイミングで死期をむかえるとは想定していなかった。これこそ運命の巡り合わせとしか表現のしようがない。まさに彼は我々が理想とするマテリアルであり、我々は最高のものを手にしたのだ。そしてACTTのこの大いなる計画が実行されるのも間近だ」

田崎はようやくここで、本プロジェクトの核心の説明ができることに、少し安堵した。そして説明を続けた。

「以前よりもその情報は伝えられていたが、今回の場合は違う。米国防総省と米国務省の監督下にあるテロ対策研究組織『テクニカル・サポート・ワーキング・グループ』(以下TSWG)のテロ検知システムに集積された情報によると、大量の武器と人間が中東を含むアジア全域からこの国に流れ込んできている。現在では推測の域を超えることができないが、対象となるテロ集団の名前も上がっている。それはGAIOともAFACとも言われるもの。現時点で詳細は特定できないが、ほぼ間違いなく本国への攻撃はカウントダウンの体勢に入っている」

四

ＰＯＣの人体実験病棟では、数多く存在する研究室の中に『先端遺伝子改造研究室』なる看板が掲げられ、見た目とは明らかに違う機密度を感じさせる研究室が存在した。まずは地下四・五階に位置しているということ。この最地下階にはこの研究室以外は存在しない。そしてごく少数の選ばれた人物でしか、生体認証でエレベーターが作動しない。その地下四階のオペレーション室脇の病室に東松は横たわっていた。

オペレーター達は、青白いホログラムを通して東松の血管に流れる血液を監視、ＤＮＡの螺旋状二重構造・ＤＮＡ修復や成体幹細胞・ＩＰＳ細胞などの幹細胞の形質転換後の増殖量と増殖速度を逐一管理、そのための無数の波形とグラフでＤＮＡの管理および変化を追う。

このオペレーションに関わっている人間達は、決して世間の生物工学に限ったことではないにしても、表舞台の学会において表立った化学者達ではなかった。どちらかというと現時点で、その先端性故に異端種になってしまった学者たちで、彼らは自主的に表舞台からことごとく消え、遺伝子工学の先端的開発の主導を握る政府機関へと移動していた。主に生体を使った奇妙な実験、例えば動物間同士の頭をすげ替えるなどの実験を好むマッドサイエンティストが多くいた。かなり異端な、もしくは既に学会からは追放されてしまったような、紙一重のある種の天才、錬金術師、神への挑戦者達。化学の可能性の魔力に取憑かれたドクター達が、実験の自由度と報酬の高さから世界中からここに集結したのだ。そして彼らに共通した研究の目的は人類がかつて到達できなかった領域。不死身の人間を作ること。それはアメリカの国防省やＤＡＲＰＡ（アメリカ国防高等研究計画局）が長らく研究してきてはいても、結果たどり着くことができなかった事で、この極東の地である日本にて実現可能なレベルに持っていくことなのだ。そしてこのＰＯＣ地下四・五階にいる百人近い化学者全員は、人類の改造プロジェクトを達成するために遺伝子改造オペレーションに臨んでいる。

　この化学者たち全員と政治家である田崎、珠加らの全員が、人類初の試みであるオペレーションを固唾を飲んで見守る。東松の細胞ひとつ一つがオペレータールームで管理され、ゲノム情報がモニター画面に全て映し出される。それら一つ一つは視認することが不可能なため、スーパーコンピューター群が管理とオペを行う。そしてそれが形態としてホログラムに全て再現されている。ＤＮＡレベルで散り散りになった東松の細胞は、やがて元の秩序だった形状に戻り始めた。まるで点と点で結ばれていたＤＮＡが、やがて東松という形体を取り戻すように再連結したかのようであった。そして細胞と細胞は連結を強めていった。

　このようにして行われた遺伝子改造という半ば強引な操作で、東松はこの世で最も強靭な肉体を得ることになった。世界中から集まった異端のドクター達は、モニターに映った遺伝子操作オペレーションの結果に見入り、ＤＮＡの美しい二重螺旋構造は他になく完璧で美しい形状をなしていた。また遺伝子全ての構成要素の波形数値は全て理想通りの完璧な状態で、体内の全細胞が細胞の損傷に対して高速に修復再生される新たな体細胞に生まれ変わった事を示していた。この快挙は、言ってみればスペースシャトルの打ち上げ以来で、監視体制でいえばそれ以上であった。ゲノム監視を続けて来たドクター達から漏れる感極まる溜息が部屋をつつみ、その執刀医であるドクター厳の顔には、未だドーム内で青白く光る稲光が反射し、その頬のこけた骨ばった顔を更に不気味な印象にしていた。

その時であった。白衣を着た清楚な印象の女性がオペレーションルームのドアをノックした。セミロングでゆるくウエーブのかかった髪をラフに一つにまとめ、左右から少し溢れた髪が軽やかに歩く歩調に合わせて踊っている。大きくも潤んだ目と美しく弧を描いた眉は少し距離が空いていて、可憐な印象をあたえている。この細身の身長百五十五センチほどのやや小柄な女性は文月沙和というＰＯＣ専属の臨床心理士であり、オペ後の兵士のメンタルケアを行う心理カウンセリングのスペシャリストだ。オペレーションルームのドアが開かれ、周りにいた男たちが一斉に視線を向けた。文月は憂いをふくんだ目に涙をためて、センター長に歩み寄った。

「籠センター長、東松がオペレーションを受けたというお話を聞きましたが、本当でしょうか？」

「東松のオペは無事終了した。現在、彼は別室の集中治療室に運ばれていて、もうここにはいない」

「東松が多国籍軍の軍用機でＰＯＣに直接搬送されてきてからずっと、私が彼を見守っていました。その後病状が悪化したと思ったら、いつの間にか本施設から脱走、その後行方がわからなくなってからも彼の安否を心配しておりました。それにしてもセンター長、東松に手をかけるなんて！　あまりに酷すぎます！」

「手をかけるとは？　心理カウンセラーの君たちがＰＯＣの方針を納得していないの

はわかっていたが、少しは我々のやってることに理解を示してほしいものだ」

文月の大きく見開いた目からは大粒の涙がこぼれ落ちた。

「わたしは東松がパキスタンからの帰国後、集中的に治療していましたが、その後ＰＯＣから姿を消すまでの間、ずっと見守っていました。途中、子育てと自分の不治の病に悩み続けた東松の心を支えきれなかった事を、未だもって後悔しています。あなた方はそんな東松を全くもって強引なやり方で誘拐し、たった五年の命のために彼の記憶の全てを奪ったのです。生き甲斐であった一人娘のゆり愛の記憶さえ、思い出すことができないなんて……」

途中、文月は息を詰まらせた。

「……あまりに酷過ぎます」

文月は東松がどれほどゆり愛を大事にしていたか知っていたので、死してもゆり愛の記憶がなくなる事は東松にあってはならないと思っていた。もともと人道的見地から見てもオペレーションには反対もしていた。籠センター長はそれを知りつつ新生・東松に文月が必要と判断していた。記憶が全てリセットされている東松には、生まれたばかりの赤子のように母の存在が必要であり、その役割として文月以外は適任者がいないと思っていたからだ。籠センター長はドクター厳と共にオペレーションルームを後にし、東松がいる集中治療室へ文月を連れて行った。そして静脈認証安全ロックを手をかざして解除し、ドアを開いた。

青く暗い室内に入ると、東松が横たわるベッドに文月は歩み寄った。一見なんともなくスヤスヤと寝息を立てるかのように目を閉じている東松のベッドは、普通の入院患者用ベッドであり、周り四方がカーテンで仕切られていた。そのカーテンを静かに開けた文月は、中で眠りにつく東松を見ると同時に、その場に泣き崩れた。ベッドを涙で濡らし、ひとしきり泣いた文月は静かに立ち上がり、怒りの目をドクター厳に向けたかと思うと、その頬を思いっきり平手打ちし、激しい怒りの感情をぶつけた。

「患者はあなたたちのモルモットじゃないのよ！」

クビになることなど怖くはなかった。それよりも感情の波に抗うことができなかったのだ。おそらく女性から殴られたのはこれが最初であっただろう。ドクター厳は滅多に感情を外に出すことはなかったが、しばらく殴られたまま呆然としていたが、その後、神経質そうに殴られた痕跡を振り落とすかのようにブルブルと頭を左右小刻みにふり、不敵な笑みを浮かべながら文月を睨み返した。ただならぬ空気と、火花を散らすようなお互いの睨み合いに、あわてた籠センター長が中に入った。

「ドクター厳を責めてもしかたないのだよ。確かに彼が東松の執刀医ではあるものの、全てが彼の責任じゃないのは君だってわかってるだろう。少しは冷静になって考えてほしい。東松の余命は、ＰＯＣが引き取った時にはすでに数日、いや数時間持たなかったかもしれないんだ。ここで彼は救済されたと言ってもいいくらいだよ。よくよく考えてほしい。彼は生き返るのだ。死なない兵士として。手足の自由を奪われた兵士がどれほど惨めな気持ちか、君だって理解しているはずだろう？　その彼が最強の体を手に入れ生まれ変わるのだよ」

文月の表情からその純粋さは消え、憎しみのこもった一瞥をセンター長にむけた。

「あなたがたはもはや人間ではないわ。あなた方がやられたことは、単なるオペではなく東松の細胞の記憶の抹消。それは化学者としての驕りよ」

センター長からの命令を受ける予定でその場に同行したのだが、センター長らを部屋に残したまま文月はフラフラと部屋を出て、廊下を一人歩いた。途中、こらえきれない悲しみがこみ上げてくる。何に対しての悲しみなのか。この一人の哀れな男にこれほどまでの情を傾けている自分が信じられなかった。病棟の廊下の途中で立ち止まると同時に、膝から崩れ落ち、ありえないくらいの大粒の涙がボタボタと落ちると共に、床を濡らした。

「なんでこんな事に……。東松が可哀想すぎる！」


数時間が経過した。ふと気付くと文月は再び東松の集中治療室の前に佇んでいた。誰もいなくなった病室にはロックがかかっていたが、文月は自分の静脈認証でロックを外せることを知っていた。そしてもちろんこの部屋が二四時間、監視下にあることも心得ていた。部屋に入っていく文月をモニター越しに監視する男がいた。ドクター厳は、この展開をあらかじめ想定していたのだ。

東松の眠るベッドに近づく文月。見違えるように蘇ったブロンズのトナテロ、ダビデ像のような完璧な肉体を見つめ、肩のあたりの、かつては痛々しい傷があった場所に手を触れた。傷だらけの身体は見事に再生された。ただ一つ、眉間の十字の傷を除いて。理論上、すべての細胞が生まれ変わっているにも関わらず、なぜその傷のみが残っているのだろうか？　文月はいつの間にか床に膝をつき、東松が眠るベッドに上半身だけ伏せ、東松の手を握りながら眠りについていた。点滴を受けてベッドに横たわる東松。時は真夜中の二時を回っていた。

突如、静かな夜の闇を轟音が切り裂いた。地響きで建物全体に大きな揺れが発生した。文月は立ち上がり、周りを見回した。東松はまだ目を覚ましてはいない。地面は未だに揺れ続けている。その瞬間、ドアの外で大きな爆発音と共に完全防壁の壁が崩れ落ち、外から黒いガスマスクと迷彩柄の戦闘服を着用したＧＡＩＯ戦闘員五、六人が部屋になだれ込んできた。先頭の三人はサブマシンガンを持ち狙いを文月に定めた。

不意に目の前の戦闘員の体が天井方向へと持ち上がった。戦闘員の背後から巨体がその頚部を捻り、そのまま身体を上に持ち上げたのだ。首から持ち上げられた窒息寸前の戦闘員は空につるされ、足を激しく動かしている。そのまま頚部がへし折れる音がしたかと思うと、戦闘員は小刻みに痙攣し全身が硬直状態になり、やがて動かなくなった。大男がその頚部から手を離すと、戦闘員の全身がぐにゃりとしなり、そのまま地面に力無きまま沈み込んだ。東松の大きな身体が目の前に立ちはだかった。

「とうとう蘇ってしまったのね」

文月は目を閉じていた東松が、瞬間で戦闘員の背後に回ったのを不思議と違和感なく感じた。文月は東松が蘇った事を確信した。その瞬間、他の戦闘員らが東松に銃口を向け一気に大量の弾が放たれた。

「危ない！」

と叫ぶ文月。

目の前で文月に大きな影が覆いかぶさる。その瞬間東松に数十発の銃弾の雨が降り注いだ。東松は反射的に素手で顔や頭を覆ったが、指の何本かは吹き飛び、体内に何十発もの銃弾が吸い込まれた。体幹に吸い込まれた銃弾を抱えるように、立ったまま腹を抱えた東松。その大男の最後を確信する戦闘員達。しかしながら、東松は姿勢を崩さなかった。ゆっくりと頭を上げ、戦闘員達を凝視する東松。本来であれば即死の男が倒れないという正気でいられない沙汰に、一瞬凍りついた戦闘員達は次の瞬間恐怖に晒された。東松の体からは次々とめり込んだはずの銃弾が体外へとこぼれ落ち、千切れた肉体はみるみるうちに傷が塞がれた。トランクス一枚の裸で立つ男の体に起こった異変は、誰が見ても確認できる状態であった。

体から排出される弾と、瞬時に再生される細胞。東松は銃弾で吹き飛ばされた自分の掌が見る見る元の状態に戻っていく様子を唖然として見入った。戦闘員達は一瞬ひるむが、状況もわからないまま恐怖から逃げるために再び銃口を東松に向け一斉射撃した。東松はそれを待たずして倒された戦闘員からサブマシンガンを奪い、目の前にいた全ての戦闘員を銃弾で床に沈めた。とても記憶を喪失した男がなせる技とは思えなかったが、これが政治家である田崎が信ずるところの最強の兵士としての細胞の記憶なのであろうか。

「この建物を守るのよ。東松！」

文月は思わず叫んだ。ドクター厳はこの事態においてもオペレーションルームからその様子を見守っていた。

「全てが想定通りだ。目の前にいるのは過去の東松ではなく、《死なない兵士》として生まれ変わった新生東松。彼は目が覚めた瞬間に一番先に目に入った人物をマザー、すなわちマインドコントロールが可能な人物として認識するはずだ」

文月の依頼に静かにうなずく東松。東松はその辺にあったタオルに水を含み、顔を覆った。そして目の前のありったけの手術用ナイフ数本を握り、爆発で崩れた壁と爆発後に粉砕した火薬で発生した煙で濁る闇の中に消えた。

五

ＰＯＣの廊下は火災探知機が鳴り響き、煙った闇の中で右往左往する戦闘員は二十名ほどいた。一気に攻め込むつもりで突入した戦闘員達の頚部や目、眉間、心臓などの急所にサージェリーナイフが次々と突き刺さる。傷口からは血しぶきが上がり、瞬間的に命は奪われていった。誰がどこから攻撃をしかけているか全く見えず、命ある者たちは右往左往する。

東松から放たれたサージェリーナイフが天井や壁から、ランダムに、そして空間を対角線的に切り裂き、彼らの体に食い込む。オペレーションルームのドクター厳は、監視カメラに映った映像を食い入るようにして見つめていた。

「ビューティフル！　ビューティフル！」

ドクター厳は感極まった賞賛の言葉を連発し、思わず立ち上がった。二〇人近くいた戦闘員達が、いつのまにかＰＯＣの長い廊下に山積みにされている。彼らが玉砕されるまでに要した時間はほんの一瞬であった。東松は死体をかき分け、倒れている戦闘員の中で比較的体の大きな者から衣服を剥ぎ取った。それを身に纏うと、火の手が上がり始めた建物の奥、文月がいる元の部屋へと逆戻りした。

戦闘員が潜入するときにＰＯＣの建物の壁を破壊した際、近くにあった薬品が引火し、建物は一気に火の海に飲み込まれた。化学薬品だらけのＰＯＣの弱点は、外からの上がった火の手には強いが、内側からの火災には滅法弱かった。スプリンクラーが作動するが、薬品に引火した火は勢いを増し続け、オペ室にも手を伸ばしていた。

ほとんどのスタッフは突入の爆発が起こった時点で避難していたが、最後まで残っていた一人のスタッフがドクター厳に声をかけ、背中を叩いたり、腕を引っ張ったりするなどしたが、画面に見入ったドクターは身じろぎもしなかった。突然、電気系統の回線に引火した火が電気系をショートさせ、オペレーションルーム全てのワークステーションを一瞬にしてダウンさせた。ドクター厳が見入っていた画面は消えた。建物は既に火で覆われ、棟の外では救急車や消防車などのサイレンの音が鳴り響いている。天井が崩れて床に落ち、上方から火の粉が大量に降り注いだ。舞い踊る巨大な火の手が東松に襲いかかった。

火はあっという間に東松を火だるまにした。ジリジリと焼きつく炎は、耐火性の戦闘服を避けた部分の皮膚を黒く焦がしたが、すぐに皮膚は再生された。東松に動揺の気配はなく、平然と、もときた廊下を戻る。文月がいた部屋は戦闘員達に壊され、ドアが燃えている。部屋の奥の方で文月が俯せに倒れている。

建物は既に全焼、崩れた天井が文月の頭上に襲いかかった。東松は瞬間移動し、文月に覆いかぶさった。さらに上階から崩れ落ちて来た燃える建材が容赦なく東松の背中を直撃した。大きく身体が揺れ、大量の火の粉を飛ばしながら、燃える建材は東松の背中に食い込みジリジリと皮膚を焦がした。衝撃で身体が地面に吸い寄せられそうになったが、ゆっくりとその首を擡《もた》げ、前方にいる見えない敵を睨みつけた。東松の額の十文字の切り傷は、その魂の輝きを現すかのように青白い鋭い光を放つ。

東松は背中にのった、ずっしりと重い火柱と化した建材を片腕で持ち上げ、宙に放った。文月が呼吸をしているか鼻の下に頬を近づけ、ゆるく呼吸がつながっていることを確認した。そばにある流しの蛇口を回そうと掴んだが、既に鉄は火に熱されて、またもや東松の手を焦がした。鈍いうめき声と共に、その熱さに一瞬ひるんだものの、手は食い込むように蛇口をさらに強く掴んだ。歯を食いしばりグッと蛇口を回す。熱湯が流れてくることは予想していたので、しばらく流した後、ベッドにあったシーツを引き剥がし、たっぷりと水で濡らした。その大きなシーツで文月の全身を包んだ。東松自身も濡れたシーツで体を覆い、そして文月を抱きかかえ部屋を出た。

火は既に人の生存を許さぬ勢いで建物を覆い、渦を巻いて激しく燃え上がり、天井を一気に吹き飛ばした。そしてその勢いを上方へと伸ばし、あっという間に火柱が天高く地上へ燃え上がり建物を廃墟と化した。

空高く黒煙が上がった。狭間で真っ赤な炎がちらつく。消防車や救急車のサイレンが夜の闇につつまれた街の黒い空に轟《とどろ》く。現場に到着した消防車は、早速放水を開始したが、放たれた水は炎に飲み込まれ虚しくその場で気化する。建物の入り口で、ドクター厳を先頭としたＰＯＣ一同が唖然呆然と炎に包み込まれた建物を見つめていた。珠加も半ば二人の生存を諦めていた。

「なんということだ！　せっかくこの手に掴んだ最終兵器をあきらめるしかないのか！」

ドクター厳は、落胆を超えて怒りが沸き起こり、あたりのものを蹴り飛ばした。一個の空き缶が放物線を描いて、ドクター厳の足元から、燃え盛る建物へと吸い込まれた。蹴られた空き缶が吸い込まれた先から現れる人影。シーツの塊を抱きかかえた大きな黒い影。どよめく人々。黒い大きな影は、静かにシーツに包まれた塊を地面に下ろした。

ドクター厳はすがるような思いで、黒い大きな影に駆け寄る。地面に倒れている文月に走りよる救急隊員は救急救命措置を開始した。人でごった返した現場で、ドクター厳と珠加は殺気立つ救急隊員たちに弾かれ脇にどかされた。そして気付いた時には東松の姿は闇の中に消えていた。

黒煙を上げていたＰＯＣは崩壊した。救急隊員を含めた人々が避難を強いられ、大量の薬品が保管されていたＰＯＣは火薬庫同然で、建物の消火は手こずり、町中の消防車を投入しての夜通しの作業となった。

六

――数ヶ月後、とある大都市に近い郊外の衛星都市の一角――

住宅街は、夏の日差しの強さが人を遠ざけ、無人のゴーストタウンのような光景が醸し出されていた。都心から車で北東に三十分ほどのその地は、かつては何もない土地であったが、現在では大規模に開発されたベッドタウンで、大動脈とも言える幹線道路が町の上空を横切り、都心からのアクセスをさらに良いものにしている。空高くそびえ立つ陸橋の下で移動する人の姿はほとんどなく、人々は暑さに耐えるあまり家に閉じこもっていた。しかしながらベッドタウンとして最低限の条件は満たしていて、

中、高等学校のキャンパスがあり、小川も流れている。この町では、ただ強い日差しのみがそこに存在する全てに長い影を落とし、ＳＦで描写される不気味な無人の町のような不気味さを演出していた。その住宅街の一角に文月の診療所はあった。

心理カウンセラーとして長らく東松の診察を行なってきた文月は、彼の心の傷の回復が非常に困難なものであることを知っていた。特に一人娘のゆり愛を、自らの手で育てることができないと悟った時、東松の心は完全に壊れてしまった。その時点ですでに東松の身体は、長期にわたる作戦活動で化学物質に汚染され、破壊されたＤＮＡは正しい遺伝子のコピーと再生に失敗、結果として癌細胞が体内に増殖し続けた。この時、最先端医療は、がん細胞を撲滅する術を持っていたが、その治療を受けるだけの治療費もなく、またその先端的医療を受けられる段階もとっくに通り越したステージ四にあった。

この人気のない大通りを一人歩く女性の姿があった。文月は足を引きずるように俯き加減に歩いている。以前ではありえないくらいにやせ細り、病的な表情を表している。コンビニで一日一食の弁当を買い、玄関の棚に置いた後、少しでも涼みたい欲求にかられたのか、玄関付近にあった水道の蛇口をひねりバケツに水を溜めた。近くにあった柄杓で玄関の周りに打ち水をする。ジリジリと地面を焼く太陽を、文月は睨みつけようとした。すでに暑さや寒ささえ感じないほど、自分の身体に生命力を感じなかった。皮膚は暑さにも関わらず汗を流すことなく、逆に寒気を覚えさえした。彼女は気温を感じることなく、無意味に打ち水は焼け爛れたアスファルトに当たって気化した。初めてその灼熱の暑さに気付く。そして文月は、その行為の虚しさを知りつつも延々と打ち水を続けた。どうにもならなくても続けなければならないという強迫観念にかられたからだ。すでに彼女自身も、その精神が蝕まれ始めていることに気付いていた。

ふと目の前に立つ人の気配にようやく気付き、柄杓を持つ手を止めた。目の前の男は中肉中背の、やや老年にかかった風貌であった。見上げた文月は驚きを隠すことができなかった。

「貴女を迎えにきた。分かっていると思うが、文月くんには大事な役割があるんだよ」

文月は、目の前にいる男がＰＯＣのセンター長だった人物であり、実はこの瞬間にここを訪れることを薄々感づいていた。そして、自分がこの瞬間を密かに待ちわびていたことに気付く。籠は言った。「君の役割はまだ終わっていない」

「え？」文月は思わず聞き返した。

「残念ながら君には断る権利はないが」籠は言った。

籠正憲はセンター長を解任され、国会でも責任追及をされて連日テレビで顔が晒され、時の人として知られる人物となってしまった。文月はその男がまだ己の使命を捨てられず動いていることに驚いたのだった。またそれを待ちわびていた自分が情けないが、溢れる喜びの感情を隠すことができずにいた。

「実はまだ人には知られていないのだが、ドクター巌と協力し、ＰＯＣセンターを別な場所に移した。また文月くんに戻ってきて欲しいのだよ」

あれだけの事件となり、表情が険しくなった籠センター長の顔の険がだいぶ和らいでることに気づいた。やせ細り、見るも惨めな文月に同情したのだろうか。もはや女としての魅力はなく、ただ心の病いを抱える病人にしか見えないことは自覚している。

「東松は？」

文月は言った。

「東松は訳あって今は泳がせている。しかしながらＰＯＣは彼の居場所を把握している。東松を捕獲するためにも君の力が必要だ」

と籠はいった。

「捕獲……。東松がヒトとして扱われていない証拠ね」

文月は怒りとも悲しみとも言えぬ感情を抱いた。


夕暮れ時に差し掛かり、この無人の未来都市のようなベッドタウンに夕闇が訪れた。それよりももっと深い心の闇は、文月を長い間蝕んだ。だが今は違う。東松に会えるかも知れないのだ。

お互い傷ついている。今は逆に自分の方がかつての東松以上に傷つき、深い火傷も完治したものの、ショックによる心の傷は癒えてはいない。しかしながら彼がこの自分の命を救ったのだ。ふと、いてもたってもいられない気分になった。

「早く東松に会いたい」

誰も来なくなった診療所のデスクに座り、来るはずのない患者を待っていてもしようがない。最後の気力を振り絞るようにして、身支度を整え診療所を後にした。

東松の消息を耳にしたことで久しぶりに感じた高揚感に耐えきれず、ＰＯＣの元あった場所に向かおうと思った。普段だったら重い足取りが、なぜか軽く感じた。しかしながらそれも気のせいで、側から見たらよろけながら足を引きずる。痛々しいほどのみすぼらしい姿でしかなかった。汗が皮膚から一滴一滴とこぼれ、やがて大量の汗となり頬を伝って地面にしたたり落ちる。不意に自分の背後を誰か追っている気がした。男がふたり、文月の後をずっと尾行していたのだ。それもセンター長であった籠が現れてから以後のこと。駅へ向かう途中の繁華街の入り口に立ち、背後を振り返った。その時、両脇が突然挟まれ、声を出しそうになるところを口を塞がれた。

目の前に男たちが立ちはだかる。

「大人しくついてきてもらおうか」

文月は抵抗する体力さえ残っていないことを知りつつ激しく身をよじり、拘束から抜け出そうと必死に抵抗したが、屈強な男の拳が文月の脇腹に食い込むと、その途端に呼吸困難に陥り意識を失った。男らは文月を人目を憚るように路地に引きずり込む。

その状況を、十階建ビルの屋上から見守る黒い影があった。黒いモッズコートに、黒い頭巾で頭を覆った一人の巨大な男が、腕を組み仁王立ちでその様子を見守る。

「キャーーー!」文月は腹に力が入らないながらも、声を振り絞って叫んだ。二人組の男が文月を路地に停めていた車に連れ込もうとした。その瞬間、巨大なカラスのような黒い影が空から地に舞い降り、その衝撃は噴煙と共に地面を揺らした。

二人のうちの一方の男が遠くに勢いよく飛ばされた。頭と肩から地面に叩きつけられ、脳震盪を起こし気絶した。もう一人の男が後ろを振り向くと、二メートル近い巨大な体の、顔は黒の三尺手拭で隠された鋭い目の男がいた。

「その人を、放してくれないか？」

その男から発せられた声のトーンは、体のサイズに見合う重低音で、迫力があった。

文月を捕らえていた男が取り出したセミオートのハンドガンはオーストリア製自動拳銃で、戦闘員達が常用しているものだ。瞬間的に武器から相手を推測した東松は反射的に避けるが、銃弾は男の体を貫通し、その巨体は無残にも後ろに吹っ飛ぶ。突然の銃声に、あたりにいた通行人は一斉に振り向く。倒れた男を確認し、ただ事ではないことにようやく気付いて群衆は叫び声をあげ、一斉に逃げまどった。

戦闘員達は、文月を車の後部座席に押し込み、自らは運転席に飛び乗る。肩を砕かれた男も、意識を取り戻したのか、患部を抱えながらもつれる足を引き摺り車の助手席に跳び乗った。戦闘員達は、クラクションを鳴らしながら左右に蛇行して歩行者を威嚇し、あっという間に立ち去った。

道路で俯せに倒れた東松は身じろぎもしないものの、目だけが虚ろに開いていた。そしてわずかにその瞳の奥で再びあの青白い光が宿り、額の十文字傷にも青白い光が輝いた。そして腹を抱えながらその身を起こした。腹部をかばった両腕の隙間から、ポロポロと弾丸がこぼれ落ち、アスファルトの地面に乾いた音を響かせた。そしておもむろにモッズコートの内側から刀を鞘から抜き、天高く掲げた。その後、太刀を鞘に戻し背中に背負うと、逃走する車を追いかけるべく素早くビルの上方へと易々と身を翻しながら、窓枠や少しの出っ張りを足掛りにして飛び移り、あっという間にビルの屋上に達した。そしてビルからビルへと易々と飛び移り文月を乗せた車両を追った。

ＰＯＣは破壊された場所から五分と離れていない場所に、仮本部と規模の小さいながら、遺伝子管理センターと通信室は最低限維持しなければならないため設置された。

東松の位置情報は、東松の体内に埋め込まれたナノチップコンピューターからPOC内の端末に転送されていた。東松の遺伝子は管理されていた。ナノナビゲーションも付帯するこのコンピュータは東松の眉間の傷に埋め込まれ、位置情報と街の随所に設置された監視カメラが連動し、十個以上もあるモニター画面にタイムラグもなく東松の様子が表示された。POC情報管理部内の、高度なハッキング技術を持つ上条というプログラマは、POCのネットワークのセキュリティー管理から、戦闘員のコンピュータへのハッキングを日常的に行っていたのだが、今回は東松の監視に関するミッションも加わった。ドクター厳は、細い目を更に細めて画面に映った東松を見入っていた。そして満足げに、モニター群を前に立ち上がり、人目を憚らず叫んだ。

「ビューティフル。君はわたしの芸術作品だ！」


一方で戦闘員二人組は、逃げおおせたと安心していた。

「頼む、肩がやばいくらい痛む。病院に連れて行ってくれないか？」

戦闘員の怪我を負った方が懇願した。

「今、この状況で止まることは難しい。もう少しの辛抱だから我慢してくれ」

もう一方が言った。

二人は後ろで気絶している文月が意識を回復していないかを確認した。その時、突如轟音と共に、車のルーフが凹んだ。助手席の男を、天井から大太刀が天井を貫き、男の頭に突き刺さった。血飛沫が男の頭頂から吹き出した。天井に降り立った東松は、運転手側の窓ガラスを割り、窓ガラス越しに男の首を掴んだ。車の天井から東松が車内に顔を出した。

「お前の首をひねって折る事が簡単だってわかるよな。大人しく言うことを聞いてもらおうか」男は息も耐えだえに吃った。

「わ、わ、わかった、なんでもやるから、お、お、お願いだ。殺さないでくれ」

「まずは車を静かに停めるんだ」東松はおごそかに言い放った。

しかしながら戦闘員は逆らって車を急停車した。東松は車のフロント部分に勢いよく吹っ飛んだ。遠くに飛ばされた東松に向かって車両は急発進した。高速で激突する寸前の車両を目前に東松はその姿を消した。

ワゴン車の後部座席には、ラホールのアネーシャの邸宅から持ち出した草薙を積んでいた。しかしながら並みの腕力では持ち上げる事は到底無理であったため、二人の戦闘員のうち背の高い体格の良い方に持たせ、東松を斬る目論見で持ち込んだ。

その体格の良い戦闘員が草薙を握った瞬間、車体が大きく揺れ動いた。そして車が横に傾いた直後、そのまま天地が逆転した。おもちゃ箱のようにひっくりかえった車内の中は物も人も散らばり、戦闘員達らは外に放り出された。外では東松が仁王立ちで彼らを睨んでいる。背の高い方の戦闘員は東松に斬りかかろうと草薙を片手に持ったが、草薙の重さに体がバランスを崩し倒れそうになる。しかたなく両手に構えたものの、その重みに持ち上げる事ができず、刃先を引きずったまま東松に立ち向かって行った。

そしてようやくそれを持ち上げ、斬りかかった其の瞬間、戦闘員の体が正中線で頭頂から恥骨まで一気に切り裂かれた。両脇に引き裂けた遺体は地面にバラバラに転がり大量の血がはじけとび、辺りの地面を濡らした。イリーナ達の目にはそのようにしか見えなかったが、実はこの間、戦闘員が東松に斬りかかると同時に東松が戦闘員のグリップを瞬時に払い、草薙を掴み取り、男を真っ二つに分断していたのだ。その瞬時の出来事に、彼らの動体視力が追いつくはずもなく状況の判断が遅れた。

草薙を握った東松の周りには煙のような靄がたち、足元から天高く空気が渦巻きながら上昇した。残された戦闘員一人とイリーナは慌ててワゴン車に乗り込み、再びエンジンに火を入れた。急発進した車は再び東松に向かっていった。

刹那、地面から一気に上昇する竜巻のような疾風が湧き起こり、上から下へと叩きつける風。地面に当たった風は跳ね返り、凄まじい風圧で周辺のあらゆるものをブルブルと揺らすと同時に閃光が光った。

突風の向こう側で、東松が払った草薙の大太刀を持ち、立ち上がった。刀を腰の鞘に静かに戻す。刀が鞘に綺麗に嵌る金属音が辺りに響く。街の喧騒が嘘のように、静寂があたりを覆った。

東松の目前を通過したはずの車は走りながら、車両が正中面で綺麗に真っ二つに割れ、通常表層からでは想像できない車中の内部構造が明らかになり、またそれらは片側づつ左右別々な方向へと向かった。中にいた戦闘員の二人と文月は車外に放り出された。

道路へと投げ出され、意識を失っている文月を東松は抱きかかえ、建物の壁伝いに超人的な跳躍力で十階建ほどの雑居ビルの屋上へ飛び上った。もう一人の運転席にいた戦闘員は、前方を向いてハンドルを握っていたまま意識を失ったが、すぐに意識が戻り車両から自力で這い出てきた。すぐに漏れたガソリンの引火を恐れ、慌てて走って逃げようとしていた。しかし時すでに遅く、草薙と切られた乗用車との摩擦熱から発した熱はガソリンを引火させ、逃げ出した運転手を捉え火の渦に巻き込んだ。

その様子は、ハッキングされた近隣の監視カメラより、ＰＯＣの上条のＰＣへと転送されていた。転送された映像をモニター画面で見つめる田崎とドクター厳。東松の監視は、ＰＯＣが焼失した後も場所を変えて継続していたのだ。田崎は食い入るようにして東松の一挙一動に見入っていた。

「戦闘は瞬間の美学だ。油断は死に直結する。東松の神業的技は視認することが難しく、四Ｋスーパーハイビジョンカメラの一秒間一二〇フレームで撮影し、それをコマ送りにすればようやくその術が垣間見れるか否かのレベルだ」

田崎は言った。田崎とドクター厳はモニター画面で再生される動画を惚れ惚れと見入り、笑みを零した。

「東松は、この戦闘の美学を実践できる数少ない戦士としての血脈を持つため、生まれ変わり記憶のない今も、過去と変わらない戦闘力を発揮することができるはずだ。遺伝子に組み込まれた細胞が記憶しているとしか解釈できないであろう。そして東松と草薙は一心同体。草薙が東松の体の一部であり、細胞内に組み込まれた記憶の一部なのだ。それと一世代で細胞レベルに記憶を定着させることは不可能で、草薙が遠い祖先より伝承されてきたことの証に他ならない」

田崎はこの実験の結果に大満足して言った。

「この我々の大いなる実験において想定したことは、実証されたことがほぼ確実。大成功だよ！　ドクター厳！」

田崎はドクター厳の骨ばった背中を叩き、彼の功績を褒め称えたのだった。

一方、東松は気を失った文月を安全な場所に送り届けるべく、近くの病院を探していた。病院の裏手の人気の少ない場所で、抱きかかえていた文月を静かに下ろす。人に見つからぬよう、立ち去った後も隣のビルの屋上から文月を見守っていた。

そのとき、カチッと何かのスイッチが入る音がした。胸に激痛が走った東松はその場に胸を抑え倒れこむ。痛さで失神した東松は、目を剥いて天を仰ぎ、口から泡を吹いている。その倒れた東松を、日常着に近似した戦闘服を着た男達が取り囲む。その中を掻き分け一人、スカートスーツの女が倒れた東松の前に立ちはだかった。珠加とＰＯＣのメンバーであった。

「あんまり手荒なことはしたくなかったのだけど……。今、あなたの心臓に電気が走ったはず。あなたの体には、改造手術のときに様々なチップが埋め込んであって、そのひとつが今あなたの体に電気ショックを与える装置で、もう一つは居場所を突き止めるナノチップに内蔵されたナノＧＰＳ」

一呼吸おいて珠加は言った。

「さあ、お家へ帰りましょう」

第四章

一

ＰＯＣ（心理作戦センターPsychological Operation Center）の建物が火災により全壊してからというもの、今まで東松の脱走を阻んでいたセキュリティシステムが破壊され、彼の足跡を追うことができるのは、彼の体内に埋め込まれたナノＧＰＳのみとなってしまった。東京郊外の商店街が立ち並ぶ雑居ビルの屋上で、リモートの電気ショックを受けて意識を失っていた東松は、再びＰＯＣに身柄を確保され、ＰＯＣ内のプレハブ施設でＲＱ08という栄養剤の点滴を受け、長い眠りについていた。

自力でのエネルギー補給ができない東松のような《ウグルス（Warrior Generated by Gene Remodeling Surgery 遺伝子改造不死化細胞手術によって生成された兵士）》には、蛍光色の緑で透明の《ＲＱ08―ＺＡＸＷ13》という、ＰＯＣで開発された超濃縮栄養剤の定期的投与は不可欠であった。この濃縮栄養剤は、直接血管に投与する血液のようなものである。ウグルスは自力での生存は不可能で、死ぬまでこのＲＱ08に依存しなければいけないという、なんとも不完全な身体なのだ。

もともと廃院となっていた病院に間借りして即席で仮設のＰＯＣ本部を設置したものソフト、ハードを含め、新たにウグルスを生成するには不足が多いため、現在は急ピッチでＰＯＣの再建が進んでいる。特にＰＯＣ爆破事件により、世間のテロに対する不安が増幅して、政府のACTTプロジェクトに対する期待は高まっていた。
ある日、東京の市ヶ谷駐屯地にある自衛隊情報本部内にある会議室に、籠POCセンター長は呼び出された。政治家の田崎から、防衛副大臣及び、防衛監察本部・情報本部の面々が集まる会議に呼ばれ、国家機密である作戦に加わることになった。
世の中には政府だけが情報を掴んでいて、ニュースにさえなっていない出来事がたくさんある。特に二〇〇一年九月十一日に米国で発生した同時多発テロ以降は、その動きは活発になってはいるものの、未だに国民に知らされていない事実はたくさんある。会議室で配布された資料には《クラスS機密事項》という赤いスタンプが押されていた。つまり国家的機密事項にしなければならないクラスの情報であり、そしてそこにはあのアルファベットの文字。

【ACTT(Acrobatic Combat and Tactical Team・アクロバティック戦闘戦略チーム・次世代型特殊戦闘員製造プロジェクト)】

田崎は現内閣の防衛副大臣を務め四十二歳と若いながらも、この国家機密事項の実行を総理大臣直々に任され、主要閣僚や派閥の要人らからも厚い信頼と注目を集めていた。信頼の根拠に彼の学歴があり、出身である東京大学大学院理学系研究科と同大学医学研究科医科学専攻修士課程にて遺伝子工学をダブル専攻した秀才であった点も一つにはある。頭脳明晰でバランス感覚もあることから次期総理大臣も夢ではないと噂され、本人も満更でもないと思っていた。しかしながら、彼なりにコンプレックスも抱えていた。大学時代の同期が偶然にもPOCのドクター巌であり、同専攻出身であった。この頃より同期のドクター巌の天才奇才ぶりを目の当たりにし、自分は研究には不向きであると早々に見切りをつけていた。その後、政治家になる決意をしたという経緯が実はあった。

「問題は我々が入手した情報によると……」

田崎は五十人収容できる会議室の長い会議用テーブルの一番奥の中心に着席しており、その後ろに田崎が最も信頼を寄せているPOC情報部部長である上条光尚を位置させ、田崎が見せる資料などのプレゼンの準備とオペレーションを担わせていた。右隣にはPOCセンター長の籠、そしてその奥にドクター厳までもが召集されていた。上条の座っているデスクには複数のモニターとノートPCが配列され、それを複数のケーブルに繋いで、目の前にある大型のスクリーンに映し出していた。スクリーンには世界地図と日本地図、そして富士山近辺の立体ビジョンが映し出され、さらにそれら三つの地図には細かい無数の点の移動が映し出され、富士山麓は赤い印が複数確認された。

今日の田崎はいつになく顔色が青白く、表情に余裕もない。目線も会場には内閣情報調査室、合同情報会議のメンバー、防衛事務次官、防衛大臣政務官など防衛省高官をはじめとする政府要人らが呼ばれ着席していた。田崎はその会議の参加者の方向を見ず、スクリーンに映し出されたモニター画面を見入っている。

「この度、皆々様にお集まりいただいた経緯について、改めて簡単に説明する。米国のペンタゴンから米大統領官邸経由で、日本政府に警告がなされたのはご存知のことと思う。ＮＳＡ（アメリカ国家安全保障局）が管理する通信監視システムを使った、対テロリズム情報探知機能が作動し、日本がターゲットになっているとのことだ。世界的にもまだ認知されていない新しい反米の巨大抵抗組織が最近になってインドから中東にかけての地域で至極水面下で結成され、どうやらそれもＤＡＲＰＡが開発し、現在アメリカ航空宇宙局が打ち上げた宇宙衛星に搭載された次世代型大規模テロ感知システム『広域テラヘルツセンシングセンサー』が情報を収集、ＤＡＲＰＡで情報集積したものを解析した結果によるとのことだ」

一気に喋れたのは、それだけ彼の脳が興奮状態にあるからであろう。そして田崎は続けた。「二〇〇一年九月一一日にワールドトレードセンターが攻撃された時と、センサーで感知された状況が合致したとのことだ。九・一一の時の米広域のセンサーで感知された様子と、現在の日本の様子を地図で表示された状態のものを重ねると、富士山が今回のターゲットになっている結果が画像で確認できたのだ」

会議場にいた全員からどよめきの声が上がった。

「確かに」

横から防衛事務次官が口を出した。

「富士山が戦場になることは、戦略的にはありえない話じゃない。テロリストは、まずは敵に心理的ダメージを与えることを考える。富士は日本の象徴。その象徴を破壊することにより、我々の士気を損なうのが狙い。……とすると、仮に富士で戦が起きたとしても、その後に本番が待っているはず」

会議の出席者は、田崎がいつになく青白い顔をしていることに気付く。

「これは大変なことになったぞ」

「今更あわてることでもないいんじゃないか？　場所が富士山と特定されただけで、この事態が起こることは皆、予見していたんだろう?」

会場の人々が、口々に勝手なことを一斉に喋り出し、会議室は一気にざわついた。

田崎は皆に静粛を呼びかけたのち続けた。

「場所を富士山とは特定はせずとも、確かに我々は随分と前からこの事態を予測していた。すでに世間で明るみに出てはいるが、大規模な研究施設の大規模爆発で世間を賑わせているPOCとは、実はこのACTTのために作られた組織なのだ」

再び会場がざわついた。人々は口々に呟いた。

「POCがACTT? どういうことだ?」

「POCが特殊部隊製造を行っていたということか?」

「POCになぜ情報部があるんだ?」

田崎は口に人差し指を当てて、皆の静粛を促した。

「一言でPOCとは何かを説明すると、米国DARPAの日本版であると思っていただければ想像しやすいと思う。本格的な組織編成が始まったのは九・一一以降、政府が遺伝子工学者を集め、《死なない兵士》の製造計画を目的に設立した国家機密組織だ。先日大爆発を起こした東京郊外の研究所はPOCの本拠地であり、理化学研究所の裏に併設されたため、表向きはその設備の一部として見られていたが、実際は違う。

それも遺伝子の組み替えの技術においては、世界に類を見ない最先端技術を持つ。その技術を先代から引き継ぎ、今はここに同席しているドクター厳が受け継いだ。あの事故までは、世界各国から瀕死の兵士が冷凍されて運び込まれ、《Gene Remodeling To Immortalized Cell Operation(遺伝子改造不死化細胞計画)》、略して

《GRTICO《グルティコ》》により遺伝子は組み替えられ、生まれ変わって死なない兵士となり、また戦場に送り込まれるということが日々繰り広げられていた」

会場は再びざわついた。

「つまり、改造人間ってことだろ？」

「仮面ライダーみたいになるのか？」

「見た目はロボットになるのか？」

「それは人造人間だろ？」

「アンドロイドとは違うのか？」

この事態を予想してはいたものの、皆の頭の中が大混乱を起こしている様子を見て、とりあえずこの場を沈静化させるため、田崎はドクター厳に目配せをした。ドクター厳が首を横に振り、説明が面倒だと言った表情を浮かべ、重い腰をゆっくりと上げ立ち上がった。そもそもなぜ自分がこの場に呼ばれたのか納得しておらず、ここに居合わせる必要がなかったのではないかといった苛立ちも含まれていた。

「東松くん、はいりたまえ！」ドクター厳は廊下で待機している東松を呼んだ。

自衛隊の黒い制服を着た東松が、ドアを開けて会議室に入った。固唾をのむ防衛省高官達と内閣情報調査室の者たち政府関係者は、東松の青白い顔とその無表情さに、まるで作り物の人形のようであると思った。見た目は普通の人間であったために皆はホッと胸をなでおろしたが、その後、背筋が凍る感覚を得た。記憶を全て奪われ、青白い顔で晒し者のように、感情のない無表情で立たされている姿は、人間の抜け殻のようであった。蝋人形ならまだしも、透き通った肌には血の赤さは全く反映されておらず、しかしながら、筋肉美を誇る肉体はギリシャ彫刻が制服を着て歩いているようだ。そのある種の異様さに、会議室にいる全員の目が釘付けになった。

一本のサージェリーナイフが東松の胸部を直撃した。ナイフの飛んで着た方向を振り返ると、そこにドクター厳が薄笑いを浮かべて立っている。胸に突き刺さったナイフに少し驚いている風の東松。しかしそれを引き抜く風でもない。そして制服の上から突き刺さったナイフの周りは血が滲んでいった。会議室全員があっと驚き、目線がその傷口一点に集まった。そしてその後のおどろきで、その場にいた人々が歓声のような声を上げた。東松の胸の傷口からナイフが徐々に押し出され、ぽろっと地面に落ちたのだ。全員の視線が床に落ちたナイフに釘付けになった。裂けた制服の胸元は治ってはいないが、出血は止まっている。ドクター厳はニヤニヤしながら口を開いた。

「あなたがたに《Warrior Generated by Gene Remodeling Surgery》略して《WGRS《ウグルス》》の生成方法について話すよりは、一目瞭然かと急に思い立ちましてね。私のプレゼンは以上です」

薄笑いを浮かべたまま、ちらっと田崎を横目で見てから、ドクター厳はその場を立ち去った。田崎は、自分と同期の男とは言え、相変わらずの狂気と凶行に何度も驚かされてきたが、さすがにそれを人前で見せるとは予想していなかった。「人前には出せない人」と正直思わざるを得なかった。確かに研究分野においては天才かもしれない。しかし、常人とは異なる言動を見て改めて、彼を政府要人の前にさらすことは出来ないと、そう思わざるを得なかった。その場のなんとも言えぬ空気を払拭できずに苦しんだ田崎であったが、この会議の核心について触れなければならなかった。

「先日、東京新宿区中落合の特別養護施設『ひまわり園』から一人の女児が誘拐されたのはご存知のことと思う。実はその場に居合わせていたのがこの東松征士郎というウグルスだ。彼は末期ガンで死を迎える前に、自分の娘を一目見ようと、養護施設に預けた娘〝ゆり愛〟を内密に訪れた。しかしながらその時に、娘のゆり愛は、目の前で現在日本に襲撃をかけているテロ組織のメンバーに誘拐された」

「どういうことだ？　その誘拐事件と、このウグルスと、戦闘員がもともと関係しているということか？」

その場にいた一人が聞いた。

「なかなか、マトをついたご質問をされる。我々もこの一連の騒ぎで気づかなかったことだが、なぜ、よりによって東松の娘が誘拐されたかということは確かに偶然にしても……」

田崎は今更ながらその疑問に直面し、思わず考え込んだが、その時周りが一瞬ざわついた。東松が床に手をつき、呼吸も荒くなって苦しんでいる。その東松に真っ先に歩み寄ったのは籠センター長だった。元理化学研究所出身のプライドの高い科学者で、無駄なことは言わない、やらないといった無機質な感じの男であったが、年を取ってからというもの、人情も大事であると思い直したのかもしれない。身長一七三センチほどの籠が、身長一九八センチの東松の肩を抱くわけにもいかず、腰を支えながら寄り添って会議室を退室した。部屋を出た後、東松はくるっと振り返り籠の両肩を掴んで叫んだ。

「俺には娘がいるのか？」

籠センター長はゆっくり頷いた。

「そうだ。お前には確かに一人娘がいる。名前はゆり愛という」

「一人……娘？」東松はその場に頭を抱え込んで床に伏した。「駄目だ。何も思い出せない」

東松が身を屈めてくれたおかげで、籠はようやくその大きな背中をさすることができた。「東松、お前にひとり娘がいるということは喜びであろうか、それとも、それを思い出せない自分を責め、苦しんでいるのか？」

籠センター長はすべての犠牲を背負って生かされているこの男に、心底同情した。たとえその大きな身体をもってしても抱え切れる問題ではないほどの危機的局面がこの日に訪れ、東松はおそらくそのために利用されることであろう。言ってしまえば、この男の記憶がないことをいいことに、生物兵器として死ぬことさえ許されず戦わされるのだから。

籠は知っている。化学者は感情を持ってはいけない。そして、それはとうの昔に捨てたはずなのだ。ただの人間である自分はなんなのか？　人としての定義さえとっくに捨て去られた東松でさえ苦しんでいるのは、自分たちの決定的なオペレーションミスではないだろうか？　感情さえも消し去る術を施すべきだった。しかし現在の化学では感情や魂のありかを解明することは不可能であり、高等真核細胞の標的組み替えの技術革新に近づきつつも、ゲノム構造上の形質転換に技術は届いていない。つまりＤＮＡそのものを改造しないと、本物の死なない兵士というのは生まれないのだ。

東松の体は、現時点で成し得る遺伝子工学の最高技術を駆使して出来てはいるものの、不完全性は否定できない。遺伝子は完全な形で不死化されていないのだ。そのため東松は本当に《死なない兵士》ではなく、ただ単に細胞の再生速度を早めただけの有限な命を持つ不完全なウグルスなのだ。

　東松は背後に人の気配を感じ、振り返った。そこには東松を待つ懐かしい面々。珠加はすでに田崎の下で東松の捕獲に向けて動いていたが、同時にＡＣＴＴのメンツを揃えるために動き回っていた。東松を温かい目で見守る背の高い屈強な男たちは、カラチの空爆で行方がわからなかったルイス、そして少し様変わりしたアーロンだった。

　アーロンは東松同様、空爆で瓦礫の下敷きになり、運悪く頭蓋の一部、右肩、右上体幹部を損傷、瀕死の状態となった。そこに救助で現れた米空軍レスキュー部隊に救出され、米国に緊急搬送される。通常の手術では救命できないため、ＤＡＲＰＡが開発中のサイボーグ兵士として損傷した部位を人工臓器で補完した。右腕と頭蓋が完全に機械化されたアーロンは、全長１４３０ミリ、重量10キロのスナイパーライフルを立位の構えで持ち、４キロ先の標的射撃を行うことが可能となった。結果としてはスナイパーとして強化され、改造されたという意味においては東松同様。ただし見た目が普通の人間である東松とは違い、人としての様相は完全に失ってしまっていた。

「あなた方は、ＡＣＴＴのメンバーの……」

　田崎の動揺に気づいたのか、うずくまった東松も顔をあげた。ルイスは懐かしい東松の顔を見て思わず顔が緩み微笑んだ。

「トウマツ、お前全然変わってないな。若いまんまだ。俺たちはちょっと年取ったぜ」

　黒い巻き毛に、白髪の混じった髪を人差し指でかきあげながら言った。そのあと、

腕組をしているアーロンの肩を抱き、

「俺たち、お前のこと忘れたことなかったぜ。また一緒に戦えるって聞いて、生きていて良かったって、ほんとに感じているんだ」

唖然としている東松をみて二人は、緩んだ顔を少し曇らせた。

「そっか。お前は俺らのこと覚えてないんだよな。でも、俺たちは唯一無二の戦友だったんだぜ。それも湾岸戦争以降ずいぶんと長い間」

アーロンは、右の拳で心臓をトントンと付くと言った。

「覚えてないか？　お前が、俺らが怖気ついてるときに、いつも気合いを入れるために俺たちに向かってこうやってたこと？」

東松は見覚えのない男たちを少し怯えるように見ていたが、胸を叩くその仕草を気に入ったのだろうか。ようやく男たちに向かって立ち上がった。そしてゆっくりと右手の拳を胸のど真ん中、ちょうど心臓の上に当て、トントンとゆっくり当てた。

「そう！　その拳を胸にあてる合図。驚いた。角度も以前と全く同じだ。お前、本当に全部忘れちまったのか？　びっくりだよ。お前は俺らとは違い、若いまんまだ。最初に出会った時と全く変わってやしない」

ルイスは悲しくも懐かしい表情を浮かべた。東松は胸の中央に当てた右拳をそこから離せなくなった。右拳に自分の鼓動を感じた。自らの記憶の喪失に落胆した自分であったが、自己の生命、生きている証《あかし》である心臓の鼓動を自らの右手で感じ、驚いた。自分の意志と関係なく動く心臓。自分のものであるにも関らず、自分ではない生き物のように感じたのだ。

ウグルスとして生まれかわった人のみが感じる感動、普通の人であれば、心臓は動くのが当たり前。そして全ての生命の営みは当たり前であり、それはウグルスの知見にはないことなのだ。

生きて感じることの全てが新しい経験となるウグルスにとって、全てが新しい発見と驚きであるはずである。東松は言った。

「記憶がなくても感覚は覚えている。この細胞一つ一つが記憶していることがあるのだから。自らの心臓の鼓動を確かめたくて、そして、自らの心臓の鼓動に勇気付けられる気がするんだ」

ルイスは「東松自身がまだ生きている」その実感が欲しかったに違いないと思ったのだ。死線をくぐり抜けてきただろう自分たちＡＣＴＴ隊員を鼓舞する感覚は、自らの生の証《あかし》しかない。ルイスは大きく頷き、そして言った。

「そうだよ。お前が俺らに教えてくれたことだ。そしてお前は果てしもなく強かった」

籠センター長は続けた。

「東松、お前は以前にも増して強くなったんだよ。不死身という最強の身体を手に入れたのだから」

籠は東松に用意していたＡＣＴＴの戦闘服を差し出した。以前からＡＣＴＴが装着していたものと同じもの。防弾・防火の特殊素材でできた黒い特殊ファイバーで、暗視機能付ゴーグルとコンピューター内蔵のヘッドギア、ブーツには地雷センサーが付き、すべての装備にはナノコンピューターが内蔵され、ヘッドギアのメインコンピューターと情報のやり取りができるようになっている。

「チタン製の外骨格は標準でついているものだが、お前には必要がないということになるな。そもそも、この装備のほとんどがお前には必要ないかもしれん。お前の身体そのものが戦闘服のようなものだから」

東松のことがようやく公《おおやけ》になり、ＡＣＴＴが本格始動する日がやって来た。

【富士山対戦闘員ＡＣＴＴ作戦司令室】も防衛省内部に設置され看板が掲げられた。

田崎は満足げな日で特別室の前に立ち看板を見上げた。田崎が『作戦司令室』に入るとほぼ同時に、防衛省内の警報が鼓膜を切り裂く音量で鳴り響く。特別監視センター内の全通信機器にノイズが入ると、画面にログがいっせいに立ち上がり、大量のアラートログが現れた。

///SYSTEM ALL HACKED!////（ハッキングされた）

同時にハッキングされたとの警告が現れた。その後、一斉に全ての端末がダウンし、センター内は静まりかえった。もとからディスプレイなど電子機器類の薄明かりにのみ頼る薄暗い部屋だったが、モニター類の画面が消えたため、部屋の中が真っ暗になった。ネットワークに繋がっていないスタンドアローンの機器も有事の際にあり、それらのみが稼働していて、青いランプが漆黒の暗闇を照らしている。常に防衛省のシステムはハッキングの危機に晒されているため、このような事態は想定されていて、機密データーはできるだけ吸い出されないようスタンドアローンの環境でストレージに記録されている。

田崎は、始動したばかりのセンターのシステムがダウンしたことに大きな衝撃を受けた。「この世界最高峰の城壁である防衛省のファイアーウォールをかいくぐり、ハッキングを仕掛けることができる者が存在するのか？　信じられん。まさかこのセンターの通信システムはハイジャックされたのか？　ネットワークのセキュリティは防衛省を通しているので、もっとも城壁は高いはず。一体なぜだ？」

　パニックを起こした田崎は上条の存在をすっかり忘れていた。できたばかりのセンターに上条の姿を探す。

「上条！　どこだ。一体全体どうなっているんだ？」

　裏返って甲高く震える声を出す田崎。上条はすでにサーバーに異常がないかをチェックしに行っていて、奥から駆けつけてきた。原因不明の事態に、青白い顔をさらに青くしている。しばらく原因を探るべく画面に見入っていた上条は、その不正アクセスのルーツを探るべく、アクセス・ログを確認したところ、大量の痕跡を発見。その侵入ルートを知り更に驚いた。

「どうやら、侵入者は防衛大学の比較的脆弱な障壁を経由し、そこを起点として防衛庁内のネットワークに侵入したようです。不正アクセスが、防衛大学校、もしくは防衛医科大学校病院経由でなされています」

　その時軽い地鳴りが起きる。システムに火がともり、コンソールの無数の星のような電源ランプの青で部屋が照らされる。一斉にハードディスクとファンが回る音が耳をつく。所狭しと配置されているモニター類が次々に通電し、画面が立ち上がったと思った瞬間、砂嵐のようなノイズが走る。ノイズ画面が途切れ途切れになり、直後イリーナの顔のアップに画面が切り替わった。

「親愛なる日本の皆様。始めまして。私はイリーナ。私はあなた方に、我々がこれから日本に行う戦闘行為、すなわち宣戦布告のために、あなた方が構築したシステムに潜入した。私は【反米武装集団ＧＡＩＯ（統一アジア構想機構　Great Asian Integrated Organization Against Crusaders の略称）】に所属する戦闘員です。本組織は日本を除くアジア圏内で結成された反米組織。米国の犬にしかなれない日本には、正直われわれは失望を通り越して、うんざりしている。そのため、我々は米国の同盟国である日本を破壊する計画を立てた。用意周到にやっているので、あなた方のテクノロジーでは対抗できないでしょう」

イリーナは流暢な日本語で立て続けに話をした。そして一旦、呼吸をして続けた。

「我々が、あなた方日本人にとても不信感を持つようになったのは、忘れもしない一九九一年一月十七日に始まった湾岸戦争でのこと。あなた方の日本政府は、アメリカの“Show your flag”『どちらに味方をするのかを明確にせよ』との問いかけに何の異論もなく惰性で応じた。今まで同じアジアの同胞として尊敬さえしていたあなた方が、アメリカに同調したのだ。私はあなた方に本当に問いたい。あなた方は、本当にアジアの未来のこと、将来のことを考えているのでしょうか？

すでに私たちはあなた方のことをとても危険な敵とみなしている。だから私たちはあなた方を、邪悪なアメリカとともに抹殺することを決めたのです。九・一一のワールドトレードセンターを覚えているでしょうか？　アメリカに起こった悲劇は、そのままそっくりあなた方に起こることをお伝えしましょう」

固唾を飲んで見守っていたセンター内のスタッフは、モニターをセンターと連携している内閣情報調査室に繋ごうと必死になったが、外部との通信は全て遮断されていた。イリーナは驚くべき発言をした。

「私たちは、日本のシンボルである富士山の爆破を企てています」

その場にいた全ての人間がどよめく。イリーナは続けざまにメッセージを送った。

「また、私たちを追跡することはお勧めしない。なぜなら我々はすでに富士山の火口60カ所に爆発物を仕掛けた。それらが全てこちらでリモートコントロールされ、いつでも爆発させることができる。それが意味することはもうおわかりでしょう、我々はあなた方、全日本を人質として預かっている。命が惜しければ、無駄な抵抗はしないことをお勧めする。それを望まない日本人の皆様は、速やかに関東圏外へ避難するべきでしょう。もし富士山が戦術核クラスの爆薬により爆破がされたら、我々の予想では富士山は噴火し、降り積もった火山灰のせいで首都機能は一気に麻痺するでしょう」

田崎はイリーナを画面越しに睨んで呟いた。

「富士山が大噴火を起こした時のシミュレーションは、この事態になる前からすでに我々は行っている。試算したところによると二百兆円以上の被害は確実に発生する。ばかな、そんなことできるわけがない！」

田崎の頭の中は大混乱を起こしていた。

「ＧＡＩＯという組織名は、米国政府の情報筋《ＣＩＡ》から何も伝わっておらず、大規模なテロ攻撃のターゲットになっていることだけは漏れ伝わっており、だからこそＡＣＴＴや東松などのウグルスの開発を急いだわけだが。それにしてもイリーナとやら、過去の戦闘員の指名手配者リストにも見覚えのない顔だ。

「……こいつら、本気だ。くそっ。不意を突かれたか」

モニターに食い入るように見入っていた田崎は言った。そして映っていたイリーナの目線が一瞬泳いだのを見逃さなかった。田崎が後ろを振り返ると、東松がパソコンや計器類と書類でごった返した【富士山対戦闘員対策ＡＣＴＴ作戦司令室】の机と机の間をかい潜り、正面の大きなスクリーンの前の田崎の席の後ろに立っていた。

「イリーナはこちらが見えているのだろうか？」

饒舌に話していたイリーナの顔に動揺が走った。彼女の戦慄と緊張が一気に走った様子が画面を通して伝わった。

「東松を知っているのか？」

田崎はスクリーンに映るイリーナの顔と、自分の後ろに立つ東松の顔の間で目線を行き来した。いつ、どこでなのかは想像するしかないが、おそらく国内でないとしたら、東松がくぐり抜けた戦火の中でなのだろう。一方の東松は何も知らずに、スクリーンに映っているイリーナをじっと見つめている。

「トウマツ？」

イリーナは呟いた。発音こそ、聞き取りづらかったが、確かに「東松」ときこえた。その瞬間、スクリーンに再びノイズが入り、突然画面が元の富士山麓の地図に切り替わった。イリーナとの通信は途切れたのだ。

「イリーナの動画は手持ちの携帯で記録しました」

と上条は田崎に言った。

田崎は上条に命じた。

「すぐに内閣情報調査室のデータベースへアクセスし、戦闘員組織とイリーナの顔を探索するんだ」

上条はすぐに検索をかけたが何も表示がなかった。画面には／／／該当するデータはありません／／／。

「つまりこれが意味することはおそらく、本案件は組織にとっては全く最初の企てであり、戦闘員たちの経歴も真っ白な状態なのだということです。彼らの本気度をかえって窺い知ることができます。さらに呆れることに、内閣情報調査室のデータベースは米国のＣＩＡのデータベースと直結していますので、米国の諜報機関もあてにならないことが瞬時に判明してしまいましたね」

上条は少しためらったあと、最終手段を取らざるを得ない時が来たと思った。

もともと専門学校出身の上条は、高校時代から登校拒否を続けていた。専門学校にもろくに通わなかったが、教員のレベルをはるかに超える実力を有していたため卒業には問題なかった。その後は彼の出身校である専門学校の職員になった。常に青白い顔をしていて、肉がほとんどついていない体は骨ばってやせ細っていた。筋肉の発達が成長期の極端な運動不足により損なわれた。食事もまともに取らず、甘いものばかり食べ、まともな食生活は送っていなかった。鬱病も時々発症していたため、それまでどの職場でも彼は疎んじられており、排斥されている。現職においても欠勤が一年の半分であった。にもかかわらず上条がこの組織に引き抜かれた。彼は世界でトップクラスのハッカーであったからだ。どんな高度なセキュリティーも彼の手腕の前には単なるバグに過ぎず、ターゲットにしているネットワークに潜入する。

今回、彼が試みようとしていたのは、バチカンの諜報機関であるサンタ・アリアンザであった。世界中のキリスト教信者から情報を引き出し、教皇に情報を提供し続けている。ナポレオンに「ひとりの教皇は二〇万人の兵士を連れた軍団に匹敵する」と評せしめ、米リーガン大統領政権下のCIA長官を務めたウィリアム・ケーシーに「バチカンの諜報機関は世界で最も良く情報を把握している」と言わしめた。上条は以前からこのデータベースへの潜入を試みていた。城壁の高さを実感しつつ入念に、新しいハック用専門ソフトをこの瞬間のために開発していた。十分程度で管理者IDを特定した。その後は数分で上条は管理者権限の奪取に成功。他の政府関係者にとっては束の間の出来事だった。

「副大臣、GAIO及びイリーナのデータが入手できました」

田崎は上条のハッキングのレベルの高さをここまで実感したことはなかった。ハッキングソサエティーにおいて、かつてはデミゴッド（半神）と称される最高ランクの技を持つハッカーとして、他のハッカーとは一線を画すほどの実力者であったが、精神的な病に陥り今のポストを得るまでは長く雌伏を余儀なくされていた。その彼は文字通り神（ヴァチカン）の防壁を越えた。神業とはこれである。上条の技術で得られた情報は、センター内の大型スクリーンとモニター全てに暗号の文字の羅列として表示され、その後上条の操作により文字がラテン語化された後、ワンテンポおいて日本語に変換された。

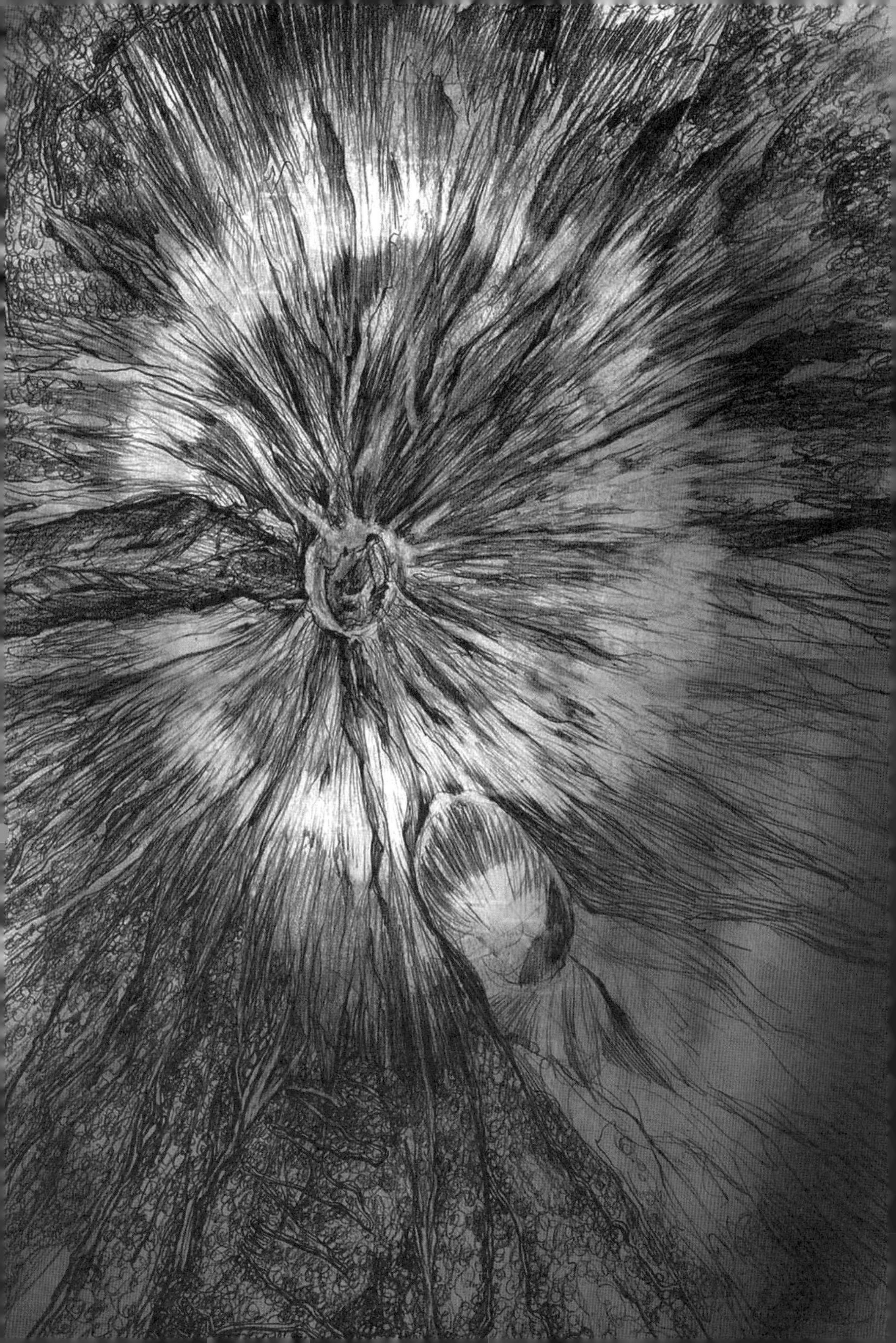

――GAIOとは、

【反米武装集団GAIO（統一アジア構想機構　Great Asian Integrated Organization Against Crusaders の略称）】

米国を始めとする西側諸国に対するテロを主張する過激派組織。攻撃対象は米国及びその同盟国であるが、特に日本とイタリアを米国の奴隷とみなし、不正義の国と呼ぶ。

ＧＡＩＯの前身の組織は【ＡＦＡＣ（All Asian Front Against Crusaders 十字軍に対する全アジア戦線）】で指導者は変わらず、インド国籍のパールシーでカラ・バハージである。一九九一年の湾岸戦争の最中に前身のＡＦＡＣが結成され、二〇一五年以降名称変更と共に再結成されたのがＧＡＩＯである。指導者は年商三十億円インドの財閥の総帥を務める。本部はパキスタンのイスラマバードで、攻撃対象が共通するアル・カイーダとの関係も指摘されている。――

田崎は言葉を詰まらせてしまった。「なんてことだ」田崎は頭をかきむしり、その場にしゃがみ込んだ。「この戦いはとんでもないことになるかもしれない」

「上条、至急、総理官邸につないでくれ」

通信はすぐに内閣総理大臣である佐久間仁人に繋がった。この時代、内閣府の若年化は進み、佐久間は総理大臣としては異例の五十歳で、田崎と同じように若い頃は防衛副大臣を務め、内閣府副大臣を経て官房長官、現ポジションと順調に出世した。自分に似た気質を持っていると、田崎を誰より高く評価していて、弟分のように可愛がっていた。そのため自分が就いていたポジションに田崎を指名したのも佐久間本人であった。

「日米諜報機関のデータベースにアクセスしましたが、情報はゼロでした。そのため、バチカンの諜報機関のデータベースに潜入し、わずかな情報を得ました。総理。事態は予想よりも深刻です。ＧＡＩＯというアジア全域の覇権を取り戻すために新しくテロ組織が中央から西アジアにかけて組織され、最近になって勢力が水面下で急拡大したようです。おそらく、この作戦の達成に向けてアメリカをも欺瞞しながら結成された可能性があります。逆にいうと、総理……。奴らの殺意が半端ではない。本センターのシステムにハッキングをかけてきた張本人はイリーナと自称するインドにあるパールシー系財閥の会長の血縁である戦闘員にして腹心です。ＧＡＩＯの司令官であるカラの次女である事まで判明をいたしました。カラはかつてより反キリスト教を掲げていて、水面下で活発な動きをしていた人物としてマークされていたようです。ゾロアスター教信者のパールシーでインドの財閥の総帥。莫大な富を持つ人物です。おそらく世界でも十本の指に入る。

総理！　大変なことになりました。これは戦争になりますぞ。九・一一事件を第四次グレート・ゲームの始まりとすると、これは第五次グレート・ゲームの幕開け。つまり、第二の九・一一事件は日本の富士山爆破になるかもしれない！」

佐久間は意外にも落ち着いた態度で田崎に向かって言った。

「この事態は相手こそ違い、以前から我々が予測していた状況です」

確かに田崎は幾晩もこの事態を予想し、佐久間と語り合った夜を思い出した。この事態を想定してたからこそ、自分が四十歳という異例の若さで防衛副大臣に抜擢された事も知っている。そして自分の科学者としてのバックグラウンドを高く評価したのも佐久間だった。

「田崎くん、君が指揮するACTTは、そのための組織。君の隣に立っているのは、あの噂の東松君か？」

「……」

東松は、相変わらず青白い顔で人形のようにその場に立ちすくんでいる。

東松は、人であって人ではない。ただ立ちすくむ東松の目線は、その前方方向を見つめるだけで焦点さえ合っていない。田崎はこの蝋人形のような男に今さらながらいささかの不安を感じ、心の中で呟いた。（この男に日本の運命を任せていいのだろうか？　そもそもウグルスは被験体としての兵士であり、まだ検証段階だ。しかし検証を待つ時間がない。臨床結果を待つタイムラグは、この事態では許されない。今回は若い総理大臣だからこその英断であり、一か八かでも、賭けに出なければ日本が危険にさらされる。いや、現時点においてすでに危険な状況なのだ）

一方、米国国防高等研究計画局（DARPA）の開発したテロ発見ソフトを入手していた上条は、すでに富士山近辺の変異を探っていた。目の前にある巨大スクリーンに映し出された富士山は赤い×マークが目立つようにあえてモノクロ画像に変更された。このソフトはDARPAが開発したテロ探索システムで、アメリカ航空宇宙局から送られる衛星画像で匿名通信システムを連携して情報集積と、解析を行ったあと視覚化する。

「現在、二月の厳冬期の富士山は五合目も含め山頂につながる道は全て占拠されている。このタイミングを狙って、計画されたに違いない」と田崎は言った。

本部に揃ったＡＣＴＴ隊員達は、最初は余裕の表情を見せていたものの、モニターに映された×印の多さに唖然とした。

「最初は二、三箇所かと思ったが、富士山ほぼ全域において入り込む余地のないほどに赤い×印で富士山は埋め尽くされています。一区画だけ赤い印が集中している場所は富士山東側の登山ルートである須走ルート五合目須走口付近。古御嶽神社、幻の滝、須走グランドキャニオンといった、富士山東側の名所を囲む三各地点内外に密集していることを衛星から転送されるリアルタイム画像で確認できます。その三角地帯の、どちらかというと幻の滝近辺に目立つ屋根の構造物が見えます。規模は小さくないものの、屋根部分にキラキラ光るものがあります。無数の目玉のように見えるものは建物の瓦なのでしょうか」と上条は言った。

「まずいな。厳冬期の富士山への潜入は、難易度が高すぎる」

田崎は呟いた。

「テロリストよりも富士山に命を奪われるかもしれないぞ。あの山は危険すぎる。まずは戦略はもとより、戦術や作戦を再構築しないとＧＡＩＯを阻止できない立地であることを前提に戦略を立てなければならない。地質学者と、場合によって富士山や富士山の火山活動に詳しい専門家からの意見も必要となる。そして戦術は防衛省に任せるのかも含めて検討する」

これだけの高度な戦闘員を取り揃えて、一体誰が戦術を立て、指揮するのかと、田崎は改めて事が急を要することに身が引き締まった。

「誰も通らない雪道の、登山道を使っての潜入は、自分たちを命の危険にさらすことになる」

頭を抱えるルイスとアーロンに、東松がボソリと呟く。

「空から行くしかないんじゃないか」

正直、東松の発言をあてにしてなかった隊員達は驚いた。しかも作戦上最適だった発言に全員が我に返った。

「ＨＡＬＯ（高高度降下低高度開傘）のことをいってるのか？」

珠加を含め、他の隊員達も正直には東松の発言を想定していなかっただけに驚いた。これがウグルスのすごさだ。田崎は難色を示した。

「普通の人間であれば無理だ。君たちが例外といっても、環境の悪条件は我々の想定が及ぶ範囲を越える。厳冬期の富士山は低温、強風等が激しい。登山でさえ難易度の高い地に、それは絶対無茶だ」

アーロンは口を挟んだ。通常、無口な男だが、どうしても黙っていられなかったのだろう。

「それが我々がＡＣＴＴ、戦場ヒエラルキーのトップに君臨する所以だ。かつて前人未到のことを可能にするのが我々のポリシーだ」

普段、東松が言っているセリフだ。ルイスと珠加も全く同感だといった顔をしている。一方、記憶を失った東松の真っ白で無表情な顔も不思議と異存はないと言った表情だ。驚くべきは東松の持つ感覚だ。記憶のほとんどを失い、最低の言語機能しか残っていないはずなのに、その単語さえ出てこないにしても、高度な戦術を感覚的に記憶している。過去に何十回、何百回と繰り返し実践して来たことが、当然ながら意識外のレベルで記憶されていることになる。

田崎は満足げに東松を見た。米国ＭＩＴ（マサチューセッツ工科大学）で合成生物学を学んでいた田崎。二〇〇〇年以降、生物のゲノムが次々と解読され、遺伝子やタンパク質を組み合わせた生命システムを作ることが可能となり、ヒトゲノム全配列を人工的に合成し、人工的に生命体を製造することが実現したことを知っていた田崎は、長年の願望に《不死身の兵士》という目標があった。しかし、ドクター厳ほどの才能に恵まれていない現実を突きつけられていた自分には、化学者としての実現は難しいということを理解はしていたが、なお野望は捨てていなかった。そのためのインフラを作ることであれば自分にもできると思い、後に研究の分野を変え、米ジョージタウン大学客員研究員として米国国防総省本部長に師事した。紆余曲折はあったが、それでも東松という最終兵器を製造することを夢見続けた。そしてやっと手に入れた自分の最終兵器が、稼動している。全ての生物が表層的に記憶していることなどは無意味であり、本来の記憶はゲノムに刻まれた遺伝子情報であるという信念は、いま、この戦闘兵士の誕生により実証されようとしているのだ。そして世界中の科学者達の待ち望んだ結果が、東松という成功例としてここに、生まれようとしているのだ。

二

真冬の夜の空を飛ぶＭＣ―１３０ＨコマンドーⅡ（以下、コンバット・タロンと略称）。満天の星空の下、航空機は高度一〇〇〇〇メートルの視認外の高高度で爆音を轟かせる。この上には無限に広がる宇宙空間しかない。空気の薄い成層圏に近い場所から見た月は太陽のように眩しく輝き、星々は文字通り宝石箱から宝石を漆黒の闇にちらばしたかのように輝きを放っている。コンバット・タロンは輸送機・特殊作戦機であり、敵地での特殊部隊の活動に役立てる全ての装備が整っていて、過去の主要な戦争の特殊作戦で最高の技能を一〇〇％発揮している。これにＡＣＴＴ隊員として選抜された精鋭八名の隊員らは、東松、ルイス、アーロン、珠加を除いた四名のうち、三名は自衛隊水陸機動団（別名日本版海兵隊）の出身者であり、元オリンピック選手でもある者もいて、引退後に破格の給料で自衛隊に引き抜かれたエリート軍人だ。また一名は白里といって情報エンジニアが通信を担当する。このような軍事行動においては欠かせない存在である。隊員達を乗せ、航空機は航空自衛隊入間基地から目的の富士山へと飛び立った。

「富士山頂付近の風は現在穏やかだ。誤差は最小限ですむだろう」通信係の白里はゴーグルに表示されている数値を確認して言った。

ＨＡＬＯ（高高度降下低高度開傘）は最も敵のレーダーに察知されずに、また確実に目的の場所に着陸するために適した降下法だ。背中に背負ったパラシュートは高圧ガスと高エネルギー圧縮スプリングで開閉を瞬時に行うことができる。全てがヘッドギアに内蔵されているコントロールユニットで制御可能である。またゴーグルに装備されているポップアップスクリーンには、現地の天候・気温から、降下に必要な高度に関する数字といった情報が全てリアルタイムで転送される。そして今、赤い大きな文字で///ＧＯ///のサインが点滅表示された。
///作戦開始現在時刻二時四十二分、降下する///
///スノーボード装着///
///酸素マスクをオンにしろ///
///プラットホーム降下///

輸送機の床面にあるハッチが口を開く。重厚なスロープが下がった。本ミッションは、着地地点が雪原となっている山頂付近であるため、スノーボードを装着することになった。東松はジャンプの合図を振り、自らが先にハッチを飛び降りた。前方遥か下方に綿のような白い雲の幕が地表を覆う。その後、隊員たちが続々とスノーボードでハッチを滑り降り、ハッチのエッジを弾みに派手な回転の空中演技をした。

///遊びすぎだろ、お前ら///

ルイスの声が、ヘッドギアのスピーカーから聞こえる。元オリンピック選手のスノーボーダーらは、この空中演技を楽しむためにＡＣＴＴに入隊を決めていた。

///楽しめないなら、俺は降りるぜー、この仕事///隊員の茂原が言った。

///おいおい、お前ら高額の給料もらってるの忘れるなよ///アーロンは珍しく、重い口を開いた。実は彼は、このミッションに対する緊張感をわすれさせてくれるこの気鋭の仲間を実は気に入っていた。「大気圏から雲圏までの距離は十分あり、この圏内の降下スピードが時速一〇〇〇キロに加速する」しかし、スピードを感じないのは空気抵抗が少ないため降下途中に止まらないスピンが発生する可能性があり、これをまともに受けると失神をしてしまい命に関わる事故につながる。同時に降下後富士山頂からの滑降があるため、スノーボードがあった。

ACTTの隊員たちは、スノーボーダーのショーン・ホワイトを真似て、ダブルマックツイスト、体操の後方伸身宙返りを十回二十回など、地上では決して不可能なエアリアルな演技を繰り出す。無重力ではない空間で、無重力のような華麗な演技と空気の抵抗を楽しんでいる。彼らはその体力に申し分はなく、この過酷なミッションでさえ余裕をもって臨んでいる。むしろ有り余る体力を何かに使い果たさなければ生きていけないとすら思っている。そのかれらの目前に、雲海の壁が立ちはだかった。彼らは体を鋭角に構え、はやぶさのように直角に雲に突っ込んだ。壁に衝突する恐怖に一瞬怯みはするものの、硬い塊はどこにもなく、視界が消える。雲を突き抜けるとそこには巨大な富士の姿が出現する。巨大な一つの目のように見える火口に向って一直線に、体を槍のように突き立て、降下の速度をさらに上げた。ゴーグルのスクリーンには高度計が映し出され、海抜三、七七六メートルを目指し、カウントダウンが始まっている。スクリーンに映し出された文字は青色から赤へと変わり、文字も太くなる。そしていよいよ点滅が始まり、目標点に到着した。ヘッドギアに装備された量子コンピューターはBCI（Brain Computer Interface）で、脳波が直接ボディースーツに装備された全装備を操作するが、パラシュートの開傘だけは自動システムの中に組み込まれている。

着地予定時間は二月一三日三時〇三分。目の前に富士山頂火口が接近してきた。時間差なく山頂に着陸するであろう。富士山頂で最も鋭角に空に突き出しているのは剣ヶ峰であり、その先端を目指し全員が着陸態勢を整えた。全員の緊張が高まる。目の前に鋭角に切立つ岩を確認した。開傘はシステム上オートでなされるため、激突する寸前にパラシュートは開くはずである。ヘッドギアから開傘のビープ音が鳴ると同時に、バックパックに入ったパラシュートが一斉に射出した。一歩間違えると岩に激突する。流石のウグルスも降下速度三百キロで地面に激突すると命の保証はない。しかしながら今回はスノーボードで空気抵抗をマックスにすることができるため、彼らにとっては比較的楽な降下であった。そして鋭角な剣ヶ峰の先端部分から九〇度近くそそり立つ絶壁を一気に滑り降りた。厳冬期につもった雪はスノーボードに地面と固定するための摩擦を一切許さず、地面を滑っているというよりは、ほとんど空からの降下同様、空気抵抗のみが彼らがバランスをとって前進する支えであった。

五合目付近にある目的地へ最速ルートで設定がなされた。ゴーグルのスクリーンがナビゲーションモードに切り替わるが、彼らはそれがどれほど危険なことか知っていた。最短ルートということは、途中の経路は安全なルートであるかどうかわからない。

富士山の山頂から五合目までにどれほどの難所があるのか。ヘッドギアに装備されているナビゲーションシステムでは、視界は三百六十度確保され、また彼らの目の前に現れる立体ビューの角度も基本、ＢＣＩを経由しているため瞬時に選択が可能である。ルートもあらかじめ人工知能が搭載された量子コンピューターで計算され、ＶＲゴーグルに表示される。ルート自体は隊員それぞれに別々の指示がなされないよう、各自のヘッドギアに装備されたＡＩが、ＡＣＴＴ全隊員のヘッドギアに搭載されている端末にネットワーク接続し、互いのＡＩがデータのやりとりをしながら最善のルートを決定する。そして端末同士は強固なグループ接続でつながっており、仮に本部との通信が途断えたとしても、グループ内では端末が破壊されない限りネットワーク接続は持続される。

　以上のようにして比較的安全でショートカットのルートが、最終的に各隊員のＶＲゴーグルに水色の帯として表示される。富士山頂の空は、気付くと朝焼けの明るみに包まれていた。降下後接地した雪の斜面を滑り出し、その数秒後には、三十メートル以上もある崖の斜面が目前に迫っているにも関わらず隊員たちは恐怖を微塵も感じさせないアクロバティックな演技で、崖の斜面をジャンプ台として使い、富士山頂から遥か遠くに見える地上へと一気に滑り降り、マックツイストやトリプルコークといった、重力の制約をものともしないエアリアルな演技を楽しんだ。オリンピック競技は競技場の制約があるが、彼らの競技のステージは無制限である。彼ら全員がこの舞台を愛してやまなかったのは戦場が死をかけた究極のスポーツだからだ。ここに至るまで空中を泳ぐように降下してきた彼らにとって、地上のステージをものともするわけがなく、崖のエッジをスノーボードの底面が捉えた瞬間、彼らの身体は重力から解放され、現れた相模湾を一望する光景は、太平洋の海面に反射する日の光のきらめきを湛えた。隊員たちは、富士山山頂からの下降のスリルにマックスの快楽を感じ、さらにスピードを加速させ崖からジャンプした。

　富士山頂から六合目付近の不信な建造物がある場所は、富士山の東側に面した須走登山ルート上にあった。この区間は富士山の山肌、それも溶岩や砂は完全に凍りついた雪で覆われ、急勾配にはボードと地面を繋ぎ止める摩擦が少ない。転倒が死に直結するこの滑降で、十分に危うさを楽しみながら一気に六合目付近まで直線的に切り込むことができるのだ。このアクロバティックなスノーボードも、地表だからこそ味わえるスリルがあり、空気抵抗のスリルと全く違う。鋭角な崖をジャンプし対岸へ超えた時、下方に富士スバルラインの道路が見える手前で目標地点が近いことを知った。

白里は本部との連絡を始めた。

〟〟目玉のお化けのような建物が現れる。魚の鱗のように反射する一枚一枚の瓦の中央に丸い印があり、それがあたかも目玉のように見える。建造物の屋根瓦に相当する部分は地表に張り付くようで、建造物本体はほとんど地表にはみえていない。屋根の梁に相当する部分以下が地下にあるのか、傾斜した地面に這うように大きな屋根は設置されている〟〟

〟〟イリーナ達の潜伏先と思われる建造物が視認できた。我々は一旦待機する〟〟

東松が先頭を切って進んでいたACTT隊員八人は、その歩みを止めた。彼らの脳は興奮さめやらぬ状態で、一般人がスポーツを楽しむ感覚以上の快楽を知っていた。隊員らは成層圏から富士山五合目付近まで一気に滑降をしたのだ。その快楽は麻薬的であり、この脳内麻薬のために彼らは戦争に行くと言っても過言ではなく、「戦争は生死をかけた究極のスポーツである」とかつての東松の呟きに同感していた。

現在の時間が三時〇三分。降下時間が約十三分として、富士山頂からの滑降時間も約七分。おおよそ二十分間で、高高度からここまでたどり着いたことになる。

ACTT隊員らは、イリーナ達の基地を、ゴーグルのモードを望遠カメラに変更し監視した。溶岩からできた砂地は全て雪に覆われていた。その上を蛇のように這い、徐々に建築物の見える付近に近づいた。

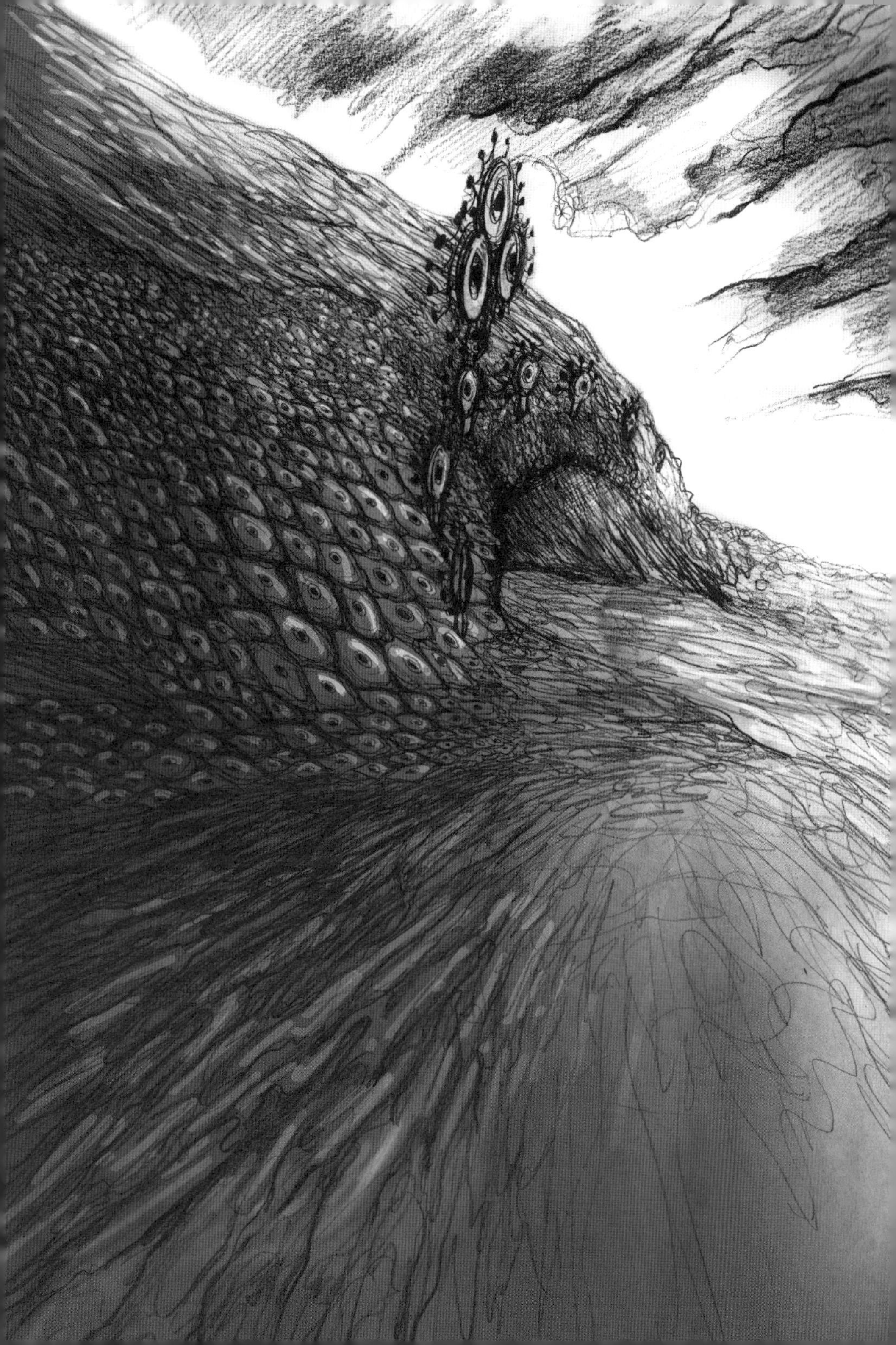

偶然にも敷地内のパトロール兵が交代するタイミングであった。数十人の戦闘員が出入りする中、イリーナが偶然にも現れた。イリーナは交代した兵達に何か指令をだしている。

／／あのイリーナを捕獲すれば、このミッションはコンプリートする／／

アーロンは言った。

／／ミッションの成功は時間との背中合わせだ。時間が経てば経つほど、小部隊には不利になる。まずは水と食料の確保が困難になるからだ。／／ルイスは呟いた。

イリーナを視認した段階で全員が身を潜めた。

ＡＣＴＴ隊員八人は、相手に気付かれぬよう息を殺し、イリーナへの距離感を徐々に縮め近づいた。誰もが突入のタイミングを固唾を飲んで見守るなか、珠加が先頭を行く東松を遮った。珠加は自分の感覚をさらに研ぎ澄まし、イリーナの背後に迫る。彼女の殺気は圧倒的であり、相手との間の空間に近付くことを不可能とする見えない防壁を作出し、緊張をはりめぐらせた。珠加は自分の守護神と崇めるデザートイーグルを右太腿のガンホルダーから取り出した。珠加は銃の照準器《サイト》をイリーナの眉間に合わせ、セーフティーレバーを外し、スライドを引いた。イリーナがこちらに振りかえった。珠加はイリーナが振り返る瞬間を見逃さなかった。珠加は瞬時にイリーナのグロッグのマズルが自分の眉間をその瞬間捉えていたことを知った。

結果的に二人は正面から銃のマズルがお互いの眉間を捉えた。相手を捉える感覚が百分の一秒にも満たない間隔でどちらかの生死を左右する刹那の銃撃戦。聴覚のみならず風に乗って運ばれる火器の匂いなども、同時に風向きと運でさえ味方につけないと生存することができない。二人が全く同時に互いを照準に捉えたため、二人はトリガーを引くことをすんでのところで止めた。

お互いがトリガーを引く瞬間が同時であると察知したとき、引く手が止まった。共倒れを避けるのであれば、相手も命が惜しければ引くことはないはずである。そもそもお互いの銃の破壊力を瞬時に判断した。この至近距離からだと間違いなく頭部が粉砕されるであろうその時、誰かの手が珠加の手を掴んだ。イリーナと共にいた白人兵士、イリーナの父であるカラがイリーナの親衛隊として起用した元東ドイツ空軍の兵士であるアドルフ・ゾルヴェーグだ。彼の戦場における通り名はゾルである。

ゾルは珠加の手首を宙高く持ち上げた。珠加は左太腿のガンホルダーに、もう一つの愛銃のデザートイーグルを格納していた。どちらかというとサウスポーの珠加は右利きに幼少の頃直されていたが、元々の利き手の左手の方が器用に動く。珠加はデザートイーグルを掴むと、ゾルの額を狙い銃弾を撃ち込んだ。重い音とともに、その場でゾルもろとも珠加も共に倒れこんだ。ゾルの頭部は半分吹っ飛びピンク色の脳が飛び出、崩れた額の真下のブルーアイズの両目は飛び出した。しかし、動画の逆再生のように、吹きとんだ頭部が元の形に復元された。それを目の当たりにしたＡＣＴＴの隊員達は一斉に叫んだ。

「《ウグルス（遺伝子改造不死化細胞手術によって生成された兵士）》！」

危険を察した山武と茂原は、ゾルの再生が完了するか否かのタイミングで反射的に至近距離からマシンガンを構えた。ゾルの腹には、人としての原型を保てないほどの数の銃弾が撃ち込まれ、６・６フィート近い巨体が粘土のようにぐにゃりと歪み、その後巨体は勢いよく後方に倒れ込んだ。銃から放たれた噴煙と火薬の匂いで辺りが充満する中、山のような塊が再び頭を持ち上げる。

標高高い山の夜明けの一筋一筋の光が巨体の輪郭の山間から差し込み、隊員達の目に突き刺さる。動く山は逆光で影と化し、一歩さらに一歩と隊員らに近づく。突如、黒く巨大な塊から伸ばされた長い腕から差し出された手が、弾切れた山武の持つサブマシンガンをがしりと掴む。山武は恐怖からか思わず手を離した。天高く持ち上げられた長い鉄の塊が物体としての硬さを失い、飴のように曲がる。山型に折られたサブマシンガンの先に冷たく光るアクアマリンの瞳。至近距離まで近づいていた山武と茂原は生まれて初めて経験する巨大な恐怖に思わず尻込みした。

一方、ルイスとアーロンは、ＧＡＩＯのアジトの出入り口に向けて手持ちの銃弾を使い切る勢いで集中砲火を浴びせかけ、中から次々と出てくる戦闘員らには銃弾の雨が降りかかる。交代で任務に当たってはいたが、大半の戦闘員らは寝起きでまともな判断もつかぬまま外に飛び出したため、前後不覚のまま浴びせられた銃弾にその場に倒れ、死体は瞬く間に山となって積み上がった。

その一方でイリーナは、ゾルに襲い掛かった珠加に向かって、懐から一本の剣を構えた。それは父のカラから受け継いだ神剣といわれるシャムシール。ゾルとともに倒れこんだ珠加の背中に乗り上げ、その髪を引っ張り、頭部を背側に持ち上げて刃先で首を捉えた。イリーナの瞳の色が青からパープルへと変化し、その美しさとは対照的な冷酷で鋭い輝きが満ちた。そして自分の背後に近寄る気配を再び感じた。

その時だった。背後から東松の草薙が振り下ろされた。これもまたイリーナは直前で察知し、紫電の一閃でシャムシールは草薙の刃先を捉え火花を散らした。イリーナはバランスを崩し片膝をついた。

全ての記憶を失っているはずの東松は、この時点で全て無意識的行動で戦っていた。相手の刀剣に対し草薙が共鳴したため、自然と鞘から抜いていたのだ。片膝をつきながらもイリーナはシャムシールから手を離さなかった。シャムシールと草薙は共鳴し合い、刃先がぶつかり合う音があたりの空間に轟く。眩しい黄金の火花が飛び散り、地面の粉雪を撒き散らせた。

東松は初めて草薙が悲鳴をあげる感覚を感じた。想定外の草薙の反応は、東松に自分を育てた祖父の騨十郎《だんじゅうろう》が言っていた言葉を再び思い出させた。それは東松が十六歳の誕生日を迎えた日、祈祷師をしていた騨十郎が山籠りしていた山中の社の本堂で、騨十郎から草薙を授かる儀式を行ったときのこと。

「先祖からの言い伝えによると、草薙はその昔、略奪され融かされた。そしてその存在は複数に分割され、世界中に散らばった。そのうちの一つが征士郎、お前が持つ草薙なのだ。そういう意味では、日本書紀に記述されている草薙は、今お前の持つ草薙の親ともいうべきか。何《いず》れにしても東松家先祖代々そう言い伝えられてきた。お前の祖先は、草薙を天皇家から何らかの形で授かったか、奪われたものが流れ着いたのか。それは今となっては知るよしもない。

そしてもう一つの言い伝えとして伝わっている事に『草薙を持つに相応しくないものが触れると、そのものには死がもたらされる』ということだ。お前が命を授かっている時点で、お前は草薙に選ばれた人間として生まれたということになるのだよ」

騨十郎は座したまま片膝を立て、草薙を鞘から抜き、そしてその輝く刃の先端部分である《物打ち》を天井高く掲げ、祈祷した。

「征士郎、今この儀式をもって草薙は征士郎、お前のものとなるのだ」

祈祷後、騨十郎はまた立てた膝をもとに戻し、草薙を鞘に戻すとそれを下から手の平で支えて握り、征士郎の正面へと差し出す。東松はそれを両腕を差し出し握りしめる。手は緊張で震えて汗ばんでいた。もし草薙が自分を受け入れてくれなかったら？しかしながら柄を握ったその瞬間、不安が不思議と消えた。止めどなく溢れる自信と勇気。何事にも立ち向かえる力が湧く。祈祷師である騨十郎には、人の目に見えぬ何かを感じていた。東松の周りを何重にも重なりほとばしる輝く空気、そしてそこに紅色、金色、紫色、青色の四つの星炎が現れ、東松の周りに結界を敷き始めていた。騨十郎は正直驚いた。

「まさか、ここまでとは。ここまでの強い結びつきを草薙と持てるのは征士郎だけかもしれない。少なくともこの時代では。あたかも草薙が征士郎を包み込んでいるかのような抜群の相性。そう感じたのだ。かつて草薙を引き継いだ武人達は不屈の精神を持ち、無敵の剣客であった。無敗の祖達は数多くの戦陣において武功をあげた。生涯において五十回をも超える戦に出陣した。草薙を担った先祖は全ての戦闘にあってなお戦傷を負うことはなかったと伝承されている。これは確かと言えよう。草薙は時の天下人を支え今に引き継がれた。その秘蹟が今、この征士郎の手中に収まったのだ。神剣は、持つ者に戦場で勝利に導く幸運を引き寄せ、敵からの攻撃を避ける結界を敷き、天上の神と持つ者をつなげる媒体なのだ」

三

彼らがその戦いを繰り広げている富士山五合目付近は普段であれば溶岩の砂と岩に赤や黒の土の地肌を見せているが、今は青白く輝く雹の塊に覆われている。そして富士山の鋭角な斜面の後景は白い雲の流れる天空近い空。

イリーナの持つシャムシールと東松の草薙の刃先が重なり、地響きと共に強風が襲った。地面を揺るがせるほどの風で、周りにいたＡＣＴＴの隊員たちもその風の勢いに飛ばされぬよう、踏みとどまるのが精一杯。上から抑え込む東松に対し、その圧力に耐えるイリーナ。突如、東松の背後で只事ならぬ男の張り裂けるような叫び声がした。東松の背後を守っていたＡＣＴＴの一人の隊員である大網が、背面から首の辺りをつかまれ、上方高く持ち上げられた。

隊員を掴んだ正体は三メートルほどもある巨体で、熊のような肢体を持ち、背には虎特有の縞模様があり、巨大な牙をむき出しにしている。クマと氷河期の古生物であるサーベルタイガーのキメラ、『ベイガー』であった。

ベイガーは鋭く長い牙と強靭な顎で大網の頭に丸ごと食いつき、鈍器をへし折るような鈍い、しかし猟奇的な音で頭蓋を噛み砕いた。ベイガーの動きは虎そのものでありながらも、音をたてることなく獲物に近寄り、急襲した。出現は突然で近づく気配を察知した隊員は皆無だった。正確には何が起こったのかすら理解できず、反応することなく唖然としていたＡＣＴＴ隊員達が我に返った時にはすでに遅く、彼らが周囲をゴーグル越しに視認した時点で、相当数の対で緑の発光体が確認できた。別個体のベイガーが十頭ほど隊員たちを取り囲み、巨大な牙をむきだし、大量の唾液を口から垂らしながら、遠くからジワジワとにじり寄る。体のサイズもどれも三メートル以上。四足歩行でゆっくりとこちらに近づいてくる。ＡＣＴＴの一人が殺られたため、珠加と東松を除いた五人の隊員がサブマシンガンやアサルトライフルのトリガーを一斉にひき、ありったけの弾をフルオートでベイガーの群れ目掛けて撃ち込んだ。

突然女性の叫び声が辺りに響いた。尋常ではない声の方向に全員が振り向くと、他のベイガーよりもさらに一回り大きい、四メートル近い巨大なベイガーが突然出現し、珠加の胸部をベイガーの鋭く尖る爪が貫き、肋骨の間に爪をひっかけ、一気に上方に持ち上げた。

「珠加！」

ＡＣＴＴ隊員達らが一斉に振り向いた。珠加の持上げられた姿態からは大量の血が湧き出ると滝のように流れ落ちた。隊員らは慌てて珠加の元に駆けつけた。ルイスは思わず珠加の身体を無理やりひき抜き、アーロンはひときわ大きいベイガーにサブマシンガンの銃弾を数十発撃ち込んだ。すると弾丸が撃ち込まれたベイガーの傷口から、撃ち込まれたはずの銃弾が体外へこぼれ落ちた。

「ウグルス！　こいつもウグルスなのか！」

これまで幾多の戦場を駆け巡り、勝利を続けてきた隊員すら未知の、予想すら不可能な敵に彼らは後ずさりしたが、時既に遅く、様子を窺っていた他のベイガーが一斉に飛びかかる。

刹那、目の前でベイガーの身体が真っ二つに裂けた。内臓と血が飛び散り、アーロンとルイスは返り血を浴びる。東松はベイガーを大太刀で次々と切り裂いた。草薙はそれ自体に生命が与えられたかのように、襲いかかるベイガーを吸い込むごとく軽快に、前頭面やら矢状面で両断する。そして東松は最後の一頭を渾身の力で、頭頂から正中線をなぞるように真っ二つに分断した。

【Gene Remodeling to Immortalized Cell Operation（遺伝子改造不死化細胞手術）】略してGRTICO（以下、グルティコ）を受けているはずの生命体は、東松同様にその場で細胞の再生がスムースに行われるはずだった。しかしながら、草薙に真っ二つにされた屍骸は再生されることなく、血まみれの肉片と化し、地面に散らばった。

ルイスとアーロンは、珠加を抱きかかえ、顔を覗き込み、珠加の瞳孔が開いているのを確認した。そして彼女からヘッドギアを静かに外した。長い髪がこぼれ落ちる。思わず手で頬に触れた。まだ暖かい。まるで生きているかのようだ。アーロンとルイスは珠加の両手を胸の前で組ませた。膝まづき、十字を切り、珠加の安らかな眠りを神に祈った。

東松は自身も返り血を浴びて血だらけの状態で、珠加の周りを取り囲んでいるアーロンとルイスを脇にどかして呟いた。

「おい、勝手に死んだことにするな！」

血にまみれた珠加に歩み寄り、草薙を血をほとばしらせていた彼女の胸部の患部に押し当てた。草薙を押し当てた患部は瞬く間に、湯気を出しながらその傷口が塞がれ、ほとばしっていた血は流れを止めた。しかしながら出血多量であることには変わりがない。珠加の真っ青な顔は、既に死相を表していた。

「珠加をPOCへ送らなければならない。彼女の命を繋げられるかどうかはわからないが、蘇生手術を施さない限りは、明日の命はない」

ほぼ同時に、断末魔の叫び声が上がった直後、骨の砕ける鈍い音が発せられた。少し離れた場所で周囲を窺っていたACTT隊員の山武の背後に、ベイガー一匹が襲いかかった。ベイガーは倒れた山武のわき腹に食らいつき、もがく身体を咥えたまま持ち上げ左右に激しく首を振った。そしてその大きな顎で胴体を真っ二つに食いちぎった。上半身と下半身がバラバラになって下に落ち、大量の臓物が地面に散らばった。それでも山武は地面でもがいている。

複数のベイガーが所々に身を潜め、緑の目を発光させ、こちらに襲いかかるタイミングを狙っていた。瀕死の隊員を助けに膝まづいた東松を二、三頭のベイガーが襲いかかる。ルイスとアーロンは東松を助けに行こうと駆け寄ったがその矢先に、他のベイガーらが襲いかかる。

残ったACTT隊員の茂原、白里らにも次々と一斉に襲いかかるベイガー。東松の右腕もまた一頭のベイガーに咥えられ、腕がもぎ落とされそうになっていた。

東松の大腿部右ホルスターにはデザートイーグル、左ホルスターにはグロッグが格納されていたため、左手が一瞬の間、自由になった時に左腿に格納したグロッグを捉えた。そして火花が散り、赤い血がベイガーから吹き出す。一気に三頭ほどのベイガーの巨体が宙を舞い、赤い血を大量に吹き出しながら、地面に叩きつけられた。

上空よりターボシャフトエンジンの爆音と爆風、空間を乱暴に切り裂くメインローターの音が轟いた。巨大な爆音の正体はロシア製攻撃ヘリコプター MI-24/35

Mk. Ⅲスーパーハインドだ。迷彩柄のボディに、巨大な目玉を機体正面に複数もつように見えるのは、操縦席がタンデム構造になっており、その他複数もつセンサーや、エンジン本体部分のファンの構造などが機体正面に集中していて、不気味に七色に輝く、機械化された昆虫の飛行する目玉のように隊員達は見えた。加えて、その機体には攻撃ヘリとしての威圧感を周囲の生物に発していた。それだけでなく、ボディ両枠にヘリコプターにしては珍しいウイングがついており、そこにロケット砲弾ポッドが装備されていた。そしてハインド系攻撃ヘリとしては珍しく空対空ミサイルまで装備していて、その制圧能力の証明となっていた。

対地戦闘における地上兵力の制圧に関しては無類の能力を持ち、陸戦においては墜落しない限りその頂点にある。誰もがこの化け物を戦場で見かけると震え上がり、己の死を覚悟する。

元々はソ連で開発されたが、この仕様のものは南アフリカでアップデートされ、アルジェリアで使用されているものだ。ボディのちょうど中心部分にあるハッチが開き、イリーナとゾルが素早く飛び乗る。その時に、座席の奥から声が聞こえた。

「パパー!」

あの時の、幼い女の子の声だ。一瞬だが目を合わせることもできた。必死に手をこちらに差し伸べようと身を乗り出している。そこを乗り込んだイリーナが無理やり奥に押し込み、外に出られないよう押さえつけている。

瀕死の珠加を抱え、なおかつまだ複数のベイガーに捉えられている東松を抹殺すべくスーパーハインドは無防備な東松に二十ミリ機関砲を掃射した。航空機関砲の威力の一つの基準として発射速度があるが、ヘリ搭載型の場合、毎分三千発からの弾が発射される。今回の襲撃に使用された射撃は四千発の掃射であり、最大級の速度と密度を有していた。台風のような銃弾の雨粒は東松に降り注いだ。東松はこれ以上、珠加に弾丸の雨が降り注がぬよう自分の身を盾に、珠加に覆いかぶさった。その後ハインドはその巨体を翻し、一八〇度方向を変えた後、富士山の反対側の斜面に姿を消した。

スーパーハインドが去った後の現場は、赤茶色の溶岩砂のそちこちから白い煙が湧き上がり、二十ミリ機関砲から発せられた火炎の匂いと硝煙で充満し、砲撃の犠牲になり、大量の血を流したベイガーの巨大な死体が転がる現場は、地獄絵図のような光景であった。粉々に砕け散っているベイガーの肉片は、何とか原型を取り戻そうと細胞の再生を繰り返していたが、あまりにも木っ端微塵になっているため、それぞれの肉片がグジグジと細胞を増殖させているに留まり、原型の再現は不可能な状況になっていた。また幸運にも機銃掃射を逃れていたベイガーらは、すでに野生の勘の鋭さから、影も形もなくなっている。身の安全の危機を感じ、そこかしこに既に散っていた。

東松はスーパーハインドの悪魔の砲撃を受け、顔面の肉片も辺りに散ったが、その場で細胞組織は修復され、その様子は動画の逆再生を見ているかのようであった。

また珠加を庇うために二十ミリ連装機関砲の機銃掃射を受けた際に身体に覆いかぶさったものの、一部は自分の体を貫通して珠加の細胞を破壊し、壊された体組織は止めどなく血を流し続けた。まずは傷口を止血しようと自分の身につけている服を破り、切れ端を患部に当て結わい付ける。そして、改めて草薙をその傷口に当て、何度も傷を塞いだ。イリーナ達が建てたであろう神殿にひとまず逃げ込もうと、ＧＡＩＯの拠点とされる建物に珠加を抱きかかえ走った。

　富士山の山腹に這うように建った神殿は思ったよりも大きく、建造物ながら一つの有機的な形状をなしている。天井の瓦は幾重にもなり、魚の鱗が重なって屋根瓦として敷き詰められているような様相を見せている。それが威厳を放ち太陽光を一身に受けて黄金の輝きを放つ。拠点であり、富士山麓に安定した状態で構築される必要がある以上、建造物は低く、ナメクジのように地面に這うようなスカート状の形状をしている。東松は神殿の前で珠加を抱きかかえ、ヘリコプターの救援を待った。

　珠加が襲撃されてから、既に三十分は経過している。救助のヘリコプターがなかなか現れずにイライラしていると、遠くからわずかなローター音と共に救援ヘリコプター　UH―60Jブラックホークがこちらに向かって徐々に近づくのが見えた。

　その時ブラックホークのローター音を掻き消すかのように、地響きと共に重低音のエンジン音が地面から轟く。富士山山頂から突然の風圧が襲いかかる。風向きには巨大な黒い二つの目玉を持つ影が目前に迫っていた。誰もがその姿を見ると死を覚悟する恐怖の体現者。

「この厄介な奴め。また現れたか」

　あの巨大な機械仕掛けの目玉お化けの死神が、ふたたび東松の前に突如出現したのだ。死神のローターもその身体に見合う大きさで、そこから繰り出された風は辺りに旋風を巻き起こし、周りの空気をうねらせた。陸戦の決戦兵器として名高いスーパーハインドが目前に迫り、大音量のローター回転音が落雷のごとく轟き、地響きで地面がゆれた。それは突然現れ、救援ヘリの行く手を塞ぐ。死神が恐怖の火を放った。スー

パーハインドから発射された二十ミリ機関銃砲が東松達に向かって火を放ち、毎分四千発の銃弾の雨が豪雨のように岩肌に降り注ぎ地面を削ぐ。一面に地面に食い込んだ弾が巻き起こした煙と砂埃が立ち込めた。

そこへ遠くから仲間の声がローター音にかき消されながらも途切れ途切れに聞こえる。声がする方向を見ると、目の前に聳える崖の斜面で身を隠したルイスとアーロンが大きく手を振っている。東松は仲間のところに向かって一目散で走り、命からがら彼らの元へ滑り込んだ。

「救助のヘリはどうしたんだ？」

「わからない。周りが煙っていて前が見えない」

ルイスは巨大なロケット弾発射機を持っていたが、自分たちの居所を隠すために砲撃を控えていた。

再び大気が揺れた。あの空気を引き裂くようなローター回転音が聞こえ、周り一帯の空気と地肌の砂を蹴散らした。救援ヘリのブラックホークの様子が気になり、先ほど視認した方向をみると、ブラックホークがホバリングしている様子が一瞬見えたが、その時には既に東松達の前で徐ろにその向きを一八〇度変え、撤退を始めたのだ。

敵のスーパーハインドの前部監視赤外線装置は、ヘリコプターの先頭部位に装着されていて丸い目玉のような形状をしている。それがくるくると回転して、標的である獲物の姿を捕捉する。同時にその下部の二十ミリ機関砲が救援のブラックホークを標的として上下に動き狙いを定めた。武器や照準器、射撃指揮装置が昆虫の目玉や触覚、蝶や蜂の口器が独立した生き物のような動きをしている。このグロテスクな魔王ハインドに向けて、ルイスはロケットランチャーをハインドの弱点であるテイルローターに定め発射した。彼の放ったロケット弾はローターに命中、そして破壊され煙を上げた。ようやくスーパーハインドの巨体はバランスを崩し徐々に旋回を始め、ゆっくりと地面に近づいていった。スーパーハインドはその巨大なルーターを山肌に突き刺すようにして、地面に吸い込まれていった。

大きな地鳴りと共に爆発音がおこり、巨大な黒煙が上った。振り返ると、こちらに近づいてくるはずのブラックホークが反対方向に向けて飛び立つところであった。東松はルイスから無線機とロケット砲を奪い、救援のヘリを狙って撃つ構えをした。通信を切り替え、あらかじめ繋いであった救援ヘリのパイロットと回線を合わせた。

「今この場から去るのであれば、俺がお前を撃ち落とす！」

脅されても引きかえす気配を見せない。仕方なく東松は一発、救援ヘリに向かって砲撃した。ロケット弾は、救援ヘリの本体スレスレを通過し、富士山麓の青木ヶ原へとその姿を消し、やがて森の中で大きな煙をあげた。パイロットはパニックを起こしてとっさの行動をとったのであろう。パイロットは漸く東松からの逃亡は不可能であり、同時に自分の死を意味すると理解したので、機体の方向を反転し、東松らに向った。

東松らがいる斜面が急勾配であるため、ブラックホークは、空中でホバリングをしながらバーティカルストレッチャーをロープに繋いで下ろした。珠加と共に、絶命したＡＣＴＴ隊員の大網、山武の二名も黒い死体袋に入れられ、救援ヘリコプターに乗せられた。東松もロープ伝いにヘリ内部に入った。途中で息を吹き返すかもしれない珠加に酸素マスクを装着したが、珠加の腕は力なくストレッチャーからぶらりと垂れ下っている。脈をとる東松。眉間に皺を寄せ、脈の止まった深刻な事態を悟る。

「もうダメかもしれない。もっともこの状態で生きている方が不思議だ」

東松は、この場から逃げようとした臆病者のパイロットに目を向けた。彼を責めても仕方ないのだ。誰だって命は惜しい。それよりも死体同然になってしまった珠加に関する指示をこの者にしなければならない。

「今回の一件は見逃そう。その代わりに珠加を無事、ＰＯＣへ至急搬送して欲しい。珠加の脈は止まっているが、草薙の神力により仮死状態になっている。決して死んではいないということを頭に入れて扱って欲しい。そして一刻をあらそう事態であることも忘れないでくれ」

パイロットは東松の言っている事を全く理解できなかったが、この異常な事態からか、ただ小刻みに震えながら何度も頷いた。

この救援ヘリには、救命と共に追加で必要なロケット弾などの銃弾類が大量に支援物資として積まれていた。ＨＡＬＯ降下してからこれまでの戦闘で、所持していた弾は全て使い尽くしてしまった。想定外の凶暴なキメラの奇襲に途方に暮れていたところであったので、火器や食料の供給は必要不可欠であった。


本部の田崎も万策を尽くしたが、自衛隊からは増員の却下どころかＡＣＴＴの撤退の要請までも来てしまった。諦めきれない田崎から東松へ通信が入る。

「非常に申し上げづらいのだが、亡くなった隊員の代わりを派遣する案は却下された。いつ爆破されるかわからない富士山に、自衛隊も次の隊員を送り込むことができず、隊員の交代も不可能となった。おまけに、現在自衛隊から派遣されている新隊員らの撤退も要求されている。これに関しては、断るつもりだが。それにしても……今回犠牲になった隊員らは、本当に気の毒だった」

先ほど墜落したスーパーハインドはまだ鎮火しておらず、黒煙の岩のような大きな塊が天高く舞い上がり、ガトリング砲の射撃で削られ丸出しになった岩肌から湯気が立ち昇る。

一通りの作業が完了し、東松が救援ヘリのキャビンから降りようとしたその時、先ほどのハインドとは違うまた別のタイプの軽い小刻みな地鳴りと共に、二機の中型戦闘ヘリコプターが出現した。ＡＣＴＴの情報担当者の白里のヘッドギアにはカメラが装着されていて、現場の動画はリアルタイムで市ヶ谷の司令室に転送されていた。司令室にいる全員が固唾を呑んで見守る中、田崎は呟いた。

「ポーランド製Ｗ―３Ｗソクウ。なぜ、こんなところにポーランド製のヘリコプターが出現するのか。先ほど破壊されたハインドも、元々はロシア製であり、冷戦時代にロシアの最も重要な衛星国であったポーランド製のソクウとの共通性は大きい」

田崎は一瞬、考え呟いた。

「もしや？　ＧＡＩＯはロシア側と強いつながりが？」

一機のソクウからスリムで背の高い、紫色のゆるやかにウェイブのかかった髪型の女性がキャビンから身を乗り出していた。女は東松に向かってライフルを構えている。イリーナの愛銃、ロシア製アサルトライフルＡＫ―一二カラシニコフである。旧式ではあるが性能の良さに年代の衰えを感じない。東松も最新鋭アサルトライフル・インベルＩＡ２をイリーナに向けて構えた。その時スコープの先に、小さなゆり愛の顔がイリーナの脇から覗いている。

「あの子が、さきほどハインドからわたしのことを『パパ』と叫んでいた、あの幼い子。わたしの子供がわたしの娘のゆり愛ということか？　くそっ！　どこまで汚い手を使うんだ！　ソクウには一撃もできないじゃないか！」

銃撃を躊躇した東松は、ライフルを脇にしまいパイロットに指示した。

「頼む。このヘリをソクウに近づけてくれ。今、スコープで小さい女の子がキャビンから顔を出しているのが確認できた。近づいてもらえば、私がインベルへ飛び乗る。危険なのは十分承知だ。接触だけは気をつけてギリギリに付けてくれ！」

パイロットの星内は操縦席から東松の方向を肩越しに見て、ゆっくりとうなずいた。そこには先ほどの怯えた表情は微塵も見えない。東松はパイロットに向かって右手拳を胸の真ん中、ちょうど心臓のあたりにあて、勇気のある男への敬意を込めトントンと二回叩いた。ブラックホークはソクウに向かって突進した。星内は敢えてヘリコプターの機頭をあげ、メインローターを向かう先に向けるようにして邁進した。イリーナはライフルの弾を撃ち込んだが防弾装備の施されたローターがそれを弾いた。

ヘリコプター二機が接近し、イリーナは衝突の危機に一瞬目をつぶった。その時、大きな人影が空中に放物線を描き、ソクウのランディングギアを掴んだ。ソクウは大きく片側に傾き、その反動で、ドア中央に降下用に立てられたポールに捕まっていたイリーナが外に放り出されるようにして宙吊りの状態になった。二人は片手のみで宙にぶら下がっていたが、イリーナのもう片方の手に握られたイングラムＭ10短機関銃が東松に向かって火を噴いた。頭上からの砲弾に東松は体をうまくひるがえし、鉄棒のようにヘリのランディングギアを揺らした。これ以上ヘリを動かすと墜落の危険性が出るため、イリーナはやむなく砲撃を諦め、一旦キャビンの中に引っ込んだ。東松はランディングギアを両腕で掴んだ。しかしイリーナが一瞬姿を消した理由は、さらに威力の高い銃を取るためであった。モスバーグ・タクティカルを持ち出し、東松が掴まっているランディングギア目掛けて射撃した。東松の体は宙に浮き富士山東側五合目須走口付近にある『幻の滝』近くの岩場だらけの奈落の底へ吸い込まれていった。

東松が落ちた先は、そそり立つ岩壁で、その斜面を無残になす術もなく転げ落ちて行った。幾度も転倒し、最後は巨大な岩の下で頭部を打ち、血を流しながら気絶した。これだけ高度から転げ落ち、またしばらくＲＱ08―ＺＡＸＷ13（生命維持のエネルギー補給）をしていなかった東松は、細胞の再生にも支障をきたし始めていた。すでに呼吸は浅くなり、心拍数も低下している。顔面蒼白で、瀕死の東松の意識はやがて無くなり死と生の淵を歩いていた。

東松は自らの終わりの時を覚悟した。東松は草薙を取り出した。万が一、自分が命を失ったとしても、再生可能なように大事に胸に抱えた。東松は静かに目を閉じた。そして夢を見たのだ。目の前には大河が横たわっていた。

彼の目には何とも心安らぐ緩やかで優しいゆったりとした流れがあった。対岸には優しい面持ちの、白銀色でストレートの髪の女性が手招きしている。その女性の風貌には見覚えがあり、東松が愛した優しい安らぎの眼差しと、西アジア人らしい鋭角なライン。目から眉へは、アジアの仏像にみられるような緩やかな傾斜ではなくシャー

プなエッジが見える。東松が愛した西洋美術的風貌の女性が大河の対岸に立ち、こちらに手を振っている。東松は躊躇することなく対岸を目指し、大河の岸辺に足を踏み入れた。大河はその川幅の広さが際立ち、腰まで浸かる深さの緩やかな流れと、対岸は靄で包まれていた。

対岸に歩みを進め始めたその時、背後から河をわたる東松を呼ぶ声がする。ふと振り返ると、背後の岸辺に一人ぽつんと佇む小さな少女がいる。小さな女の子。髪を二つに結わえ、こちらを見ている。大河はあたたかく緩やかであり、片足をいれたとたんに安心感と幸福感で満たされたため、東松は元いた岸に戻る気を失っていた。

「オレを呼び止めるのは誰だ？」

「パパ！　戻ってきて」

「パパ？　何を言っている。俺は君を知らない。残念ながら自分の過去は何も思い出せない。俺はもう全てに疲れ果てたんだ。だから、ほうっておいてくれないか」

「私の大事なパパ。ゆり愛を助けて。ここはとても寒くて凍えそうなの。パパが戻ってこなければゆり愛も生きてはいけない」

「待ってくれ。オレは、とても疲れているんだ。きみが誰だかもわからない。それに自分が何のために戦っているのかわからない。もう疲れ果てたんだ。こんなに辛いなら……。いっそのことこのまま……」

「だめ。パパ。生きるのよ、最後まで。パパが死んだらゆり愛も死んじゃう」

女の子は年齢五歳ほど、身長が一三〇センチくらいにも関わらず、川を渡ってこちらに来ようとしている。

「だめだ、来るな！　オレについてきたら、君も生きてはいけない」

制止を無視して、姿が徐々にこちらに近づいてくる。東松は死の瀬戸際にありながら、これが三途の川であることを知っていた。ここを渡ってしまうと元の世界には戻れないことも。川の水深が、女の子をのみ込み溺れかけた。仕方なく東松は少女の元へ引き返した。少女の姿が徐々にはっきりと見えてきた。

二人は霧深い川の中で再会を果たした。そしてゆり愛は東松に手を差し伸べる。東松も手を差し伸べ、二人は手を取り合う。東松はその手のかすかな温もりから、遠い記憶を思い起こしていた。ありえないくらい小さな手を握りながら、保育園に通った日々。少しでも力を入れようものなら、壊れてしまう気がした。小さな楓のような手を、握らず、軽く触れるように手を繋いで通った日々。ゆり愛を見つめると、ゆり愛は嬉しさで子鹿のようにスキップをしてこちらを見つめ返した。なんて幸せなのだろう。ただこれだけ。これだけなのだ、本当に幸せというものを感じた瞬間は。なぜなら、自分は本来であれば、幸せに生きることが許されない身の上だったから。

「知っている。覚えているよ。この手の温もりを」

ゆり愛の手の温もりを東松は感じた。すると不思議と東松の目からは涙がとめどもなく流れはじめた。涙は頬をつたい、二人が握り締めた手に落ちる。東松は膝をつき、そしてゆり愛の手を頬に当てる。

その時、全身に電流が走った感覚を覚えた。覚醒した東松の心臓が静かに、しかし確実に脈動を始めた。最初は静かに、しかし徐々に力強く。幻想的に青白く靄が立ち込める岩場の昼とも夜ともいえない薄明かりの中、やがて東松は、その目を見開きゆっくりと起き上がった。なんとも言えない感覚。はっきりとではないが、一度死線を彷徨うことにより、徐々に自分の過去の記憶が蘇ってきているような気がしたのだ。

腕には草薙がしっかりと抱かれ、彼の身体を不思議なエネルギーで満たして行った。彼は薬品の投与なしに起き上がったのだ。ヘリから落下した場所は、富士山東側五合目の須走口付近、『幻の滝』。そこは背の低い枯れかけているような白い樹皮の松の木が白骨のごとく、無数の小高い岩山が剥き出しになっている。

どこからか狼達が集まってきた。無数に存在する岩山の頂点から東松の様子を見つめ、青緑の虹彩を光らせた。あたりは靄に包まれ、夜とも昼とも言えぬ青白い幻想に満ちている。陽の光が鈍く、空は雲に覆われていた。

倒れた東松を富士山に生息する何十匹もの狼が取り囲んでいた。狼達は血と肉の匂いに、その飢えた胃袋を満たそうと我を忘れた。一頭、一頭と岩場から飛び降り、瀕死の状況で岩場に横たわる東松に近寄って行った。最初は半死半生の東松に油断をし、緊張感を示さなかったが、心臓の鼓動が始まったのと同時に東松に警戒心を示し始め、一斉にその周りを取り囲んだ。東松は呼吸を正常に戻すと同時に、最初は目だけをゆっくりと見開いた。その後、上体をゆっくりと起こし、一気に危機感を強めた。二、三十頭はいるであろう狼らは一勢に跳ね上がり、東松に襲いかかった。

四

市ケ谷の防衛省内部に設置された【富士山対戦闘員ＡＣＴＴ作戦司令室】内の司令台に立つ田崎は、佐久間総理大臣からの問いかけに居ても立ってもいられぬ様子で、イライラしていた。

「田崎くん、とうとう在日米軍司令部より支援する旨の申し出があった。現在、横田基地から偵察機二機が出動し、富士山頂付近の様子を報告してきている」

上条は、佐久間総理大臣の発言の裏付けとも言える画像と動画を独自に入手し、説明を付け加えた。ＡＣＴＴ作戦司令室中央の大スクリーンには富士山のリアルタイム動画が毎秒三枚の割合で転送されている。

「【ＩＳＳ（国際宇宙ステーション）】から提供された情報によると衛星写真には、富士山東側須走登山ルート六合目付近にははっきりと敵のアジトが写っている様子が確認できます」

田崎は東京大学地震研究室所長、富士山の地質学専門の館山義昭教授を本部に招いていた。

「館山教授、現状の富士山の状況についてご説明ください」

「わたくし、東京大学地震研究室所長を努めます館山です。よろしくおねがいします。さて、単刀直入ではありますが、富士山の地質的現状を申し上げます。

かねてより、富士山はその形状を保てない状況であるということは事実であると申し上げてきました。もともと溶岩と凝灰岩が交互に積み重なってできている富士山は雨風の侵食に弱く、あの完璧な円錐形はいずれかは崩れてしまうというのが我々の見解です。そして富士山の崩壊は始まっていて、現在、富士山西面の大沢崩れの侵食がその証拠となっていまして、山頂部分の形状に影響をもたらすのではないかと推定しています」

館山教授は、持参した発表ツールの画面を切り替え、富士山六合目の様子を見せた。

「そしてこの度、問題となっている箇所である須走六合目付近の話になるわけですが、その侵食を逃れることができず、もともとあった瀬戸胎内洞窟がさらに侵食し、ここ近年巨大な胎内洞窟が出現しております」

館山教授は富士山6合目付近に突然出現した胎内洞窟の画像をポインターで指し示しながら話を続けた。

「こちらは富士山の噴火が生い茂った樹木を飲み込んだ結果、その木の形を残した形状で洞窟を形成したものですが、それに加え富士山の表面から始まった雨風により進んでいる侵食が更に進み、富士山内部の空洞化が加速している可能性も否定できないということです」

館山はまた一呼吸置いた。

「また一つ、この度、重大なご説明を加えなければなりません。それは富士山は活火山であるということです。富士山の噴火を誘引する地下のマグマ溜りを刺激するような爆薬が仕掛けられたら最も危険です」

田崎は、火口の爆破が火山活動へもたらす影響を博士に問うた。

「もし何らかの形で爆発が火口付近で発生し、マグマ道を通ってマグマ溜りを刺激するなんてことはあるのでしょうか？」

「それは断定はしかねますが、マグマ溜りまで到達するような爆薬があればですが、何らかの刺激を受けやすい環境になる可能性は否定できないと申し上げます」

田崎は館山教授の説明を前提に、総理への説明を続けた。

「館山教授ありがとうございます。一方、ＧＡＩＯは巨大化した胎内洞窟の入り口を封鎖し、屋根らしき建造物を設置した様子です。それもこの事件を我々が発見するより遙か前に我々を出し抜く形で」

佐久間はしばらく無言となった。そして深いため息の後に呟いた。

「現状、ペンタゴンは横田基地より戦闘機を出動させると主張している。大変危険な事態になっている。彼らは我々のコントロールが効かないことは十分承知していると思う。日本の安全とうたいながら、富士山をテロとの戦いの場に使われたら、たまったものじゃない！」

「総理、確かに現状の富士山に救護ヘリ以外の特に対地爆撃を目的とした戦闘機を送り込むことは、大変危険です。人質への命の危険どころか、万が一、活火山である富士山を刺激し、噴火の引き金を引いてしまうと、大惨事は免れません」

そして、総理は田崎が言葉に出せなかった部分を補うかのように続けた。

「大きな被害の割りには得るものは少ないということだな？　現在、我々ができることは、ウグルスである東松の力に頼るのみ。ウグルスの能力は一〇〇〇台の戦車に匹敵する。なぜなら、戦車は破壊されればそれまでだが、ウグルスの肉体は永遠に再生を繰り返すことができる。まして富士山のような勾配の激しい場所では、ゲリラ戦の方が有効だからだ」

田崎は佐久間のせっぱ詰まった発言を埋めるかのように続けた。

「それと……東松には《草薙》という神剣と自称する剣があります。現時点までにおいて、これが予想不可能な役割を果たしていることは事実です」

「草薙？　あの神剣の草薙のことか？」

「そうです。それがただの呼び名なのか、本当の草薙なのかは不明ですが」

「本物のわけがないだろう！　あれは、神話の世界の話だ」

上条は非科学的根拠のない情報を処理する事ができず、彼らの話題に割って入った。

「現在、東松は装備していた武器を全て捨てて戦っています。ヘッドギアさえ捨てているため、通信だけが茂原と白里から届くのみとなっています。彼らでさえ、想定外の長期戦にもつれ込む可能性を視野に、バッテリーの不足問題と、機動力を妨げる重い装備を自ら廃棄しています」

ＡＣＴＴ隊員のヘッドギアから送られる各装備からの通信データを全て管理していたが、現状は茂原と白里のみが完全装備で、彼らのヘッドギアからリアルタイムで送信される情報に頼っていた。アーロンとルイスはとうに装備を捨て去っていて、当てにはならない。

「我々がＡＣＴＴを制御できないとは。特に東松率いる旧メンツはどうにもならない。新しいウグルスの増員予定はないのか？」

「ＡＣＴＴの女性隊員一人が、現在、ＰＯＣに運び込まれていて、ドクター厳が現在、細胞の蘇生をグルティコで処置しています。今はそれよりも、ドクター厳が懸念していることがあります」

「一体なんだ？　まだ何か驚きがあるのかね？」

「東松征士郎の寿命がこの戦闘終結まで持たないのではないかという事です」

「寿命、どういうことだ？　確かウグルスの寿命は五年持つと言っていたではないか」

「それは通常の場合です。グルティコは、単純に言ってしまえば、その原理は旧来のゲノムを新ゲノムへと改変することによって、従来にない細胞の再生能力を高めることにあります。しかしながら、現在の激しい戦闘により、大量の細胞の破壊と再生を繰り返し続けている東松の限界が近づいているとのことです」

「そんな、ばかな」

「ここに、東松の生命維持を波形に表したグラフが、リアルタイムで表示されています。彼の体内に埋め込んだＩＣチップがその情報を、この端末に無線でリアルタイムに送信しています」

司令室には、医療チームのデスクが集中する一角があり、そこのモニターには東松の人体モデルに損傷箇所、再生度合い、再生処理速度、そして残りの再生可能回数が表示してある。田崎は転送された再生可能回数のグラフを食い入る様にして見ている。

「ヒトの体細胞はヘイフリック限界といって、一生の間に分裂限界があり、五十回といわれている。もっともこの再生回数の制限をしているのが、ヒトの染色体ＤＮＡのテロメアという粒子だが、これが染色体を保護していて、これが再生を繰り返すごとに短くなっていき、最後は細胞は分裂をやめる。

東松の遺伝子情報は我々が日々リモートで管理しているが、残りは十回をすでに切ってしまった。それをドクター厳は懸念しているのだ。遺伝子操作オペにおいて細胞の再生速度を無理やり早めたものの、ヘイフリック限界を突破することは現在の技術においては難しい。このままでいくと東松は、この戦闘における最後の戦いまで、その命を持続することは困難かもしれない」

佐久間は田崎の話の腰を折って入った。

「この対テロ戦闘におけるキーパーソンが東松にかかっていることを我々は知っている。なぜならこの活火山を舞台に戦闘機同士が撃ち合いになった場合、富士山火口に仕掛けられた爆破装置がいつ何時爆発してもおかしくない状況となる。しかしながらウグルスなら、まだその被害を軽減させることができる。密かに敵地に潜入し、戦闘員らを抹殺することができるからだ。

しかし、もし東松が死に、テロ攻撃を富士山がまともに受けるようなことになると、ことと次第によっては、最悪の結末、つまり富士山爆発と関東平野の火山灰による埋没、そして東京の首都機能の停止もしくはそれ以上の被害も十分ありうる」

自分で話しながら、この最悪のシナリオに身震いした。佐久間は、焦燥感を最大限に隠し、総理として感情を抑えた口調でいったつもりであった。

「わかっています。ですから何としても東松には最後まで生き残って欲しい。そう願うまでです。しかしながらウグルスに限界があるのも事実です。

ゲノム変換された細胞は、そもそも人間の細胞の規格を変換しているにすぎず、ただ単に再生速度を加速させているにすぎない。つまり通常は百年の寿命の中で生まれ変われる細胞の数は限られていて、その数がグルティコのオペを受けたからと言って増加するわけではない。加速する。それだけです。それが現在の技術の限界。そして『不完全な死なない兵士ウグルス』と言われる所以《ゆえん》です。だからこそ化学者である小笠原真生は何とか変えることができないかと考えた」

「小笠原？　何かで聞いたことがあるような……」

「小笠原真生とは、ＰＯＣの前身を作った人物。そもそもこの人物がいなければ、ＤＮＡ変換手術など不可能であったでしょう。彼は存命中に、この有限の生命である体細胞を、無限の命にゲノム変換する方法を発見することに、どうやら成功した様なのです。重要な鍵を握る染色体ＤＮＡがテロメアであり、テロメアーゼという酵素がテロメアの特異反復配列を伸張させることを、そしてそのテロメアーゼの活性化と細胞の不死化に成功させたのは、一九六七年のことでした。しかしながら自分の命の危険を感じた博士は、論文を暗号コード化し、誰にも解明できない機密情報に変えてしまった。それも、あくまでも自らの身を守るためです。でもその後、彼は原因不明の死を遂げた」

「ドクター厳はそのコードを解明しているということか？」

「あくまでも憶測ですが、それはないでしょう。ドクター厳の技術は、あくまでハイフリット限界を超えてないので。しかしながらそれも憶測であって、ドクター厳は、その当時、小笠原研究室の研究員で、早くからゲノム編集の次世代の技術、グルティコＶｅｒ・２の研究にとりくんでいました。ドクター厳はその本名さえ明かさず、どこの学会にも所属せず、常に先端技術を開発し続けています。

　小笠原博士の研究室での研究を引き継いだ彼の開発した遺伝子操作手術のオペレーションカプセルや、ウグルスに必要な生命維持薬剤の開発は、現在の水準から判断するにノーベル医学生理学賞や、その他の生物分野を、総取り出来ることは確実ですが、彼は論文や詳細な情報を全て隠しています。厳密にいうと隠しているというより、隠されているのですが。日本政府も完全には彼の研究内容と結果を掌握しておらず、全くもってドクター厳はスタンドアローンであると我々は認識しています」

五

　富士山三合目付近、東松は意識の喪失の回復から間もない状態で、何十頭もの獣が彼に向かって上から覆いかぶさるように襲ってきた。東松はそれらを腕力で次々と投げ倒していく。

　東松は立ち上がり、態勢を整えると、よろけながらも草薙で次から次へと襲いかかって来るオオカミらを一体、また一体と切り裂いていった。獣らの真っ二つに切られた胴体が散らばり、口から舌をだらしなく覗かせている。もともと群れをなして行動するオオカミらは、いくら殺しても殺しきれないほどの大群が後ろに控えているようで、暗闇に光る赤い目の輝きの数がそれを物語っていた。

　しかしながら彼らは賢く、例え一対百でも対抗できない事を察したのか、攻撃をあきらめた。歯をむき出しにし、飛びかかろうにも躊躇して飛びかかれない。ヨダレを流しながら、恨めしそうに睨んでいる。

　その背後の岩場の高い位置から一部始終の様子を見つめる半獣半人が現れた。ウルフという狼と人の遺伝子を融合したキメラである。ウルフの目は闇が迫りつつある中、怪しく赤い光を放った。後ろからは大きく真っ赤な満月が登り始め、その姿が黒いシルエットとして浮かび上がる。毒々しいほどの真っ赤な目だけが輝き、東松を俯瞰で睨んでいる。一見すると人の顔だが、口を開き牙を剥き出した時、尋常ではない口の大きさと、並みはずれた鋭い牙で人ではないことを知る。身も筋肉質で弾力に富み、身体中長めの獣毛に覆われている。頑丈そうな骨格の肩からは長く筋肉のしっかりついた腕が伸びている。

東松は覆いかぶさるウルフの上体を掴み、飛びかかる反動を利用して、後方へ体を投げ飛ばした。ウルフはキメラ特有の尋常ならぬ身体能力を持ち、岩に激突するところを四肢を使って身体をバネのようにくねらせ、着地した岩を蹴った反動で東松に飛びかかった。東松も後方にバック転を数度繰り返して岩陰に身を潜めた。その匂いを嗅ぎつけ、生き残った狼たちがうなり声をあげて近づいてくる。狼達は東松に覆いかぶさる様に次々と襲った。飛びかかる狼達は草薙を見るなり、その襲撃を躊躇した後、ジリジリと後退し始めた。

その間にも、ウルフは東松の背面上方にとびかかり、上方から無数の岩を東松に向けて次々と落とした。大量の大きな岩が東松に向かって転がり落ちる。山肌を落ちる岩は次第に勢いを増し、所々の岩場に乗り上げながら更に勢いを増して落下した。東松は、富士山麓上方にいるウルフに向かい、容赦なく、落ちてくる岩から岩へとジグザグに飛び跳ねた。途中まではそのようにして岩の激突を防いだが、しまいにはかわす事ができない距離に岩が接近した。東松はその岩を左手一つで受け止めていたが、重さに耐えきれず体は岩と共にずるずると下方へ引きずられる。これ以上になると、バランスを崩してしまうと思った。一旦岩を身から引き離し、上方に押し戻し、戻ってきた岩の軸を捉え、蹴りをいれて真っ二つに割った。東松の右脚は岩の中心を捉え、岩はバラバラに砕ける。その砕けた岩の背面にウルフは身を隠していた。

飛び出したウルフは、東松の肩に食らいついた。ウルフの顔の小ささから想像でき

ないような、鋭く大きな牙が東松の肩の肉の一部を食いちぎり、ウルフはその食いちぎった肩の肉をむしゃむしゃと頬張った。大量の出血と肉の欠損に耐えきれず、食いちぎられた左肩を押さえ、東松はその場にしゃがみこんだ。周りを取り囲んで獲物が弱体化するのを狙っていた狼の大群は、極めて血の匂いに飢えていた。匂いで獰猛さが増し、我慢しきれなくなった狼達は負傷した東松に一斉に飛び掛る。

富士山山頂付近には雷雲が取り囲み、空気中の温度が急降下する異変がおき、山頂を中心に強風を伴った大気が渦を巻いている。稲妻が光り、あちこちで落雷が富士山の山肌を削った。身体のあらゆるところを食いちぎられ、大量の出血を伴い、東松はウグルスとしての体力の限界を超え意識を失いかけた。空で渦を巻く真っ黒な雲の塊から落雷が地面を砕く。雪ではなく大量の雨が富士山に降り注ぎ、山肌の土が大量の土砂となり山裾を伝い下方へと流れ込んだ。

オオカミたちの何頭かが、上方からの水に流され、山麓の方へと次から次へと押し流された。東松も大量の土砂とともに途中まで流され、途中の大きな岩肌にぶつかり防ぎ止められた。もう、これ以上の力は残っていない。体のあらゆるところを食いちぎられ、致命的負傷を負っていた。

東松の目の瞳孔は開いたまま、開閉を止めた。雷が瞳に反射している。命の終末を迎え、消えかけた命の灯火と共に目の輝きが失われつつある中、突如ウルフの姿が瞳に反射した。この死神が自分にトドメをさすのか。容赦無く、富士山頂から大量の土砂が流れ出した。土砂は東松の身体だけでなく、周辺にいた狼や、ウルフまでも飲み込み、地表ごと富士山麓まで押し流そうとしていた。山肌に這いつくばるように倒れたままの東松を、土砂の流れが飲み込んだ。

ふと、と東松の手に引っかかるものに気付く。東松は無意識にその手に当たった感触がなつかしく、それを握りしめた。丸いプラスチックの玉が二つついたゴムひもで、東松はその丸さに懐かしい感触を覚えた。同時にそれは柔らかい幼女の髪の質感と共に甘い匂いを思い起こさせた。

「パパ、おともだちがね、みんなこーやって、こーやって、やってて」

少女は、自分の髪を、頭の上方の両脇で二つに分けて結《ゆ》わえているところを、楓のような小さな手で身振り手振りを加え、まだ言葉も十分にしゃべれないのに、一生懸命東松に示していた。母のいないこの子のために、自分は慣れないことを、自分の可愛い娘のささやかなリクエストに答えようと精一杯の努力をしている。そんな光景がふと脳裏に蘇った。

髪を結わえるゴムについた二つの球を握った感触、この感覚だけは覚えていたのだ。それも事実なのか、ただの錯覚なのか東松に知る由もない。手にふれた髪ゴムを握りしめ、冷たい雨の降りしきる中で立ち上がり、雄叫びをあげた。

突然異常発生した低気圧。頭上に聳える暗雲は、高速で渦を巻いていた。雄叫びは虚しくも強風に掻き消される。やがて黒雲は、渦を巻くように富士山の周りを黒い塊となって目も止まらぬ速さで舞い上った。心臓が激しく鼓動する。嵐のエネルギーを、まるで東松が吸い込む様に、周りの大気を巻き込み、風が踊り狂った。閉じかけた目にふたたび光が蘇る。失ったと思っていた記憶が蘇ったかもしれないという微かな期待は、生き続ける希望を与えたのだ。

一方、ウルフの目には東松は子鹿の様に頼りない姿にしか見えていなかった。ウルフは走り高跳びの背面跳びのように天高くハイジャンプをし、東松の背面上方から襲い掛かった。その動きを東松は捉えていた。草薙が襲いかかるウルフの頭上を捉えた。重力に体を任せていたウルフは避ける術もなく、そのまま草薙に吸い込まれた。草薙はウルフの正中線を捉え、二つに割いた。引き裂かれた口は、だらだらと唾液と血液を流し続け、そのまま土砂に徐々に埋まり、さらに山麓下方へとながされていった。

その後、突如として現れた低気圧は散り、台風の目のような中心から外へ渦巻きながら飛び散った。

黒雲の間から差し込んだ月光は、東松の身体にあたって反射する。東松は富士山の泥水の中に紛れ、偶然にも自分の手中に収まった黄色い髪留めを握りしめ、はるか遠くの山頂である次の目的地を睨んだ。

「ゆり愛、君が誰だかはオレにはまだわからない。だが、これだけの力を、戦う力をオレに与えている気がする。君を探さなくては。必ず！」

六

富士宮口登山道の先に、新六合目山小屋がある。厳冬期である現在において、六合目以降の山小屋は閉鎖されてはいるものの、この非常事態において避難勧告がなされ、富士山の山小屋という山小屋に人の気配はなかった。時は夕刻を過ぎていた。空は満天の星。星という多彩に輝く宝石が、漆黒の夜空に散りばめられたような美しさ。そこには大気のチリやゴミなどの不純物の淀みがなく、何億光年先の星々からの輝きが地表にふりそそぐ。

ルイス、アーロン、茂原と白里は重たい装備を引きずりながら、ようやく休憩所として使えそうな小屋を見つけた。当然ながらそこには灯りはなく、自らが灯をつけ、少し安心した気持ちになりたいと思ったが、この事態において光の点燈は決して許されない。暗い部屋のなかで、できるだけ音を立てぬよう、交代で仮眠を取ることにした。

まずは東松の所在を確認すべく、ルイスは監視用のノートブック型端末を取り出し、専用のアプリで状態を確認した。ウグルス監視システムと同じアプリケーションが、彼らの端末にインストールされていて、常に状態を監視できたのだ。東松のエネルギー残量が大幅にマイナスを示している。

普通であれば意識を失い、再生能力も極端に低減して生命維持ができない状況であろう。しかしながら心拍数や血圧など全て正常。その脅威的事実に加え、ドクター厳の見解同様、端末に表示されている波形が残りの細胞再生回数十回を切っている点に注視した。

「このままでは、いつ死んでもおかしくない」

彼らは小屋で少し休憩をした後、ナビゲーションを頼って東松のいる現場に戻る覚悟を決めた。

小屋の外では強い風が吹いている。光は雲にさえぎられ、またあわただしく顔を出しては空の様子の変化を伝えている。

ＡＣＴＴ隊員らは小屋の中で装備を手入れし、銃弾を込め、決戦に突入するための準備をしていた。彼らが小屋を出る頃は嵐が止んだようであった。小屋を出てしばらく歩いた時、上空の空気を激しく振動させ、空間を揺るがす黒い巨大な影が富士山山頂から舞い降りた。隊員たちは全員身を潜めた。スーパーハインドは彼らの上空を低空飛行し、相変わらずその存在感を地鳴りとともに示した。ハインドは、ロケット弾を彼らのいる山小屋に撃ち込んだ。一瞬にして山小屋を破壊し、その後矛先を変えて山の向こう側へと消えていった。間一髪であった。

隊員たちは東松の体内に埋め込まれたＧＰＳから発せられる信号を頼りに、富士山の北側から東五合目に向かって道無き道を進んだ。

松林が再びあらわれた。富士山の五合目くらいまでは背丈の低い松林が生い茂っている。そして六合目を過ぎると突然、岩と砂の無機質な山肌が現れる。隊員全員が、慎重にこの地点を通過しなければいけないと身構えたとき、両刃のブーメランが飛んできた。

茂原が持っていた長丈のライフルの銃身が機関部と両断された。ブーメランは、短刀サイズの刃が弓なりに反り、中央部分にあるグリップの両端に接続され、使いこなされたグリップ部分は動物皮で巻かれ黒ずんでいる。木陰から天狗のような風貌の全身が真赤な手足が異状に長いキメラが出現した。人のような形態をした、全身が赤黒の縞柄で、いかにも柔軟でしなやかな頭身の高い姿態である。

富士山の五合目付近は天狗の庭といわれ、背丈の低い松の木が生息し、天狗がその一帯を支配しているという伝承がある。天狗型のモンスターはウルカといい、ヒト以外の脊椎動物のうち、鳥類や霊長類が合わさった天狗のような風貌のキメラだ。

ＡＣＴＴ隊員らがウルカに向かって発砲した。ウルカは銃弾を避けるために柔軟に何度もバック転を繰り返し、瞬時に見えなくなるほど後方へジャンプした。ウルカは前後左右イレギュラーな動きを繰り返しつつ接近してくる。ヒトを超えた遥かに高い運動能力を兼ね備えている点において、異質同体の利点を得ていると言える。

「ダメだ！　動きが早すぎて見えない。いっそこの赤外線ゴーグルを捨てようか？かえって邪魔だ！」

「くそー。奴はどこにいる！　こんな暗闇じゃ全く見えない！」

突如、ブーメランの空を切る音がした。

「ギャアア！」断末魔の叫び声と共に、刃は茂原の胴体部分を貫通した。暗闇の中に、血なまぐさい匂いだけがあたりに充満する。

ＡＣＴＴ隊員らは、作戦を同じくした同胞の流血が止まらず、瀕死であることに精神的な限界を感じていた。『これ以上の犠牲者を出せない』という思いを抱え、ルイスとアーロンは、ウルカにトドメを射すために両脇に回り、狙いを定めた。ウルカは手元に戻ってきたブーメランを非常に馴れた手捌きで、手首と手の甲だけで進行方向を一八〇度切り変え跳ね返し、曲線を描きながら隊員達の胴体を切り裂きにかかった。

暗闇に目が慣れてきたアーロンはブーメランを射程に構え、その導線を捉えた。ブーメランはその鋭い刃で空間を曲線的に切り裂いた。愛銃であるスナイパーライフルSVLK-14S Sumrak (Twilight)（以下トワイライトと略称）が火を吹いた。トワイライトはかつてイラクにおける兵士や処刑執行人に対し、戦史上まれに見る長距離狙撃の実績を残した名高い狙撃銃から、より長く精密な銃身と選別された部品、狙撃銃専門の熟練技術による銃の製造、そして大重量狙撃弾、精密照準システムにより四二〇〇メートル先の標的の射殺に成功している。彼は頑なに、トワイライトでのワンショットキルを目指していた。射程と精度と破壊力、この三点において最強を目指し、人の急所を一撃のもとで撃ち抜き、無力化する。

ウルカの回転する両刃のブーメランの芯を、トワイライトは捉えた。ブーメランは軌道を逸らし脇に外れた。

「この天狗野郎、死ね！」叫びながらルイスは、矢をウルカの眉間に目掛けて放った。ウルカの右額をルイスから放った弓が貫いた。ウルカはそのまま横方向に飛ばされた。立て続けに放たれた矢がウルカの頭部・腹部に複数本突き刺さった。ウルカは肢体をだらりとだらしなく交差させ、頭から脳組織と大量の血を吹き出しながら地面に無気力に横たわった。

絶命しているはずのウルカは、起き上がるとともに、自分のからだに突き刺さった矢を自らの手で引き抜いた。最初は血をダラダラと流しつつも破壊された頭部は、みるみる内に細胞が再生された。砕かれ陥没した頭部にぶくぶくと細胞が盛り上がり、元の形状に再生される。

「くっそ、お前もウグルスか」ルイスは吐き捨てるように言った。

白里のヘッドギアに設置された監視カメラは、戦闘の一部始終を市ケ谷の防衛省内部に設置された【富士山対戦闘員ＡＣＴＴ作戦司令室】に転送していた。田崎はモニ

ターに映った画像全てを上条に記録させ、それをＰＯＣのサイエンティスト達複数人に送信し、その場で分析させていた。ＰＯＣの見解としては、ベイガー、ウルフ、ウルカ全て、同一の方法で生成されたキメラであるという結論であった。そして、東松と全く同じウグルスの特性を持っているという見分であった。

田崎は思わず周りを見回した。ウグルス生成のスペシャリスト、ドクター厳の意見を聞きたかったのだが、彼は珠加のオペのためにオペ室に籠もりっきりで、外部との連絡を遮断していた。

ゆっくりと起き上がったウルカは、自分とは反対側に飛ばされたブーメランを拾いに立ち上がった。アーロンは、ワンショットキルを信条として生きてきた。それがウグルスには通用しないことは承知している。

「なんてやつだ。これだけの破壊力のある銃が効かないなんて！」

他になすすべもなく、破壊力だけを頼りにウルカの頭部に銃弾を撃ち込んだ。その度、頭部は吹き飛び血しぶきがあたりに散った。しかしながらウルカの再生能力は東松を上まわり、撃たれるたびにウルカは頭を後ろに仰け反らせたが、瞬時に再生され、隊員達ににじり寄る。ルイスは手持ちの矢を全て使ってウルカに向かって放った。鋭い矢がウルカの上半身に集中して突き刺さったが、ウルカに撃ち込まれた弾と矢の全てが、みるみる体外に排出された。隊員たちはその時、弾が残すところあと数発となってしまった事を十分自覚していた。お互い通信し合って弾の残数を確認する。

／／ＡＣＴＴ３ＸＸＣ、ＡＣＴＴ４ＸＸＤ、ＡＣＴＴ５ＸＸＥこちらＡＣＴＴ２ＸＸＢ。

弾の残りはどうだ？　ＯＶＥＲ///
///ＡＣＴＴ２ＸＸＢ こちらＡＣＴＴ３ＸＸＣ俺のはまだ数発ある。ＯＶＥＲ///
///ＡＣＴＴ２ＸＸＢ、こちらＡＣＴＴ４ＸＸＤ、ＡＣＴＴ５ＸＸＥは弾の残りあとわずかだＯＶＥＲ///
///こちらＡＣＴＴ２ＸＸＢ、全員、自動小銃をフルオートからセミオートに切り替えているか？ＯＶＥＲ///
///ＡＣＴＴ２ＸＸＢ、こちらＡＣＴＴ３ＸＸＣ、そんなのとっくだＯＶＥＲ///
アーロンは自動小銃の弾が底を尽きたため、それを投げ出した。背中にしょったトワイライトはまだ弾の残りがあるため、装着されている赤外線スコープをのぞきこみ、ウルカに照準をあてた。ウルカの動きが俊敏なため、うまく照準が定められない。撃っても撃っても、倒れない相手に対して、まるでフランケンシュタインの怪物相手に銃を撃ち込んで戦っているような虚しさがこみ上げる。
「もう弾切れだ！　もはやこれまでか」
隊員達は最後に自決用にしまっておいた一発をポケットから取り出し、拳銃に弾を入れ、口の中に銃口を入れた。
「我々の死は、ただの野生動物から襲われたのと同じ扱いになるのだろうか」
「おれは嫌だぜ。そんなの無駄死にじゃないか！」隊員の誰もがそう思った。何としても死にたくない。尊厳も何もない死に方だけは心が拒絶した。
暗闇の中で、ウルカの体の一部が蛍光塗料のように赤く光る。目は車のテールランプのようにうっすら赤く輝く。止めを刺すためにウルカは隊員にむけ斧のようなブーメランを放った。

その刹那、ウルカの右肩に刃物のようなものが刺さり、そこから体幹側の大胸筋あたりの感覚が一瞬で失われた。刺さったのは先端部分が十文字になっている棒状手裏剣で、一度刺さると、なかなか抜けない。さらに毒が塗ってあるので、患部から徐々に毒が全身に回り、しまいに相手は死に至る。

手裏剣が飛んできた方向、後方を振り返った。東松が松の木の上で構えている。後方に月光を背負い、逆光のシルエットとしてウルカに映った。東松は不敵な満面の笑みを浮かべ、高い松の木で立ち上がった。

「これでお前も終わりだ」東松の不敵な笑み。ACTT隊員でさえ恐れを感じた。

「本物の死神の化身が現れたぜ」

「東松！　お前タイミング良すぎないか？」

「東松、おまえカッコよすぎだぞ！」

ACTT隊員らは、死の崖っぷちからいつもの救世主の出現に狂喜乱舞した。

「ギャアア……ギギギ……」

ウルカは、恐怖に鳥のような猿のような叫び声を張り上げた。野生の勘がするどいキメラは、尋常でない殺気を感じ取り恐怖に戦《おのの》く。

東松は月光を背に、黒い影となった。松の木の太い枝に立ち上がり、草薙を月光にかざす。十分な月光を吸収した草薙は怪しい光を輝かせた。そしてその刃を自らの舌で湿らした。

「お前の、生の最後の刻がおとずれた」

東松は上空高く飛び上りウルカに覆いかぶさるように、一気に草薙を振り下ろした。

ウルカはブーメランを、利き手とは逆に替え、東松へと狙いを定め勢いよく放った。東松の目前に接近したその武器を、右手中指に絡みつかせた。そしてそれは回転しながら真逆に角度を変え、さらなる回転が加えられ放物線を描きながらウルカに向かった。ウルカの硬直した右腕が飛ばされた。大量の血がウルカから噴き出し、東松がウルカにじわじわと近寄る。ウルカの死を確信した東松の殺伐とした戦闘ですっかり渇ききった心に、一滴ほどの哀れみの感が湧いた。

「お前もオレと同じウグルス、所詮は実験のマテリアルであり、死ぬまで戦う宿命以外何もない、人間の野望の犠牲者」

ウルカは東松を睨みつけ、牙をむき出しにして獰猛な猿のような甲高い声を張り上げた。「キキキ……ギギギ……」ウルカは背後の木の枝に後方ジャンプし、息を飲む間に姿をくらました。

空はネイビーブルーから薄桃色へのグラデーションの幻想的な空間となっている。富士山頂付近は、宇宙からの光を遮るものなど何もなく、この時期草も木も生えぬ雪だけの無機質で、地上と宇宙との狭間の幻想的空間だ。富士山の冬は人が入る事ができない過酷な気候となるが、隊員達が纏っているＡＣＴＴ構成員用先端型特殊作戦用戦闘服は、ブリザードなどの強風による体温の低下を完全に防ぐなど、気候の変動をカバーし、体温を三六度前後に維持する機能が与えられている。加えて、軽量素材の新型合成繊維が採用されているので着用者の眼球を除いては、この素材で全身がカバーされ、隊員たちはこの冬の富士山の過酷な環境でも理論上生存し続けることが可能であった。

ＡＣＴＴ隊員らは安心からか気が抜けていたが、東松だけは、まだ己のセンサーを働かせていた。すると東松の足元で地響きと共に地面が揺れた。砂場の斜面が広い面積に渡り、盛り上がる。攻撃力のある鋭角で太い針が地中から飛び出す。その正体が徐々に地面から現れ、幅広の帯状の縄に無数の太い尖った棘が織り込まれている。一言でいうと、着物の帯に太い芯金が無数に付き、それが巨大化したようなもの。そしてそれ自体があたかも生き物のように、丸まったり伸びたりと鞭を打つ様な仕様で、地中に蠢き暴れる大蛇のように動く。ウルカはその鞭の先端部分を握り、巧みに操作する。最初は伸びた状態で地面に埋まっていたものを、ウルカが一端を引き上げると、鋭い大きな棘が地面から飛び出し、波打つ鞭は東松の方向へとはなたれた。必死に頭部を腕で覆いかばうが、東松から離れたかと思うと、また反動で高く舞い上がり、何度も東松の身体を鞭打った。その度に飛び出した太い芯金が表皮をえぐり、辺りに血をほとばしらせた。流石の東松も意識を失うほど鞭打たれ、意識が遠のく。終いには倒れかかった体に縄は巻きつき、内側に入った無数の太い針は東松の身体に深く突き刺さった。鞭の無数の針金が一本一本が体に食い込み、傷口からはとめどなく血が流れでた。まさにがんじがらめの状態で身動きが取れなくなり、針金が体に巻きついたまま、地面に倒れた。ウルカは東松を眺め、持っている巨大な刃のついたブーメランを輝かせている。

「もはやここまでなのか？」

東松は静かに目を閉じた。身動きの取れない状況になった時は、できるだけ瞑想をし、心を落ち着けるように騨十郎から教えられていたからだ。全身の感覚を研ぎ澄ませ、左の腰に別の体温を感じる。あと少しでその体温に右手が届く、その時に左腰の草薙の温度が急上昇した。東松の全身に巻かれた針を持つ帯は、感覚を持つかのように草薙の異常な暑さに耐えきれず、拘束した東松の体から離れた。東松はその瞬間を見計らって、左腰に収めていた草薙の柄を手にとり、瞬時に帯を真っ二つに分断した。

ウルカは奇声をあげ、痛みにもがいた。

「やはり、帯はお前の体の一部だったか」東松は言った。

ウルカは負傷した体を庇うように飛び跳ねて後退し、人では視認できないほどのスピードで、次々と隠れる岩を移動している。東松はウルカがあえて自分を混乱させようとしていることを感じた。そして東松の錯乱した集中力に疲弊した頃を狙って襲ってくると考えていることを知ったのだ。

東松はそれを逆手に取り、相手も同様に混乱させようと思った。ウルカの移動に合わせて自らも動く。完全にウルカと東松の動きがシンクロした瞬間に、ウルカの口から吹き矢が放たれた。東松は過度に集中する際に、使用する感覚を最低限に絞る。この時は聴覚と触覚に神経を集中させた。時にはこの二つの感覚が、視覚を超越して鋭敏になる。空気の振動の微妙な変化から、鋭角なものが放たれるのを知った。そしてウルカの口元から鋭い針金が放たれた。その鋭角なものが空気を突き刺す音と、高周波の空気の振動が伝わり、東松の目に向かって飛び込んでくるのを察知した。

目を閉じたまま、東松は左前腕を盾に頭部をかばう。吹き矢は東松の左腕にきれいに一列に並んだ状態で五本も突き刺さった。再び態勢を整えたウルカが渾身の力を込めて、ギロチンのように切断力のあるブーメランを東松目掛けて放った。刃は高速に回転を繰り返しながら、まるで円盤型の電気ノコギリのように東松に接近した。武器は東松の手をすり抜けて脇にそれたが、回り込むように一回転したかと思うと、彼の肋骨のあたりに食い込み止まった。食い込んだ瞬間、それが骨を切断する手前で抑止した。自分にも自覚症状のある体力の急激な減退に、これ以上の出血を補うだけの血液の生成が体内で間に合うとは思えなかった。

東松は体に食い込んだウルカのブーメランを引き抜き、持てる最後の体力を振り絞ってウルカに向けてそれを放った。武器はきれいな弧を描き、刃が空を切り裂いた。同時にウルカの脇腹に滑り込み、ギロチンが首を切断する如く胴体を真っ二つに分断した。東松は万が一にもウルカが二度と起き上がらないように倒れたウルカに馬乗りになり、胸の中心に草薙を突き刺した。肋骨を突き抜け心臓に達した草薙は、勝利の雄叫びのように振動した。硬い臓器を串刺しにした鈍い感触を感じると共に、一呼吸おいて草薙を静かに引き抜いた。

東松は、自分の体内に一ミリもエネルギーが残っていないと確信した。草薙をウルカの体から引き抜くのが精一杯で、そのまま、死体となったウルカの隣に、自分の体を遺体のようにしずめた。大の字になって、天を仰ぐ。

「なぜ、自分は戦っているのだろうか？　なんのために戦っているのだろうか？……わからないが、自分の細胞は、記憶しているようだ。全ての戦い方を。幼いあの子の記憶も。感覚は覚えてる。そして自分が今、何をすべきかが自分を駆り立てるだけ。でも、、もうそれも限界なんだ。この体には一滴も、力は残っていない」

ウルカに誘導されるままに、いつの間にか東松は富士山北東部七合目寄り上の岩場にいた。他の隊員達がいた吉田口登山道六合目から、だいぶ離れた位置に移動したことになる。隊員達はGPSを頼りに東松を探した。

七

埼玉県にある航空自衛隊入間基地ではF―2戦闘機が十数機待機していた。米空軍も福生基地で十機、太平洋の駿河湾沖では原子力空母が富士山へいつでも戦闘機を送り込む態勢を整えていた。政府は有事の事態を想定し、数基の多目的汎用長距離ミサイルを富士山を射程範囲内に発射する態勢を立て直した。

特別監視室の田崎は医療監視グループに場所を移動し、東松のDNAの塩基配列の図や遺伝子情報、染色体の末端部にあるテロメアの短縮度合い、心電図、血圧といった全てのパラメーターを注視していた。ここの場で、全てを調整できればと痛切に思った。しかしながらこの時点で、東松の全ての管理メータがゼロもしくは、それを下回る数値を示しており、心拍数でさえいつ死んでもおかしくない数値であった。

田崎は頭を抱え込み机に伏した。葛藤の上、操作卓の通信ショートカットスイッチを押し、ACTTの白里との通信を開始した。

/// こちら本部、ACTT白里応答願う ///

しばらくの雑音の後、すぐに白里は応答した。

/// こちら富士特攻五合目ACTT白里、本部聞こえますか、どうぞ ///

/// 富士特攻六合目ACTTから特攻七合目東松までの現在の距離は一三〇〇メート

ル、現在、東松は七合目付近で意識を失っている深刻な状況だ。原因はＲＱ08―ＺＡＸＷ13補給エネルギーの投与を、富士山への降下以来、いっさい行っていないことによる。ウグルスの弱点は、この濃縮栄養剤の投与が過不足になることにより通常の細胞の再生ができなくなるということだ。東松は現在まさにその状況にあると言える。ＡＣＴＴが持っているインジェクションを至急、富士山北東側七合目、経35.374809'N, 緯度138.763836'E に位置する東松に届けよ////

///これから我々が東に向かう。間に合えばいいのだが////白里は言った。

隊員達は、ずっとモニターの波形を見守っていたので、東松が非常に危険な状況にあることを承知していた。一刻も早く向かわねばなるまい。そう思った。

東松はウルカの無残にも切り裂かれた遺体を横に、自分も満天の空を眺め、大の字に横たわっていた。

「一体誰がこんなものを製造したのだろうか？　どうせ自分と同じく遺伝子を操作され、戦わされている身なのだろう。それにしても殺《や》った相手が自分と同じ身の上のマテリアル（被験体）というのは皮肉な巡り合わせだな」

東松は感傷に浸りそうになる自分の気持ちをぐっと抑えた。

「俺らは戦わされている。しかし、一つだけわかっていること。それは俺がマザー（文月）と、あの少女を救い出さなければならないということだ」

東松は、富士山頂から見える美しい星々に見守られ、静かに目を閉じた。意識が遠のくのを感じた。

倒れた東松のもとへ一頭の大きな狼を先頭に十数匹の狼の群れが、山の南側斜面から東松の元へとぼとぼと歩いてきた。先刻の狼たちとはどこか様子が違っていた。先頭の狼は東松よりも大きな体で、ゆうに三メートル近くある。狼らはたどり着くと東松を取り囲んだ。一番大きな狼の大きな顎が赤い口を開き、東松の首のあたりを咥えた。そして周りを取り囲んだ狼らは、東松のあちらこちらを支え、どこかに連れ去って行ったのだ。

ＡＣＴＴ隊員らは、東松の体内に埋め込まれたＧＰＳから、東松のいる位置を想定していた。管理モニターに映し出された波形グラフは、東松の生命維持の状況を示し、極めてゼロに近い数値を示していた。エネルギー残量がすぐに底を尽きる、つまり飢餓状態が続いていて、いつ生命が絶たれたとしてもおかしくない状況であった。仮に隊員らがそこに辿り着いたとしても間に合わない可能性はある。しかしながら東松の死体は引き上げなければならない。

司令室のサーバー群が再びクラックされた。一旦、サーバーマシンがダウンしたのと、本部へ通づる電源も遮断され室内全ての電灯が落ちた。そして全てが暗闇に沈んだ。上条は、度重なる見えない攻撃に頭をかしげた。彼のハッカーとしての実力も世界最高峰と言われているが、自身が築いたファイアーウォールを破れるほどの更なるツワモノが、この世に存在したことは過去にもなかったからだ。上条は、もはや田崎や他のスタッフに見せる顔もなかった。

中央モニターのみ電気がついた。そこには、再びイリーナの顔が映し出される。彼女はとても苛立っていた。

「あなた方の無駄な抵抗によって、私の大事な宝物が一機、台無しになってしまった。そしてあなた方は八人の戦闘員を私たちに抵抗するためにここに送った。そうでしょ？

しかし、私は最初から言ったはず。それは無駄だということ。あなた方の進入を防ぐために、私たちは、この山に大量のキメラを放った。そして忘れないで欲しいのは、私たちには人質がいるということ」

イリーナに向かっていたカメラは、今、ゆり愛と文月を映し出していた。二人とも一言も、こちらに訴えることはなく、怯えた目でカメラを見つめている。田崎は立ち上がった。

「文月！　いつの間に」

イリーナの口元には笑みが溢れた。

「くれぐれも余計なことはしないこと。我々には二人の人質だけではない。私たちは富士山に複数の爆薬を仕掛けた。そして爆破スイッチは私が握っている」イリーナは一呼吸おいて、一段と低い声で云った。

「我々の本当の目的は日本国の完全なる壊滅」

「くッそー！」田崎は腹の底から湧き出るような低い声で静かに呟き、相手をむやみに興奮させないよう理性を保つのが精一杯で、むりやり声を押し殺した。イリーナにはこちらが見えているようだ。上目遣いで睨む田崎の目には殺意さえ漲《みなぎ》っていた。イリーナにはその相手の殺意が快楽であった。人が敗北を認める瞬間が何よりも心地よい。まして相手が男なら尚更。いかにも男性優位思考のオーラを撒き散らしている田崎の歯ぎしりは、イリーナを甘美な優越感に浸らせるだけだ。それをさらに自らの絶対的優位を確信した目で見るイリーナは、悪魔のような不気味さと背中がぞくっと凍りつくような美しさを醸し出していた。

「ふふふっ」イリーナの口からは不敵な笑みがこぼれる。ここでイリーナは面白いショーを展開しようと思った。戦闘員らしい公開処刑をしたい気持ちに駆り立てられたのだ。ゆり愛と文月にイリーナの持つ神剣であるシャムシールの刃先を向けた。

「ミスター田崎、あなたを私のお気に入りのスーパーハインドの乗車席にご招待するわ。私の隣座席の特等席をあなたにプレゼントします。貴方はご存知かしら？　このヘリのお値段を。とてもエレガントでラグジュアリーなこのキャビンで、私と優雅に空のお散歩でもいかが？」

イリーナは完全に田崎の反応を楽しんでいるようであった。

「でも……そうするためには、一人乗車員を減らさなければならないわね。貴方だったら、どちらを選ぶかしら。このヘリコプターにも定員があるので、二人のうち、どちらかに退いてもらわねばならないわね」

「お前は何を言っているんだ！」

「そうそう、その調子よ。あなたみたいな単細胞な男が、世の中を破滅に導くのを自覚していただきたいものだわ。私は本気だから、あなたが選ばないなら神に決めてもらいます」

イリーナはロシア製リボルバーのR―92を取り出し、一発の鉛弾を込めた後、シリンダーを回転させた。

「いい？　これからとても面白いゲームを、私の相棒と共に始めます。ロシアンルーレットをやって、二人のうち、どちらかに席を退いてもらうことにするわ」

その場で文月は立ち上がって、イリーナの頬を思いっきり殴った。イリーナの象牙のような美しい頬は真っ赤に腫れた。

「無抵抗な模範的捕虜だと思っていたのに……。実はサイテーの女ね」

イリーナは持っているリボルバーを女の鼻先に向けた。

「そんなに死にたいのね。あなたは」

文月は立ち上がって、イリーナを指差した。

「この人間のクズ、お前が地獄に行け！」

文月は、かつて口にしたこともない悪意と憎悪を込め、イリーナを罵倒した。その時、イリーナからの通信は切られた。同時に、もともと暗かった部屋の電源が復活し、全ての端末とサーバーの電源ランプに再び青い火が灯った。

田崎は机を利き手の左拳で思いっきり叩いた。バキッという鈍い音がしたので骨折の可能性もある。しかし彼はそれに気を止める余裕はなかった。彼のジレンマと悔しさは、その場にいたものに十分伝わっていた。

田崎は振り向くと、上条をにらんだ。彼のジレンマと悔しさは、その場にいたものに十分伝わっていた。それにしても上条の様子がいつもとは違う。すでに何かに没頭していて、こちらを気に留める風がない。

「おい？」

田崎はその上条の何かを必死に探し求め、忙しなく右から左へと流れる目の動きを見守っていた。すると上条は目を画面に向けながら、その口元に笑みがこぼれた。

「いま、ハッキング元を追跡しています。もしかしたら、ＩＰアドレス／ドメインがわかるかもしれません」

上条のラップトップコンピューターのＯＳはＫＡＬ－Ｌｉｎｕｘであり、防衛省のネットワークから独立したサーバーを立てＶＰＮ接続をしている。そのため仮に防衛省のネットワークにマルウエアやウィルスが侵入しハッキングされたとしても、彼自身のパソコンやサーバーなどに影響がでることはない。そこですかさずハッキング元を追跡するのだ。

上条に向かって田崎は迫った。指導者としては決して見せてはいけない取り乱した様子。しかしながら、政治家としては実直すぎる点において総理大臣の佐久間から信頼を得ていた。この気質は政治家としては諸刃の剣で、場合によっては致命傷になりかねない。この危うさこそが、周りの信望を得、特に日本存亡の危機的状況においては逆に頼もしくもあった。彼の一生懸命さは政治家としては未熟の表れであったが、人間としては好感の持てるものであった。田崎は上条のプログラム言語の打ち込み画面の解析結果を見ていた。見てもわからないため、苛立った様子で上条に聞いた。

「何が起こっているのだ？　逆探知に成功したのか？」

「今、ハッキング元のＩＰアドレスが判明しました。場所は……ロシアです」

こうなってくると上条からの言葉はほとんど聞くことができない。

「相手方のファイアウォールは突破できそうか？」

しばらくすると上条から一言二言声が聞こえてきた。

「いま、ｒｅｃｏｎ（偵察）して、相手方のシステム構成を探っています。わかり次第、脆弱性スキャンを行うので、そこから突破方法がわかるでしょう。問題は、今回の富士山の爆破システムを制御している端末へどうやって接続するか、ネットワークノードの探索をして割り出します」

上条は、ＢＣＩのヘッドセットを深々と被り、側から見ると椅子に腰掛けているだけの姿勢となった。

八

東松は、その額に落ちた雫の冷たさに目を覚ました。東松が狼らに咥えて連れてこられた場所は、須走登山ルート六合目付近にある。もともとこの地には瀬戸胎内洞窟があり、ここ近年、雨風による侵食が加速し、中から巨大な洞窟が現れていた。そこにイリーナ達は拠点を置き、入り口に巨大な屋根型の建造物を立て、鳥居のような役割、すなわち俗域と聖域との境界としての結界を敷いたのだ。入り口を入ると、五メートルほどの高さのトンネルが現れ、富士山の噴火の際にできた典型的な胎内洞窟としての、人間の肋骨のような有機的な模様の天井と、雪が地熱で溶け地面を湿らせた結果生えた青緑色の苔で覆われていた。

東松は自分の顔にしたたる水滴で目が覚めた。自分が洞窟の中にいるらしいということに気付く。目の前の洞窟の奥には、一匹の犬が東松を導くようにこちらを振り返りつつ、さらに歩みを進めようとしている。不思議な力に導かれるように東松は洞窟の奥へ奥へと進んだ。通路の先には巨大な玄武岩の規則正しい六角柱が何重にも重なり、その様子は岩でできた巨大なパイプオルガンを思わせた。幾何学的デザインのようであり、洞窟内部はまるで神秘的な礼拝堂のようである。天井は一〇メートル、中央奥には、人の立像のようなものが見える。日本固有の仏像型で人の背丈よりは小さめの石像は、古さのせいか石はところどころ朽ちている。

歩みを速め、祭壇に相当する場所に配置された仏像に近寄った。彫像中央よりやや下に木花之佐久夜姫《このはなさくやひめ》と彫られている。富士山を御神体とする浅間大社の祭神であり、富士山の女神だ。美女の代名詞ともいえる木花之佐久夜姫の夫は天照大御神の孫のニニギノミコトである。天照大御神といえば、皇祖神であり日本国民の総氏神である。つまり天皇家の血筋と関係する神々の御神体であるということだ。

天皇家のルーツが西アジアつまり古代オリエントにあるのではないかという歴史上異端の説があることは時に笑い話として、語られることがある。もちろん日本における考古学的には否定されていることは言うまでもない。与太話の類《たぐ》いではあるが、その説は皇室の《菊の御紋》と世界最古の文明を築いたシュメール王朝の王家の紋章に類似点があることから、天皇家は正当なオリエントの末裔と論じる異端の説がある。しかし、ここにある石像はその証であるのか彫刻の顔立ちは完全なる日本人ではなく、偶然にもシュメール文明の彫刻の影響が感じられる。そして前に掲げた掌には青白く光る解読ができない文字の羅列が怪しく光を放っている。

東松が持つ草薙は激しく反応し、すでに左腰に抱えるには熱を帯びすぎていた。そのため腰から引き出し、草薙の刀身に目をやった。そこにはヘブライ語が彫られて

『אהיה אשר אהיה 我は在りて有る者』を意味することを東松は知っていた。

『אהיה אשר אהיה 我は在りて有る者』それは、古くからのいわれを持つ格式の高い神社の宝物に刻まれているヘブライ語であり、旧約聖書の出エジプト記一四節に書かれたモーゼに与えられた神の名の啓示である。

いまその文字が青白い光を放ち始めている。光る文字が、木花之佐久夜姫の手の文字とシンクロし始め、化学反応を起こしたかのように輝いた。幾何学的象形文字の羅列がやがて、草薙に描かれた文字に反応し、形状が六芒星へと変化した。ふと目の前の女性の像に自然と目線が集中する。東松はその顔に、不思議と見覚えがあった。

「イリーナ？　厳密にはイリーナではないが、限りなくその顔の特徴や全体的な雰囲気がイリーナに酷似している……。

もう一人、似た雰囲気を持つ人がいた。それはオレがまだ幼い頃、中年の女性がオレのそばに寄り添っている。オレはその人を母親と信じていた。オレは母の右手に注目している。そして右手に発光する模様をじっと見ている。

特に母が、自分の好きな事に夢中になる瞬間。それはテレビを見るときでも、趣味であるピアノを弾く時でもそうだった。彼女が何かに夢中になっている時、その当時では暗号のようにしかみえなかった六芒星の印が右手の甲に現れ、青緑色に徐々に発光していったのを幼いながらに記憶していた。時々、幼かったオレはピアノを弾いている最中の母親に語りかけたことがあった」

幼い東松は母に尋ねた。

「ママ、おててがなんでひかってるの？　きれいだね。ぼくのおててもひかるかな？」

東松にふとそのような記憶が蘇った。母親は演奏を途中で止め、左手で右手をかくし、頬を赤らめながら東松に言った。

「お願いだからパパには内緒にしてね」

幼いながらに不思議な体験。ミステリアスな母の秘密は、より一層少年の記憶に留まった。少年はその疑問がいつまでも続き、ずっと解明したいと思っていた。青年期に差しかかったある時、ヨハネの黙示録に神の刻印の件《くだり》があることを見つけ、勝手に東松はあの六芒星を《神印刻》と名付けることにしたのだ。六芒星といえばオリエントにおいて一神教を奉じる集団が聖視する印である。記憶が全て戻ってしまった今、一層鮮明な記憶として蘇り、少年の心に刻みつけた六芒星の形は、目の前の彫像の掌に文字の光体として浮かび上がるものと同じであった。東松は目を細め、それが何を意味するのか考えた。

「イリーナと六芒星。草薙の刻印と母の手の刻印も六芒星。まさか俺たちは血が繋がっているのか？」

あまりのバカバカしさに笑いがでた。しかしいくら思案しても思いつくはずもない。それにしても嫌な予感に胸騒ぎが収まらないため、東松は表情を曇らせた。その時、石が石段からコロコロと転げ落ちる音が響いた。音の方に振り向くと、艶めかしくしなやかな長い足に、膝丈以上の白のロングブーツが白魚のごとく美しく、そしてその足の延長線上に人形のような藤色のシルクのように光沢のある長い髪が腰のあたりまで届いている女性の姿があった。白いボディースーツはタイトに体に密着し、体のラインを徐ろに露出している。グラマラスではないが、華奢で長い手足は、骨と筋肉の所在がはっきりとわかるメリハリの効いたボディライン、その美しさに似つかわしくない物々しい武器を携え、こちらに銃口を向けている。

「トウマツ……ようやく貴方に会えた。あなたはカラチでの私達の出会いを覚えているのかしら？」

そう聞いたのは、もちろん東松がグルティコを受け、記憶を失っていることを承知しているからである。この時、東松は徐々に記憶が蘇っていた。しばらくは目を細めてイリーナをじっと見つめていた。パキスタンで別れたイリーナと、今、自分を追い込もうとしているイリーナの顔が重なり、ようやく同一人物であると認識した。

「――イリーナ。そう、あのイリーナだ。もちろん覚えてるさ。君はあまり変わってないね？」

イリーナは、いきなりのことで驚き、構えていた銃を落としそうになった。

「おまえが私を記憶している？　そんなばかな」

しばらくは気が動転していたが、やがて銃を持っていた手は震えが起き、とうとう銃を下に落とした。金属が岩を砕く音がした。イリーナは感情の波に押しつぶされそうになり激しく動揺した。そしてその場に膝を落とした。

膝を落とすイリーナを後ろから支える大きな姿が暗闇から徐々に現れた。筋肉質で骨太なその巨体と姿はゼウスの像のように力強く、圧巻であった。

「ゾル、東松だけは私が留めを刺す。だから、お前は絶対に手を出すんじゃないよ」

イリーナはゾルにそう釘をさした。ゾルはしゃがみこみ、イリーナの両脇を抱きかかえた後、体ごと持ち上げ自らの両腕に抱えた。イリーナを抱きかかえたゾルは、側近としての役割でイリーナの父の元で仕えていた。男は東松に鋭い目線を送り、それをなかなか離さなかった。そして体は引き返しつつも、目線を東松から離さなかった。

イリーナが東松への想いを断ち切れていないことをゾルは知っていた。パキスタンのラホール、東松とアネーシャの自宅前、イリーナの告白を無残にも東松は踏みにじった。イリーナの行くあてのない想いは憎しみと恨みにかわり、その思いは日本もろとも東松を破壊する計画へと突き進む怒りの原動力へと変化した。もはやイリーナの怒りは止まることなく増幅し続け、東松を抹殺するだけでは飽き足らず、国もろとも破壊する怒りへと変化した。そして新世代の戦闘態勢を整えるため、バイオテクノロジーとロボット工学の狭間であるバイオニクスの技術を集結し、ロボットやアンドロイドを研究者達に大量に作らせた。しかし、この時代においても技術はまだ発展途上であり、その穴埋めをどうするかが勝利の鍵となると自覚しながらも、どうにも治らない怒りの感情は、彼女を積極的な破壊行為へ駆り立てた。

イリーナは東松に対する憎悪の感情を抑えきれず、ゾルの腕から飛び降りると、再び元来た道を走って戻った。そして左腰に収めていたシャムシールを鞘から抜き叫びながら東松に斬りかかった。「我は在りて有るもの、ここに命を宿らせたまわん。東松、お前の命は私がもらう。この刀剣がお前の血を求めているのだ！」

シャムシールの刀身に彫られたヘブル文字は燃えるような金色の光を放つ。そのオリエントの神剣と草薙の刃が火花をちらした。鉄と鉄がはげしくぶつかり合い、そのつど赤や青の火花を散らす。そしてお互いが一歩もゆずらない状態で互いの刀の刃が刀身に食い込んだ。

二人は神剣の持つ力で互角に戦っていた。両者が一歩も譲らない状態で、力と力がぶつかり合う。東松が体勢を正位置に戻すべく、力づくで草薙を正位にもどそうとした。その時イリーナの右手に、あの見覚えのある雅体文字が黄金色に光るのが目に入った。再び全身に走る脱力感で膝が抜ける感覚を覚え、優勢だった態勢が劣勢に回った。イリーナの右手の甲に目が釘付けになっている東松。

するとみるみるうちにヘブル文字が変化し六芒星へと変化した。最初は二つの三角形であったが、それがお互い離れ、一方が一八〇度回転し、逆方向に向いた三角形がぴたりと合わさり、六芒星の形となったのだ。

「それは草薙の縁頭に彫られている紋章あり、先ほどの御神体の額に現れた紋、さらにイリーナの右手に現れた紋。全て同一ということは何を意味するのか？

オレは以前、騨十郎から伝え聞いたことを思い出した。草薙に彫られた文字である『我は在りて有るもの』はヘブル語で表されていて、古くからの血脈を保つ、由緒ある神殿の至宝である鏡にも彫られているということは有名な話だ。草薙にそれが彫られているというのは当然としても、なぜイリーナの手に六芒星があらわれたのであろうか」

様々な疑問と謎が炙り出される一方、刀剣のぶつかり合いはさらに激しさを増した。その時、ふたたびイリーナの右手が目に入った。イリーナと女神像の右手が共鳴し、女神像の額に文字と六芒星が現れた。同時に東松は自分の眉間にある三日月の傷が疼き、熱を帯びはじめているの感じた。眉間の傷は六芒星に変化し、青白く燃えた。

ルイスとアーロンは東松の消息を追おうとしたが、ＧＰＳでの発見を諦めていた。洞窟の中にいた東松から発する信号は、全て洞窟の堅く厚い壁に阻まれた。ＧＰＳ探知機は本来であればヘッドギアに装備されていたが、この山の上での機動力を奪うだけの重装備で、全く役に立たなかった。おまけにＧＡＩＯはスーパーハインドで空から二十ミリ機関銃を撃ってくる。この場では意味のなさない重たい装備はとっくに捨て去り、唯一軽量な先端機器である腕時計のような携帯端末のＧＰＳだけは、東松を探知するために残していた。

ＡＣＴＴ隊員の三人は白里の腕の携帯端末を覗き込んだ。東松の位置を示すカーソルが表示されていなかった。しばらく三人で覗き込んで見守っていたが、表示は現れる気配を見せなかった。アーロンはまた皮肉を込めて言った。

「俺はもともとこのハイテク装備は気に入らなかったが、この戦場ではクソ役にも立たなかったのは実証されたな。おい、白里。お前は真面目な性格だからいつまでもその重たい装備をしょってるが、本部からはなんか言ってきてるか？」

「いや、さっきから同じコメントが繰り返されているだけだ。そこで頑張って踏ん張れって。ただし富士山頂の衛星画像が送られてきていて、どうやらＧＡＩＯは山頂火口付近に戦闘ヘリを数台待機させているらしい。そして、イリーナは数度、本部に対してメッセージを送り、今後何が起こるか彼らが何を行うかの予告をしたようだ。

彼らは爆薬を富士山火口数カ所にしかけている。また本部の情報もいくつか掴んでいるようだ。現在、本部はそういう意味ではガラス貼りの状況で、相手方の高度なハッキングの技術により情報は筒抜けになっている。残念ながら自衛隊は完全に劣勢で、我々に援軍を送りようにも送れない状況だ」

「富士山火口は山頂だけにあるのではないか？」

ルイスがヘッドギアを被った白里に聞いた。

「富士山は六、七十個の側火山をもっている。この山は古い山だから、何度も爆発を繰り返して聳え立っている。溶岩の噴出時期は旧期、中期、長期の三期に分かれていて、火山層も大きく分けて三層に分かれている。そのうち側火山は新富士火山が今から約一万年前に溶岩活動をした際にできたものが大部分で、位置的には山頂を通る北北西から南南東方向にし……」

気の短いルイスがすぐ口をはさんだ。

「あーもういい、わかった、わかった。つまり山頂以外にたくさん火口があるってことだな。で、その六、七十個の側火山のうちのどこだって？」

「それはわからないそうだ」

白里は言った。口数の少ないアーロンも流石に口を出した。

「冗談じゃないぜ。どこに仕掛けてるかわからない爆弾の処理を俺たちにやれって？」

「いや、そうは言ってはいない。でも、そうせざるを得なくなるかもしれない」

白里はわけがわからなくてもそう答えた。

アーロンとルイスは外国人だけあって、リアクションもオーバーだ。肩をすくめ、これ以上大きくできないくらい大きく目を見開き、お互いを見つめあった。その表情がなんともユニークで唯一の日本人である白里は思わず笑みをこぼした。

「ふふふ。冗談だよ。いまどきそんなアナログなことを俺たちに本部が頼んでくると思うかい？」

「わからないぜ、俺たちアナログ班だから」

ルイスは言った。

「相手はインド系財閥が中心となって、莫大な資金力でコンピューター制御された爆破システムを構築しているだろう。また最も効率的に、最大の被害を与える方法をとってくるに違いない」

白里は言った。

時は真夜中。ここ最近の奇跡的な晴天で、漆黒の夜に星の宝石をばらまいたような、星の光が届く富士山頂北東東六合目付近。間も無く須走ルートに辿り着く手前であった。あり得ないほどの美しい満天の空はすでに空ではなく、宇宙の中に佇んでいるようであった。

途方に暮れている三人の目の前に、フラフラと一匹の大きな四足動物が姿を現す。人に慣れているのだろうか、それとも三人を襲おうとしているのだろうか？　こちらに近づいてくる。明らかに警戒心のない獣の姿に、すっかり気を許した三人は、近づいてくる獣をさすろうと膝を落とした。その時、その獣の異常さに気づいた。獣は、不気味に光る目玉が一つしかない。その目玉も、カメラのようなレンズ型で、ランプのように青緑色に発色している。

「ロボットか？　気をつけろ」

一斉に銃を構える三人。しかしながら、そのロボット犬は相変わらず尻尾を振って愛嬌を振りまきながら、頭を低くして近寄って来た。三人の至近距離に近づくと、伏せの姿勢で尻尾を振り切れるほど振っている。ルイスのみが犬に近づき頭を撫でた。犬は抵抗を見せずそのまま腹を出し、触ってくれと言わんばかりに完全降伏の姿勢を見せている。アーロンと白里はそれでも警戒し、ロボット犬にアサルトライフルの的を合わせた。それもすぐに危険性がないと判断して、構えた銃を下におろした。

「こいつ、よくよく見てみると、犬ではなく狼を改造しているようだな」

もともとメカニックだった白里は、ロボットやサイボーグに詳しいのか、分析している。

「確かに。狼と犬の大きな違いは、その骨格にある。より、骨が太く、手足も大きい。鋭く三角に尖った耳と、顎。本来であれば吊り上がった両目は中央にロボット犬の特徴である大きな丸い赤外線カメラの一眼レフ・レンズが装着されている。本来であれば絶対に人に懐かない狼の習性だが、サイボーグに改造した段階でなんらかの変化が加わったのか？　ロボットならプログラムできるが、サイボーグの場合は遺伝形質に変化はないはずなので、それも考えづらい」

ルイスは動物好きで、尻尾を振って伏せの姿勢をとるロボット犬に近寄り、その頭をなで一通り可愛がった。ロボット犬は腹を見せ、お腹もさすれと言わんばかりであった。完全服従のこの姿勢はまるで犬のよう。ひとしきり腹をさすってもらって満足したのか、ロボット犬は静かに立ち上がり、元来た道を振り返ると、そちらの方に歩みを進めた。するとすぐに立ち止まり、隊員達の方に振り返ると顎を高く上げ、狼特有の遠吠えをした。それもまるで隊員達に話しかけるように。

「ほら、やはり狼だ」

「でも何か様子がおかしくないか？　まるでこっちに話しかけるようだ」

ルイスはすぐにピンときた。

「――もしかして、俺たちについてきて欲しいんじゃないか？」

ロボット犬は進んでは止まり、また遠吠えをし、という動作を二、三回繰り返し、その姿が見えなくなるほどに遠ざかったその時、再び立ち止まった。

「やはり。ついてきてくれということだろう。もしかしてあの狼は、東松のところに俺らを導こうとしているのかもしれない」

ルイスはいった。

「もし、罠だったらどうする？」とアーロンはいった。

「何となくだが、動物は嘘をつけない気がするんだ」

ルイスは言い返した。

「その思考は単純すぎる」

アーロンが冷たく言い放った。

口数の少ないこの男は、どことなく不安で思考も悲観的だが自己愛だけは強い。持っている銃もトワイライトと超長距離向けのスナイパーライフルでエキスパート専用のものだ。持つ者の高い技術を求められる。銃が人を選び、選ばれている感覚に酔いしれている男。銃があれば他はいらない。欲望は少なくストイックではあるが、思考に偏りがあることは確かだ。一方ルイスは、人間好きで動物も好き。おそらく女好きでもあろう。しかしバランス感覚はアーロンよりはあると本人は自負している。そのためルイスは少々アーロンに腹が立っていた。

「じゃあ、他に何か頼れるものでもあるのか？　何なら俺一人で行く。お前らがついてくるかどうかは勝手だ」

「通信が途絶えた後、東松を見つけ出すのに残された手段はもうない。とりあえずルイスに従ってみませんか？　俺はついて行きますけど」

と白里は言った。アーロンは深呼吸した後に、肩を落として呟いた。

「仕方ないな。ただし、もし違っていたらお前の勘をあてにするのもこれまでだということも承知してるな？」

アーロンは呆れかえっていった。

「いいんだぜ。お前一人でここに残ったって。俺は勘のいい犬について行くさ」

ルイスは、斜め後方にいて、着いてくるかこないか躊躇っているアーロンを横目で見ていった。

渋々ながらも、アーロンは行動を共にすることにした。もっともそれ以外に選択肢はないのだから。ロボット犬は、三人のＡＣＴＴ隊員が自分についてくるのを確認すると、彼らの歩調に合わせるべくゆっくりと前進した。


洞窟の中では、東松とイリーナは初めは対等に戦っているようであったが、イリーナもやがて肉体的限界に達し、草薙がシャムシールをイリーナの手から払った。シャムシールは大きく空に弧を描き、やがて超高周波の音を洞窟内に響かせると同時に、岩肌を音を立てて転がり落ちた。イリーナが脇に退いた。

人の目が暗闇から赤くキラリと輝き、洞窟の暗闇を突き抜ける。大きな男の影が暗闇から現れ、全貌が明らかになった。白銀のクルーカットのその男は、右の眉のあたりに大きな傷跡、反対側の頬は、口まで繋がる大きな手術痕。戦神のような肉体は、贅肉などの無駄がいっさいなく、ボリューム感のある鋼のような鍛えられた筋肉が、強靭で太い骨格につき、体そのものが戦車のような強い風貌を醸し出している。普通にしていれば、表情筋などの顔の筋肉は盛り上がらないが、顔にさえ隆々とした筋肉が盛り上がり顔面に峰のような皺を形成している。戦場において、本来であれば自らの身をまもる戦闘用スーツを着用せず、あえて上腕の筋肉や大胸筋などのボリュームと身体中に無数にある生傷の痕を見せ、視覚で相手を威嚇している。アクアマリンの瞳は、氷のような冷たい輝きを放ち、この男が幾つもの戦場で人としての心を捨て、幾千もの人の命を奪ってきたことを露わにしていた。一方本人はそのことに罪悪感を感じておらず、「死は神による裁きであり、自分は神の裁きの代行者である」と信じ込んでいた。そこでついたニックネームがチェルノボーグ（ソ連の軍神）である。元東ドイツ出身の軍人であり、東松と同じで退役後は、ロシア連邦軍のスペッツナズとして採用され、世界中の主な戦争にかり出されていた。特殊任務部隊員の中でも特に優れた軍人としてアドバイザー的な役割を担う中、ＧＡＩＯとの接点ができた。

　ゾルはもともとマルタ騎士団とチュートン騎士団出身の末裔であり、また傍系ではあるがマルタ騎士団の血脈を併せ持っていた。柄頭が金と青い宝玉で装飾されている古い剣を携え、それは教会で代々引き継がれて来たバルムンクといわれる幻とも聖剣とも言われている剣だった。教会が火災で全焼後、由来は今となっては知る由もない。その後の経緯も明らかではないが、その剣は彼の家系が伝承して今はゾルの手にある。バルムンクは本物であれば『ニーベルンゲンの歌』に登場するジークフリートが持つ二メートルほどの長剣で、彼は物語中、この剣で数々の軍功を挙げている。このバンムルクと同一であるかどうかは定かではないが、先祖代々、そのような呼称で伝えられている。

ゾルはそのバルムンクを持ち、イリーナにとってかわって、闘いに加わった。約百九十センチメートルほどの長剣は身長二メートルのゾルが持っても、巨大に見える。ゾルは剣の先を、彫像のある方角へと向け、その後天高く指し示した。剣は草薙の持つ刀剣に反応し、赤い波動を放っている。そして刀剣には同じく『我は在りて有るもの』が同じヘブライ語で彫られ、刻印を中心に赤い波動が燃えるように放たれていた。やがて草薙と、地面に落ちたシャムシール、ゾルの持つ騎士の剣が波動で結ばれ、洞窟内の空間に巨大な三角形を形成した。三角形は、細胞分裂するかのようにお互いが上下に分かれ、一方は上方に、一方は下方へと移り、そしてそれらが互いにゆっくりと水平面で回転し、空間に六角柱を形成した。そしてゾルの額にも六芒星が光ったのだ。ゾルはこれらの刀剣の持つ秘密を知っているようであった。

「東松、間違いなくお前が持つ剣が第三の『アロンの杖』だ」ゾルは言った。

「アロンの杖？」

東松は聞き返した。

「アロンの杖とは古代イスラムの三種の神器の一つ」ゾルは言った。

「それと草薙とはなんの関係があるんだ？」

東松は薄々知りつつも、敢えて知らぬふりをした。

「草薙？　あの日本の神剣の草薙か？　――やはりそうだったか」

ゾルは感嘆の表情を浮かべて草薙と剣を交える喜びに叫んだ。

「神剣バルムンク　けんはわがたまに　わがたまはけんとともに」

と唱え、その西洋剣を東松に向かって真っ直ぐに振り下ろした。東松は草薙の刃こぼれを防ぐため、剣の棟でバルムンクを受け、体を弓なりにしならせた。鉄と鉄がぶつかる軽快で短い金属音とともに、ギリギリと金属同士がぶつかり合う音、そしてこの鋼を通して、過度のシンクロで、あたかも自分の身体が剣にのりうつり、魂と魂が擦れ合ったかのような感覚を得た。両者とも全神経が刃に集中し、刀剣を通し相手に襲いかかった。

東松は二メートルの高身長の頭の上から押さえつけられたバルムンクを力づくで脇へ払い、その勢いに自らが押され、体力の減退もあいまってかバランスを崩し、しまいに右ひざを地面についた。ゾルは払われた剣を今度は東松の頭部目掛けてまっすぐ振り下ろした。東松は草薙を地面に対して水平に盾として構えたが、バルムンクは東松の額に食い込み、六芒星は悲鳴をあげた。

一方イリーナは、草薙に飛ばされたシャムシールに駆け寄ってグリップを握った。そして刃先を指で撫で、その鋭角さを再確認した。

「これで東松を倒すには完璧な状態のはず。ゾル！　そこをどくのだ！　東松は私がトドメを刺す」

剣と刀がぶつかり合った。寸分の介入も許さない状況の中にイリーナが分け入り、二つの刀剣にシャムシールが交わり、神聖なる三つの刀剣が鋼と鋼を重ねた軋む音とともに、高い共鳴音が鳴り響いた。

三つの刀剣が交わると同時に、大きな爆発音とともに地鳴りが起こり、地面が揺れ動いた。地面の崩壊が始まり、天井から岩が粉々に崩れ始めた。同時に石灰岩でできた柱が崩れ、洞窟の崩壊が始まった。複数の岩が転がり落ちながら、ゾルの巨体をあっという間に飲み込んだ。同時に複数の岩がイリーナにも襲いかかった。

東松にはその光景がスローモーションのよう思えた。制するべきか。放っておけばイリーナは岩の下敷きとなり、やがて彼女は死ぬであろう。

そのとき東松は、自分の胸が締め付けられるような感覚を覚えた。それはイリーナに対する哀れみなのかどうなのか、今この数秒の間では推察する間もあるはずもないが、自分自身に突然訪れた感覚に驚いた。再び理性が彼を支配し見逃そうと思ったその時、ふたたび胸に鈍痛が走った。

東松はこの場において、平静を保つことができない。自分自身が我に返れない事に驚愕した。次の瞬間にイリーナを襲う巨大な岩とイリーナとの間に自ら突っ込んでいた。草薙が岩の芯をとらえ、その後、巨大な岩は真っ二つに割れ、中心から外に向かって粉砕された。ほんのつかの間、洞窟の崩壊は勢いを増し、天井は砕かれ、三人の頭上に大量の岩石が降り注いだ。

九

いつの間にか狼達の群れが崩壊した洞窟の中に入り込んでいた。天井部分から崩壊した岩と岩との間を、数十頭の狼たちが行き来している。岩の下敷きになったはずの三人は、三つの刀剣が作った結界に守られ、無傷のまま意識を失い、重なる岩石の中に埋まっていた。上方にある岩を、狼たちが鼻先を使って一個一個落とし始めた。やがて、岩に埋もれた東松が見えると同時に、一番大きな狼が東松の首元の布をくわえ、崩壊した岩の中から東松を外に引きずり出した。狼の群は自らの役割を果したたと満足したのか、その後、足早に洞窟から退散した。

一方、ロボット犬とＡＣＴＴ隊員ら三人は、東松を探して富士山の須走ルート付近まで近づいた。ロボット犬は鼻先を地面につけ、嗅ぎ回る仕草が自分でも気に入っているようだった。そして匂いを察知すると、複数の大きな目玉の瓦屋根の神殿にたどり着いたのであった。

神殿の入り口は無残にもくずれさり、中への通路は崩れ落ちた岩で塞がれていた。ロボット犬は狼の群れがいた方向に向かうと、崩壊した洞窟の天井に相当するところの入り口をみつけ、隙間をくぐりぬけ奥へと入って行った。ルイス、アーロン、白里はロボット犬について巨大洞窟の入り口まで辿り着く。

ロボット犬はその入り口に立つや否や、一目散に駆け寄った。あたかも本物の犬が飼い主にとびつくように東松の顔をペロペロと舐めた。しかしながら東松が全く反応を示さないため、ロボット犬は鼻を鳴らし始めた。駆け寄った隊員たちは、血だらけで俯せになって倒れている東松に駆け寄った。白里は腕にはめた携帯端末に表示された東松の心拍数の波形から、心臓が弱々しくも鼓動を打っていることを確認し、本部へと通信をつないだ。

「こちらＡＣＴＴＸＸ５から【富士山対戦闘員ＡＣＴＴ作戦司令室】、二〇二七年一月二十七日時刻午前十時二十四分三十二秒、経度35.7154816, 緯度139.6809728にて東松征士郎を発見、生存を確認した。繰り返す……こちらＡＣＴＴから本部へ。現在われわれは富士山須走ルート六合目付近、ＧＡＩＯの潜伏地点、神殿内部の巨大洞窟内にて、東松征士郎の生存を確認。本部、応答願う」

防衛省の富士山テロ攻撃特別対策情報本部は、端末機器のファンが回るマシン音と、計器類が出す小刻みにリズミカルなバイオ音が響き渡った。この連絡を受けるまでは、皆がこのプロジェクトの失敗を覚悟した。誰も口を開くことができない。田崎でさえ、唖然としてその口を開くことができなかった。白里の連絡後、本部は歓声に湧いた。

しかしながら東松の全細胞とゲノム情報を管理する管理画面には、限りなく命の停止を意味するゼロに近い数値と、波形の直線に近い形状への変化、また細胞の再生回数がショッキングな五十七回という限りなく限界値に近い数値を表していた。

東松の心肺停止が近づく中、ロボット犬は自らの身体を解体し始めた。最初に顎は外れ下に落ちた。そして大きな一眼は蛍光色の水色に輝き、暗い洞窟に青白い光を反射させた。一眼の目に相当する部分に満たされた液体は「第一」の液体であり、それが口腔内奥に格納された第二番の液体の入った筒型の容器と、ロボット犬の体内でドッキングされ、一液と二液が混ざり合った。ロボット犬は、狼であった基本形を変形させ、今では狼の頭の形状は液体の入った筒状のケースをドッキングさせるために、原型を留めない形となっていた。そして不要となった毛皮は皮ごと剥がれ落ち、ロボットの骨格だけが残った。

ロボット犬はただのロボットとなった。一液と二液を混ぜ合わせるために、横長に組み合わさった筒型の容器が縦になり、一液が二液と完全に交わった。その後、液体の入った筒の脇から針が飛び出した。その異様な光景に見入る隊員達。この可変する不可思議なロボットが、死んだ東松を救済しようとしている。

ロボットは倒れた東松に、馬乗りになる形で覆い被さり、腹に相当する部位から第二の目に相当する大きな円柱型のレンズが飛び出す。そして足に相当する部分はその高さを自由に調節し、一旦東松の腹部分に近い位置に、飛び出したレンズを近づけたかと思うと、中心部分を見つけるや否や、腹部から高く上昇。全体を俯瞰した。そして半径十センチほどの巨大な注射器となり東松の頭部・腹部の一部・腕など複数の箇所に分散して注射液を流し込んだ。

「何をやろうとしているかわかるか?」

唖然とその光景を眺めていたルイスが、白里に聞いた。

「いま、本部とリアルタイムで交信している。本部には映像は送られているが、返答は現時点ではない。ドクター厳がウグルス用に仕込んでおいた代物じゃないだろうか」

「そうだろうな。それ以外は考えられない」

呆気にとられているアーロンは独り言のようにつぶやく。

注射針はロボットから計測され計算された正確な位置に、機械的動作で東松の体の複数箇所に注射を打ち続け、やがてケースの中の液体を出し尽くした後に注射針と容器二つを静かにまた体内に格納し、四肢を元の形状に戻すと東松からゆっくりと離れた。その後、液体を出し切った目に相当するレンズから光を洞窟壁面に映し出した。投影されたのは初老の男性。しかしながら男性の顔はすぐに文字だけの画面へと切り替わった。そこには驚くべき事実が記載されていたのだ。

細かい文字を追う間もなかったため、なにが記載されているかはその場ではわからなかった隊員達であったが、白里のヘッドギアの装置は自動的にその映像を田崎のいる司令室へと転送していた。ロボット犬は七秒ほどの映像を投影した後、プロジェクションを終了。地面に伏せの姿勢で落ち着き、やがて静かに電源を自ら停止した。

「おい、自動停止したぞ」

「おそらくこのロボット犬は、この役割のために設計されたのだろう」

「東松はこれで生き返るのだろうか？　いずれにしても、それを信じるしかないんじゃないか？　すでに奴は心肺停止しているんだから」

「こんなんで生き返るというのか？」

状況のわからない三人は口々に呟き、お互い顔を見合わせた。

「本部応答願う。いま送信した映像から、このロボット犬の正体をあきらかにしてほしい」

白里は本部にたずねた。

田崎と籠ＰＯＣセンター長は、送信された映像を食い入るようにして見ていた。二人は目を合わせるが、籠は全くその存在を知らないといったふうに首を横に振るだけである。

「少なくとも、このロボットの存在については見聞きしたことはあるだろう？」

田崎の問いかけに今度は真剣な目線を田崎に投げた篭は、深くゆっくりと再び首を横に振った。

「ロボットの存在について、全くもって噂にも何にも聞いたことはありません。何の液体が東松の身体に注入されたかも想像つきません。もちろんドクター厳が何らかの単独行動をとったとしても、ＰＯＣ内部の開発は不可能です」

「とすると……？　ドクター厳じゃないということか？」

さっぱりわからないといったジェスチャーで両手を挙げ、ＰＯＣ篭センター長は測りしれない謎に、驚きを隠せずにいた。そこへ白里から七秒ほどの映像が飛び込んできた。そこには先ほどの初老の老人。田崎は隣に立つ篭に思わず聞いた。

「誰だ？　篭センター長。この初老の男が誰だか心当たりはないか？」

しばらく考え込んでいた篭は、薄ぼんやりと記憶にある人物を思い出していた。それはＰＯＣの前身である研究所が立ち上がったばかりの頃、いまから三十年以上も前のこと、同じ研究室でウグルスのテクノロジーを開発し、グルティコペレーションの構想を導き出した人物。

「小笠原真生氏でしょうか。もともとヒトゲノムの解析やゲノムを人工的に合成し、細胞に組み込むことは実現されてきましたが、それを軍事利用する働きは米国国防省で秘密裏に行われていましたが、それを実現可能な形として完成形の理論を組み立てたのが小笠原氏です。小笠原の研究は先端的かつ画期的であり、ウグルスの製造を実現させたゲノム研究の第一人者でした。その小笠原氏はある日突然姿を消したかと思うと、その遺体が川にあがって暗殺説とも自殺説ともつかぬ噂が流れ、事件性の高さの割には解決がつかず、未解決事件として現在に至るまで引きずっています。その小笠原博士では？」

籠は言った。

「小笠原？　あの行方不明後に遺体の上がった未解決事件の小笠原博士か？」

田崎は有名な話ということもあり記憶しているようであった。

「あっ！」

籠はその後に投影された文字に愕然とした。その驚いた籠の顔をみて、さらに驚いた田崎は、籠の視線の先の投影された文字を見た。細かくてよく見えないため、籠は画面操作をして文字の大きさを拡大し読み始めた。

――わたしはウグルス研究室の小笠原です。

私はウグルスの開発に命をかけてきましたが、現在それを理由に、何者かが私の命を狙っています。ここ数日に私の周りで不審な動きを察知したため、万が一の事態に備え、そしておそらく私の息子である東松征士郎のために、ビデオメッセージを残すことにしました。

私は、征士郎が幼少期に妻に先立たれ、その後、征士郎を妻の実家に預けたあと研究に自分の人生を捧げることにしました。なぜかというと、わたしは征士郎がどうしても彼の未来でこの技術を必要とするのではないかと予感したからです。ですから私は征士郎の体内にマイクロチップを潜ませ、そして彼の成長をこのロボット犬で見守ることにしました。このロボット犬は、いずれ征士郎が必要とした時に彼の元を訪れることでしょう。もちろん必要としないことを望みますが。このロボット犬の中に仕込んだ液体は、一液と二液があり、それらを混ぜることにより非常に簡単にウグルスの寿命を劇的に延長させることができます。

ウグルスの技術は現在では行き詰まっていて、その原因はヒトのＤＮＡという制約にあります。ヒトの細胞の大分類は体細胞と生殖細胞の二種類です。このうち体細胞の命の有限性は、ヒトの寿命を決定づけるものであります。しかしながら生殖細胞は次世代に命をつないでいくため、その寿命は永遠です。そのため現在のバイオテクノロジーの技術ですと不死の人間を製造することは難しいですが、一時的に体細胞の再生を高速化させることにより、有限の命を持ったウグルスの生成を可能にしようとしています。それを不死化細胞に変換する技術を私は開発しました。そしてそのために私の命が何者かに狙われていることを知っています。

わたしはこの技術を征士郎の体内にあるマイクロチップに記録しました。これで実現は可能となり、人類は永遠の命を得ることが可能となるわけです。そしてわたしは実際に出来上がった薬品を製造し、ロボット犬に託しました。いずれ征士郎のためだけに使用されることになるでしょう。そして征士郎に薬品が与えられ、征士郎が永遠の命を授かった時に、このロボット犬の役割も終了し、ロボットは永遠の眠りにつくことになります。

メッセージはここで終わっている。

「なんてことだ！」

ほぼ同時に文章に目を通し終えた田崎と籠は、同じセリフを吐いた後に、同時にお互いを見合わせ、驚きとも喜びともつかぬ表情を見せた。

「これで、日本は救われる！」

同時に同じセリフを吐いてしまった二人は、真顔で見つめ合った。

一方東松は、この世とあの世との狭間でさまよっていた。生きることを諦め、朦朧とした目をしていた東松の脳裏に一人の少女の姿が浮かんだ。少女は呟いている。

「戻って来て。ゆり愛がパパを守るから」

東松の意識はやがて覚醒を始め、そして命がけで守らなければいけない存在を残してこの世を去ることに、再び深い後悔と戦士としての恥を覚えた。

「このまま、ゆり愛をおいていくわけにはいかない。ゆり愛を守れるのは私しかいないのだから。幼いゆり愛でさえ、オレを守ると言っているのに！」

意識が目覚めた東松を上から覗き込んで様子を見守るＡＣＴＴの隊員達。白里の腕にはめられた計測器から、東松の心肺が再起動した証拠の心拍音がゆるりゆるりと、そして段々と軽快なテンポでビートを打ち始めた。ロボット犬が電源を切り、自動停止してから五分とたっていないにも関わらずのことであった。隊員たちは思わず歓声を上げげた。本部の生体監視システムも、快調に動き始めた東松の心拍を捉えていた。本部も俄かにどよめく。東松の瞼や頬が、少し痙攣を起こしたかのようにピクピクと震えている。やがてゆっくりと東松は瞼を開いた。

本部は歓声が上がり、拍手喝采も沸き起こった。

ＡＣＴ隊員らは手と手を取り合い、肩を抱き合い喜んだが、すぐに膝まづいて東松の顔を覗きこんだ。しばらくは真っ直ぐ上方の宙を見つめていた東松だが、やがて瞬きをしたかと思うと、隊員ら一人一人を見つめ、まだ息絶え絶えに、声をしぼりだした。

「お前らのために……戻ってきたぜ……。やっぱりシャバの空気は、苦くて、美味いな……」

隊員らはようやく安堵し、彼らに笑顔が久しぶりに戻った。

「いつもの東松だぜ。やったな！」

「よく戻って来た。今までだって、死線を彷徨っても必ず生還したお前だから、絶対もどってくると思ってたよ」

「ありえないよ、いつものお前だぜ」

全員が東松の肩を抱き、そして口々に話しかけた。東松は確かに戦友としていままで共に戦って来て、かけがえのない存在ではあったものの、それ以上に今回の日本へのテロ攻撃に対抗するためには必要不可欠な存在であった。東松がいなければ、この戦いに勝利はない。誰もが信じていたほど、戦場においていくつもの可能性と奇跡を生んできた男だからだ。そして、不死身の最強の肉体を持つのも東松のみであった。

安堵もつかの間、爆破音と共に大きな振動と揺れが発生した。本部中央のモニターが富士山頂付近をクローズアップで写すカメラからの映像に切り替わり、山頂から煙が上がっている様子を映し出していた。東松の生体反応からの映像の切り替わりで映し出された富士山の映像は、九・一一の時の、ワールドトレードセンタービルから吹き出す高濃度の煙を彷彿とさせた。あの時の衝撃が蘇り、背筋が凍るような最悪の事態を予感させる出来事に誰もが悪夢を見ている時の感覚に襲われた。田崎は呆然とスクリーンを見つめて、その場に立ちすくした。

「本気だ、あいつらは。上条、まだ逆探知できないのか？」

「現在攻撃をかけてきている端末を特定しています。相手の脆弱性を探り、ハッキングを仕掛けている端末に侵入を試みます」

その後、上条はハッキングのオペレーションを開始した。

「——脆弱性診断、開始。

——ペネトレーションテスト。開始。

——侵入成功。侵入先サーバーで動作しているアプリケーションの脆弱性をついた権限昇格。

——侵入先のシステム及びサーバーダウンに入る」

田崎は上条がやろうとしていることがさっぱりわからず、肩をすくめて聞いた。

「つまり、何をしようとしているんだね？」

「前回は、逆ハックどころか、相手は姿をくらまし、逆探知さえ失敗に終わってしまいましたが、今回は新しく取り揃えた大量の高性能サーバー群を導入しました。そして今、相手のシステムの脆弱性を使って侵入する以外にＤＤｏＳ攻撃という手法で相手方のサーバーに接続、要求を大量の端末から送信し、システムダウンを狙うことにより、より確実に相手のサーバーをダウンさせます」

「この時代、戦闘機よりも情報科学運用能力が軍事力に直結すると改めて痛感するな」

田崎はぼそりと言った。

管理画面にプログレスバーの数値の推移が、九割まで一気に上昇。みるみる九割八分まで一気に上昇し、もう既に逆探知が成功するというところで、九割八分前後を数値がウロウロし始めた。

「いったい何が起きているんだ……」

田崎は迷走し始めるコンピューターに、再度嫌な予感を感じた。

「上条くん、本部のセキュリティーは本当に万全なのかね？」

「現在、本部を含む防衛省のネットワークは、ほぼクローズになっているはずです。本来であれば、ハッキングできない状況のはずなのですが」

上条は言った。

「しかし、所詮は小競り合いに過ぎないのかもしれんな。相手も、またこちらを上回るあの手この手で仕掛けて来ていることは事実だ。時間の問題であることは確かだ。とにかく急ぐんだ！　何としても逆探知を成功させて、富士山噴火という彼らのシナリオをストップしなければ、首都機能は壊滅する」と田崎は言った。

田崎は危機迫る状況に、武者震いか恐怖の震えかわからない不思議な感覚を覚えた。

東松を含むＡＣＴＴ隊員らは、富士山頂からの落石をまぬかれるために、洞窟内に止まっていた。既に彼らを救助するはずのヘリコプターが富士山六合目を目指し、待機していた東富士演習場を後にした。富士山頂をアジトとし、スーパーハインド一機を含む戦闘員の軍事用ヘリコプターは既に別な場所に移動した後で、そこには姿はなかった。

人質救出はすでに総理官邸で検討されている事項からは除外されていた。状況は人質の人命を尊重できない最悪の事態に陥っていた。。

攻撃ヘリコプターが太陽が西に傾きはじめた黄金色の空を背景に、逆光として浮かび上がる。アパッチは東富士演習場から富士山に向って飛び立った。UH—60ARブラックホークはACTTの救助用として、残りは先日米国から購入したばかりの機動性に優れるAH—64Dアパッチ・ロングボウで合計十機。機首部分にはカメラ、前方監視型赤外線装置、指示照準装置、レーザー距離計等が搭載され、M230A三十ミリ機関砲はハチドリのくちばしのように前方に突き出している。対戦車・対空ミサイル、ロケット弾も搭載され、あらゆる戦闘シーンで活躍できるようになっている。ブラックホークは多目的支援用に導入したもので、アメリカのHH—60Aを日本の三菱重工株式会社が改良し、救援のみならず戦闘用にも使用できるようにした日本の攻撃ヘリコプターである。それら十機が一斉に飛び立つ姿は、映画『ブラックホークダウン』の冒頭で、ブラックホークがソマリアへ襲撃をかけるシーンを彷彿とさせた。

これから始まる戦闘は、日本における対テロ戦争の幕開けに過ぎないかもしれないが、日本政府は水際で食い止めるために田崎らに情報管理捜査本部を任せていた。それがそのレベルでは対応できないと判断した。総理大臣官邸内にて官邸対策室を官邸危機管理センターに設置し、いよいよ内閣府が動き始めた。富士山にある陸上自衛隊富士駐屯地、滝ヶ原駐屯地、板妻駐屯地、三駐屯地では一斉に富士山頂方向に03式中距離地対空誘導弾が向けられ、射撃準備に入っていた。

一歩操作を間違えると自滅しかねないが、この上空を飛ぶ敵の軍用ヘリを撃ち落とすために警戒準備を整えていたのだ。内閣総理大臣の佐久間は【富士山対戦闘員ACTT作戦司令室】の田崎と連携をとろうとしていた。

「これら日本の最高峰の軍備が使用されないことが最善ではあるが、回避することが不可能と判断された場合は、大いに活躍することであろう。しかしながら背後には富士山があり、これが両刃の剣になりかねない。誤って富士山にミサイルがあたるとするなら彼らの思う壺だ。まずはACTTと上条くんらサイバー対策チームに頑張ってもらわないといけない。ACTTの状況はどうだね？」

「現在、自衛隊の救援支援を待機しているところです。先ほどの富士山頂付近の爆発で、山頂付近に戦闘員はいないと思っておりましたが、動きが感知されております。アメリカ航空宇宙局から送られてくる衛星から撮影された写真でも確認することができますが、まだ解析の途中で明確には状況がつかめてません」

「わかった。引き続き頼む」田崎は続けた。「イリーナらがねらっているのは富士山にある複数の火口。われわれのミッションは、火口を守るということ。富士山のマグマの大動脈入り口を守ることは、日本を守ることでもありますから」

田崎は、富士山頂にある『何か』が気になっていた。そのため、アメリカ航空宇宙局への、さらに詳細な情報提供と、防衛省の【富士山対戦闘員ACTT作戦司令室】の画像解析のプロに分析を急がせていた。

ＡＨ―６４０を先頭に十機もの攻撃ヘリコプターが、先頭一機、その後ろに三機づつ三列、全てで四列、列をなして標高三七七六メートルの日本最高峰の山を目の前に、向かっていく。佐久間総理大臣はモニター越しにその恐ろしい光景に見入っていた。

「まさか、こんな事態になるとは。いや、なってはならなかったのだが、何としてもこれ以上の被害を食い止めなければいけない」

その圧倒的光景に官邸本部に集まった皆が思わず息をのむ。九・一一の時もそうであったが、過度に悲惨なテロ現場というのは現実感が希薄になる。

「富士山はこの戦いを予感していたのだろうか。霊峰として多くの信仰者をもつこの山がテロ攻撃を受けるというのは、多くの宗教が聖地と説くエルサレムが攻撃に遭うことと同等の意味を持つ。富士がかつてない姿へと変貌したら、どれだけ多くの信仰者が心を痛め、それが怒りへと変化するのであろうか。その完璧なまでの円錐形の美しさを保つことができなかった富士山は、なおかつ威厳を保とうとしているのだろうか……」

佐久間は独り言のように呟いた。

欠けてしまった山頂は痛々しくも、まだその尊厳を放ち、後ろからの鈍いセピア色の空を背負い、逆光でシルエットは剥き出しの山肌を露わにした。戦場には似つかわしくないその光景の美しさに見入る間も無く、富士山麓のいたるところに身を潜めていた攻撃ヘリコプター群が、想定を超える数で、ブラックホークを待ち構えるべく、富士の背景に現れた。

総理官邸対策室では、各分野の知識人によるヒアリングが行われていた。佐久間は防衛大臣の徳持十一郎から戦闘教義および戦略情報学について、そして対テロ戦争研究者の河上圭吾というK大学の若い学者にもヒアリングを行っていた。

「総理、この度はヘリコプターのパイロットも体験したことがない攻撃ヘリコプター同士の対決となります。本来、地上三〇〇〇メートルクラスの高さの空中戦となると戦闘機同士の戦いとなりますが、富士山を挟んでとなると、対地攻撃が必要となります。過去に例をあまりみないのですが、空対空戦闘および空対地戦闘を同時に遂行するとなると、攻撃ヘリコプターを出動させるしかなかったというのが現状です。

F—35ライトニング2を投入することも検討されましたが、ペンタゴンは承認しませんでした。GAIOはステルス能力を無力化する技術を持っていることが判明した上に、電子能力に関してはアメリカ空軍を凌駕する能力がある。よってアメリカ軍が採用している最新鋭機の喪失は是認できないという理由からです。

ここでGAIOが使用しているヘリコプターのWZ—10という機種について触れなければなりません。WZ—10は中国陸軍航空部隊で使用されている機種ですが、なぜGAIO側がそれを使用しているかが、GAIOの本当の姿を知る上で鍵となります。WZ—10は設計局がもともとロシアであるため、その辺りのルートからの入手という事になるでしょう。つまりバックにロシアがついている可能性があるということです。総理、これはやはり第五次グレートゲームとしての幕開け。本戦闘の背景に日米対立の構造があることには変わりありません。そしてそこに中国も加わっている可能性があります。敵は身を隠していますが、間違いありません」

「ヘリの入手先の憶測だけでは、この戦闘の背後にある対立関係はわからないのでは？　河上くん、どう思うかね？」

「実はＧＡＩＯ側が持つ武器はヘリコプターに限らず、ことごとくロシア製であるという共通点が逆に不自然であると私は思いました。つまり私はこれは単なるテロ攻撃ではなく、米中露のアジア全域における覇権争いに巻き込まれた戦争だと思っています。我々はこの対立の図式、つまりグレート・ゲームの中でも歴史上、主役クラスであるという自覚がまったくありません。それよりも第二次世界大戦で原爆を投下され敗戦した日本人の中には、被害者意識が非常に濃く根付いてます。しかしこれは誤認なのです。

このグレート・ゲームという括りはあまり聞きなれない言葉かもしれませんが、実は日本が過去経てきた大戦がどう未来の戦争と、ひいては未来の日本にどう繋がるかを知る上で重要な鍵となります。

一言でいうと、中近東の民族は、日本と同じアジアの同胞であるという認識と、それゆえに湾岸戦争を始めとする対テロ戦争において、自分達は日本人に裏切られたと認識しています。なぜなら反米組織からすると、日本が第二次世界大戦においてアジアで唯一アメリカを敵にして戦った国であり、原爆も投下されているわけですから、彼らにとっては英雄のような存在であったのでしょう。それがそうではなかったことに気付かされたのが湾岸戦争の時に、日本がアメリカ側に立った時からです」

佐久間は口を挟んだ。

「ははは。あの時は私の叔父が総理大臣だった。しかしながら、日本は米国に逆らうことはできなかった」

「そうとも言えるかもしれませんし、そうでないとも言えるでしょう。私は一国の舵取りを任せられたことがないので何ともいえませんが、すくなくともテロリストと言われている人たちの認識は違います。かつて米軍に囚われたイラク共和国の政治家であるサッダーム・フセインも日本で高貴とされる血統が古代オリエント人の末裔であると言いました。日本人からすると日本人のルーツがユダヤにあるというのは驚きかもしれませんが、しかし中東やヨーロッパのユダヤ・オリエント研究者にとっては至極当たり前の認識であったりします。アラブ人が日本人に対して親近感を持つ理由はそこにあります。そして第二次世界大戦における米国の日本への原爆投下がそれを決定付けた」

　佐久間と徳持は少々目を回しつつも、話に興味を持った。

「河上くん、話をもっと聞きたいところだが時間がない。かいつまんで説明してもらえないだろうか？　なぜ今回のテロ攻撃のターゲットが日本になったのだ？」

「最初のイリーナからの宣戦布告のメッセージにあった通り、日本人はそう思わなくても、彼らからすると日本人はアメリカに寝返った裏切り者なのです。彼らにとっては、同じくルーツが中東にありながら、そして唯一の被爆国でありながら、です。身内を裏切ったと思っているのでしょう。

　ここでやはり、グレート・ゲームとは何かをご説明しなければなりません。それを省略してご説明を差し上げることは無理だからです。

　発端は古代に遡るのですが、そもそもヨーロッパでは古代から反ユダヤ人感情が存在し、両者は対立的立場でした。かつての十字軍運動は、現在に至っては世界大戦へと発展し、ロシアやアジアを巻き込んだ単なるキリスト教とイスラムの対立の図式では収まらなくなってしまいましたが、近年の対テロ戦争の傾向を見ると、対立の図式は変わってはいないのです。ただ単に世界規模に発展し、そして地球を真っ二つに割った世界戦争に拡大しただけで、根源は一つです。

　歴史的な解釈にもよりますが、それが中央アジアをめぐるイギリスとロシアの覇権争い（グレート・ゲーム）へと発展しました。第一期グレート・ゲームは一八一三年から始まり、第二期はロシア革命と第二次世界大戦、第三期、アフガニスタンの多国籍軍とタリバーンとの戦い、そして第四期は二〇〇一年の九・一一事件を発端とした、米国の直接介入によって再建されたアフガニスタン政権とタリバン勢力、ここにNATO諸国、日本が加わりました。日本は日米同盟の証《あかし》として再参加させられた形ではありましたが、実はこれが問題でした。この一件がテロリスト側に、日本が米国の僕《しもべ》であることを印象付けてしまったのです。

　もともとは同じオリエントの同胞であり、第二次世界大戦でアメリカから原爆を落とされた被害国であると信じてきたイスラム諸国からすると、日本のこの行為は『裏切り』と映ったのでしょう。今回のこの戦いは第四期の対テロ戦争後の第五期に発展した争い。つまり完全に日本をターゲットとする、この『裏切り者』に対する報復行為とも解釈できます。もともとは中央アジアの覇権を狙うイギリスとロシアの対立が、現在では世界を巻き込む大戦に発展したのです。GAIOのバックにロシアが介入していることは何ら不思議ではなく、彼らの使用する戦闘用ヘリコプター《スーパーハインド》が裏付けの一つくらいにはなるかもしれません」

「世界大戦が日本で火蓋が切って落とされたということかね？」佐久間は聞いた。

「歴史的な事象としては、全くもって不思議はないというだけのことです」河上は答えた。佐久間と徳持は思わず息を飲み、そして呟いた。

「なんてことだ。もしそれが事実であれば、これは東北大震災を上回る非常事態じゃないか！」


自衛隊のアパッチは、装備されたヘリ搭載型長距離精密誘導型空対空ミサイルを発射し、弾は長い糸を弾きながら敵のヘリコプター陣に吸い込まれて行った。そしてＧＡＩＯ側のＷＺ―10からは機首下部の三十ミリ単装機関砲と、側面の誘導空対空ミサイルが、長い糸の帯のように後方へと煙をたなびかせ、瞬時に先頭のアパッチ数機に吸い込まれた。双方ほぼ同時に対空ミサイルを発射し、それも精度の高い最新式のものであったために、先頭の三機、合計六機が赤い火花を撒き散らした濃度の濃い煙に巻かれ、瞬時にチリとなって砕け散った。

遠方から見た者には富士山頂近辺が赤く照らされ、煙とともに真っ赤な火の粉が無数、花火の爆発のように降り注ぐ様子が見てとれた。後続のヘリコプターは砕け散ったチリが落ちるよりも早くその場に到達し、宙に取り残された煙と塵の間をかいくぐり急旋回した直後、敵のヘリコプターと接触寸前ですれ違う。

双方の陣はローターがぶつかる寸前のところで周りを振動波で満たした。相互の位置が百八十度入れ替わる。ヘリはその機動力を生かし、互いが急旋回後再び向かい合う。アパッチとＷＺ―10はお互いが接触ギリギリの所まで接近し、衝突を回避した。ＴＡＤＳや暗視カメラやセンサーなどの火器管制システムやその他最先端機能搭載の攻撃ヘリは縦横無尽な飛行性を持ち、それ同士の空対空戦闘は壮絶を極め、不思議と時代劇の殺陣を彷彿とさせた。

　現代戦における戦術教義では想定されることがほぼ皆無である戦闘ヘリ同士のドッグファイト。刺し違える覚悟の戦闘でお互いの三分の一の戦力を失っていた。攻撃ヘリは航空機としては想像を超える機動力で、縦横無尽に旋回と回転を繰りかえしながら、相手から発射される弾をよけた。複雑な空戦機動は航空ショーを遥かに越えるアクロバティックなものとなり、航空機の限界を試す命を掛けた実験に、操縦士らは恐怖すら忘れた。機体制御コンピューターを全力で稼働させ、射撃手は射撃指導装置や誘導装置でスペックの限界まで機能させ、目標を捕捉し射撃した。コックピットの窓ガラス越しに展開される風景は慌ただしく変化し、天と地が繰り返し逆さになり、煙の糸を引きながら発射される誘導ミサイルはことごとく躱《かわ》された。

　富士山山頂の山肌にも目標を外れた弾頭があたり、土煙の柱が所々で立つ。戦闘を第二陣三機に任せ、第三陣は、狭い場所での相手に接触するギリギリの戦闘を避けるために、操縦士は操作レバーを手前に引き高度を上げ、四千メートルまで直角に急上昇する。

　一方、ＡＣＴＴを迎えるため六合目に向かったブラックホークは、ＧＡＩＯの、崩れた神殿の目の前に周りの砂を上方に巻き起こしながら着陸した。東松を含むＡＣＴＴ隊員らは、救援を待ち構えていたかのようにタイミング良く、崩れ落ちた岩が入り口を塞ぐ洞窟から辛うじて這い上がったところであった。東松らを救出しにきたブラックホークは黄金に輝く空を背景に舞い降り、漆黒の機体が輝く。機体に乗り込んだ東松が、キャビンに新しい戦闘服を着て座る女性の姿を見て驚いた。

「珠加、珠加じゃないか！」

本戦闘の初期の段階で、ベイガーの犠牲に合った女性戦闘員。そして先の戦争においても戦友として苦楽を共にした。記憶をとりもどした東松は全てを思い出していた。

「珠加、生きていてくれたんだね。本当に良かった」

「万歳、珠加、生還おめでとう！　俺たち、こんな嬉しいことはないよ。珠加がいたからこそのＡＣＴＴのチームなんだ。どれほどの心の支えだったことか」

ルイスとアーロンも、ヘリコプターのキャビンに入る手前で珠加を目の前に喜びが込み上げ、思わず彼女の手を握ろうとした。しかし手を伸ばした彼らを、珠加は振り払った。握られようとした右手を左手でかばう珠加。

「珠加？」

驚いた東松は言った。

「そう、既に君は全ての記憶を喪失したんだね。オレと同じウグルスになっていたことをいまようやく知ったよ。同じ経験をしたものでないとわからないその感覚。全身の感覚が過敏になりすぎて、辛くてたまらなくなる」

全員が珠加に抱きついて喜ぼうとしたが、珠加にとっては、彼らは他人どころか初めて見る存在。一方、ＡＣＴＴの隊員らにとっては、珠加を今まで女性扱いなど一度もしたことがなかった。女性でありながら男性以上の精神力を持ち、戦場において常に強気で平静を保っていた彼女の成り果てた姿が、ルイスに少し手を触られただけで、子鹿のように震えるか弱い存在になろうとは。

よく見ると、かなり筋肉量を減らしている。以前の珠加から比較すると三分の一ほどになろうか。あれだけ筋肉質だった彼女が、か細くなってしまった。そして怯えるような目線が痛々しすぎる。東松ら三人は全員顔を見合わせ、喜びもつかの間、珠加が戦力にならない存在であることを認めざるを得なかった。


東松らを乗せたブラックホークは上空高く舞い上がった。富士山頂火口付近標高三七七六メートル、ヘリコプターが上昇できる限界ギリギリまで急上昇し、山頂上空でホバリングをした。ＡＣＴＴ隊員らは、ヘリコプターの中で新たな戦闘服に着替えをし、富士山頂の火口を上空より眺めた。

田崎はスクリーン画面を目にし、富士山頂火口付近の画像解析の結果に見入っていた。そこには二体の体が並んで横たわっていた。それは幼い少女、もう一体は成人女性ほどの大きさの体。

「ん？　女性二人？　まさか、人質になったあの二人か？」

映像を分析していたエンジニアから説明がはいった。

「二体の顔の形状から、誘拐されたゆり愛と文月であることが判明しました。二人は、四角い箱に入れられている。子供の方の生体には生体反応があったが、もう一体の成人の方にはそれが見られない。おそらく死後硬直も進んでいることがサーモグラフィーで確認された」

「文月が犠牲になったのか？　そんなバカな、奴らなんてことをしてくれたんだ！」

データはすぐさま、東松らのヘッドギア内にあるコンピューターに転送がなされた。富士山頂火口は半分は崩れ去っていたが、まだ半分はその原型が残されていて、その隅の方に二人が収められた棺のような箱が置いてある。そして東松もその拡大画像を確認し、そのかろうじて確認できる少女の顔を見ていった。

「あれは間違いなく愛しい我が子、ゆり愛だ」

東松はどんなに画像が粗くとも、すぐにわかる。どんなに愛しくても、別れの時がくると諦めていた最愛の娘。でもその子に会えるのだ。それも、いま自分達が降り立とうとしているその場所に。

「ゆり愛、頼む。無事でいてくれ！」

東松らは標高五千メートル、ブラックホークが上昇できる限界点にいた。そして戦闘員らのレーダーをかいくぐるために、ふたたび低高度開傘を試みるべく、背中に超軽量のパラシュートを背負った。装備も最小限におさえ、別に積んだ装備は、彼らと一緒にパラシュート降下させる。東松はブラックホークの狭いキャビンで隊員達の肩を抱き、円陣を組んだ。

「ＡＣＴＴは七つの海と空と陸を自由自在に機動し、われわれは戦場の頂点に君臨する！」

ＡＣＴＴはブラックホークから富士山頂へ鳥のように飛び立った。ただ一人、珠加をヘリコプターに残して。

空は雲ひとつない快晴で、雲は彼方へ遠くまで追いやられている。降下速度時速二百キロメートル近いスピードを頭を下げ時速三百キロメートルまで加速し、一瞬で富士山火口が目前に迫る。山頂に無数のヘリコプターが高速で移動、視界を遮る。運悪く高速に回転するローターに巻き込まれようものなら命はない。

しかしながら悪い予感は、悪い運を牽引する。東松を先頭に降下する隊員達の目前にWZ―10が迫った。突然で避けきれないと察し、東松は背中の草薙を鞘から抜き、高速回転するメインローターに向かって一直線に振り下ろす。ローターは木の葉のように舞い、その後草薙はヘリコプターの重心をとらえ、一気に真っ二つに叩き切った。真っ二つに分断されたヘリコプターは爆発せず、そのまま別方向に分かれ、東松と共に富士山頂に落下した。

富士山火口が目前に迫り、全員が一度に開傘した。パラシュートが隊員全員を上空に一度引き戻す。その後ゆっくりと、ゆり愛の姿が目の前に接近した。その時、大きな影がゆり愛を覆い、ゾルがバルムンクを構えた。草薙とゾルの剣は、剣同士がぶつかったとは想像できない爆発音と共に火花を散らした。すぐ脇を分断されたWZ―10半分が、火口をすりぬけ山肌に落下し、もう半分が富士山頂付近に激突し大爆発を起こす。爆風は剣と剣のぶつかった摩擦の火花を蹴散らした。爆風で吹き飛んだ石や破片が戦う男達を直撃し、切りつけ血まみれにした。

「もうこれ以上、お前を生かしてはおかない」

ゾルは言った。

「それはこちらのセリフだ」

東松は草薙を上段に構え、口角を上げた。

洞窟内での戦闘など比ではないほど、東松のパワーは増強を伴って、草薙はさらにその霊力を増したかのように鋼から激しい金属音を放った。

次々と後から着陸する隊員達。東松を擁護しようとゾルに向ってライフルやマシンガンを構えた。一瞬の静寂と間。太陽は不気味なほど強烈な光を火口に降り注いだが、それを遮り逆光を背に女戦士のシルエットが浮かびあがる。爆発で削らずに残った富士山山頂火口剣ヶ峰標高三七七六メートル頂上に佇む姿はイリーナであった。その目は明らかに東松を凝視し、不気味な笑みを浮かべている。イリーナは右手に持つシャムシールを高々と天上に掲げた。するとイリーナの背後から両脇を五メートルほどの大型の二足歩行の肉食トカゲが大群となって飛び出した。そして一斉に着陸したばかりのＡＣＴＴ隊員達に襲いかかった。

「うわあああ！　なんだこいつらは。恐竜か!?」

ルイスは一瞬パニックになって言った。四足歩行の巨大トカゲのキメラは、恐竜のような風貌で脚も速く、鋭い爪を武器に襲いかかってきた。

「撃て！　もう弾などセーブすることを考えるな！」

アーロンは叫んだ。

次々と弾は肉食トカゲの頭部や体内に大量の血吹雪の放出を伴いながら吸い込まれて行った。

研ぎ澄まされた剣と刀は、軽快な摩擦音を醸し出しぶつかり合う。真上から振り下ろすことを得意とする西洋剣に対し、日本刀の草薙は前後左右斜めに自由自在に繰り

出すことができる。ゾルは雄叫びを上げながらバルムンクを頭上から東松目掛けて振り下ろした。東松は真一文字に草薙を構え、衝撃に耐える。草薙は大きくたわみ、東松の靴底は大きく地面に食い込み粉塵をあげる。東松はゾルの怪力ともいえる力技を下方から受け止め、歯を食いしばり持ちこたえる。

「こんの、しぶといヤツめ!」

ゾルは吐き捨てるように言ったが、東松がそれに返した。

「お前の西洋剣では、俺の草薙に勝てるはずはない!」

東松はそう言うと、あえて一瞬の間、力を抜いた。拍子が抜けて、脇にそれるゾル。その時、ゾルの脇腹を草薙の刃がとらえようとするが、ゾルのバルムンクがそれを遮る。一進一退を繰り返しようやく体勢を崩したゾルの左肩を草薙がとらえた。ゾルは痛みで仰け反った。ボトッと左肩からもがれた腕。ゾルの膝は地面に吸い寄せられた。額からも血をながし左目は血で視界を失う。ゾルはバルムンクを切り落とされた左肩に当てた。肩の傷口は「ジュッツ」という音とともに火花が散り、水蒸気の煙をあげる。

「このヤロウ、お前ごときの刀で、この神剣が負けるはずがない!」

傷口はふさがり、ゾルはひざまづいた姿勢からヨロヨロと立ち上がる。そして渾身の力を振り絞り、片腕一本で剣を東松に振り下ろした。かばうために背後にゆり愛を位置していた東松はゆり愛のおさまる箱につまずき倒れた。

「そうか、お前の弱点はこの子だったな」

ニヤリと笑ったゾルは、そしてつぎの瞬間、ゆり愛にバルムンクを振り下ろした。

草薙はゆり愛に振り下ろされたバルムンクを脇から払った。目にも見えないスピー

ドで、バルムンクは真っ二つに分断された。

「そ、そんなバカな。この神剣が折れるとは」

ゾルは驚きのあまり膝から崩れ落ちた。

「折れたのではない。斬られたのだ。そして今度はお前の番だ」

東松は草薙の刃先でゾルの心臓を一気に突いた。ゾルの強靭な胸の中心部を串刺しにし、やがて口から大量の血を吹き出し、大量の粉塵とともにその巨体が地面に沈みこんだ。

「無駄なあがきはやめるべきだったな。貴様如きじゃ、俺には勝てない」

東松はかつての勝気さを完全に取り戻していた。

一方、他の隊員らは、襲いかかる肉食トカゲの駆除に追われていた。大量の弾はあっという間に底をつき、手持ちのサバイバルナイフで戦うも、腕や体を食いちぎられて苦戦する隊員たち。彼らの持ち場に駆けつけた東松は、草薙でトカゲ等を次々と切り裂いた。火口付近は気づくと凄まじい死闘の末の残骸、切り裂かれたトカゲの屍の山と化していた。

呼吸を整えようとするも、さすがのウグルスの東松も肩で息をした。大量の汗が身体中から滝のように流れる。顔から滴る汗は東松の視界を奪い、顎に伝わった汗は、雨のように地面を湿らせた。体力の限界に言葉さえ出てこない。ただでさえ空気の薄い富士山頂で、やっとの思いで呼吸する。標高三千メートルクラスの薄い空気の中では、ウグルスの東松でさえ空気の薄さに参ってしまった。

富士山上空は、月面のように遮ることのない日差しが突き刺さるように降り注ぐ。

そして不純物の少ない空気、空の色は限りなく純粋なスカイブルーで、地上では見ない濃度の青さであった。そして目の前を横切る雲は地上よりはるか上空にいることを物語っていた。澄み切った天国のように幻想的な空を背景に、イリーナが銃口を東松に向けて照準を合わせた。

「トウマツ。お前に最後となる言葉を伝えよう。後悔が二度と残らぬように。過去の自分に起こった混乱を全て払拭できるとは思わないが、それでもお前が生きている間に、お前の記憶に自分自身の存在を何としても残したい」

東松は戦いの疲労で、未だ肩で息をして、そして額からも大量の汗を流していた。しかしながら、イリーナの一言一言を重くうけとめるように、耳をそばだてた。

「私はお前を、本当に心から愛していた。トウマツ、お前がわたしを、もしもあの時受け入れてくれたのなら、わたしは全力で父にこの戦争が起こらないよう説得したに違いない」

そしてイリーナは吐き捨てるように言った。

「しかしもう遅いのだよ。トウマツ！」

東松は過去の記憶、イリーナの想いをかみしめていた。あのラホールの雪の降る日の夜、行かないでほしいとすがるイリーナを振り払って、ゆり愛を連れて日本に帰ってきたのだ。思えば、あの時にいくらでも自分達を拘束できたであろう。手足の不自由な自分が歩く速度などたかがしれている。それにも関わらずイリーナは、潔く自分たちを逃したのだ。

東松は何を思ったのか自分の想いを口にしようとした。東松には、イリーナが自分を愛していることを感じていたし、それ故にこんな事態を起こしてしまった彼女を哀れにも思ったからだ。

「あのときオレは貴女の気持ちに気付いていていた」

言葉はイリーナの心臓をえぐるかのように突き刺さった。

「お黙り！」イリーナは東松の足元を銃で撃った。「今更、お前から聞く言葉などない！」続けざまにマズルを東松に向け、数発撃った。

東松の口からは血が流れた。抵抗する風もなく、東松は口元の血を拭った。それでも血は口の周りに残った。

「お願いだから、続けさせてくれ。オレは貴女の気持ちに答える余裕などあるはずもなく、しかしながらそれは愛する妻を失い……ひとり愛娘であるゆり愛を授かり、必死であったからこそ。今の自分は……自分自身は記憶や命を一度は失い、そして今この場に再度命を授かった我が身は、生まれ変わったかのごとく雑念のない気持ちだ。そして、いまこの目の前にいる貴女という女性には深い同情しかなく、まして国を破壊しようとするまでの逆恨みに発展するほどの強い恨みは、オレへの強い愛情の裏返しでもあるとわかってる」

「お黙り。これ以上、口をきくでない！」

イリーナは再び東松の胸に銃口を向けた。東松は、一瞬後ろによろけたが、目はふたたびイリーナを凝視した。そして今度はイリーナが話をつづけた。

「わたしの父の愛情は、姉のアネーシャに注がれ、そしてその残りのおこぼれのような愛情を私は受けたのだ。寂しさとコンプレックスで多感な思春期を過ごし、ようやく初めての愛が芽生えるころ、お前に出会った。初めて愛した男性がトウマツ、お前であり、それが姉の恋人であることを知った時のショックはお前には計り知れないだろう。そんな苦難の時の流れの中で、姉が亡くなったことにより、ようやく手に入れることができたかもしれない幸せが……。お前のせいで血の涙と化したのだ！」

東松は、腕を思いっきり払うような仕草をした。

「違う、断じて違う！」

イリーナは嘲笑うような笑いと共に東松を詰った。「何が違うの？　トウマツ。いったい何が違うというの」

「オレは、いまとなっては……。申し訳なさを感じると共に、キミの健気で一途な愛情に心を打たれている」

一息してから東松は続けた。

「この戦争を起こした当事者であり、宿敵でもあるにも関わらず」

その時、上空から大音量のローター音と共に、巨大な昆虫のようなスーパーハインドが出現した。そこから次々とＧＡＩＯの戦闘員たちが現れ、東松に銃口を向けるとともに、一瞬でゆり愛を連れ去った。

「パパ、パパ！　助けてえ。助けてえ」

目を覚ましたゆり愛は力一杯、小さな体を震わせ、全身をつかって声を張り上げている。そしてイリーナもその場を立ち去るべく、銃口を東松に向けたままロープにつかまった。ロープは静かに上昇し始め、そしてイリーナ等はやがてハインドに吸い込まれた。

ＡＣＴＴの隊員ら、そして東松は走って追いかけたが大量の銃弾が降り注ぎ、一歩も進めない状態となった。ハインドは爆音と爆風を撒き散らしながら上空でホバリングしている。コックピットの副操縦席に乗ったイリーナは、富士山の爆破スイッチを押した。そして大きな地鳴りと振動が発生した。富士山頂はとうとうその崩壊を始めたのだ。

【富士山対戦闘員ＡＣＴＴ作戦司令室】では、上条の仕込んだプログラムをＡＩが高速で処理を進める様子を全員が固唾をのんで見守っていた。ハインドのキャビンの窓ガラスにゆり愛はしがみついていた。自分の父親が小さく見える。無駄であるかないかなど分別もつかないゆり愛は父親を呼び続ける。

「パパ、パパ！」

しかし、叫べば叫ぶほど、イリーナの感情を逆撫でた。

「もういくら叫んでも遅い。よく見ておくのよ、お前の父親の最後を」

イリーナはハインドのパイロットにこの場を離れる指示をすると同時に、ミッションの完了を父のカラに伝えるべく、通信を開始した。

「お父様。生贄は捕らえられ、そして神に捧げられました」

イリーナからＧＡＩＯ本部に送った通信を、上条は逃さなかった。上条はそこからＧＡＩＯの中心システムへ潜入を試みるため通信の内容を解析し、ＧＡＩＯの中心システムのサーバーの開放されているｐｏｒｔと動いているソフトウェアを特定した。

「今、ＧＡＩＯの中心システムの中の脆弱性を探りあてました。管理者権限昇格！」

「爆破システムを制御」

「管理しているプログラムを特定しました」

一呼吸おいて上条は言った。

「爆破プログラム停止を実行します」

上条は田崎を見つめた。田崎は上条が自分の指示を仰いでいることに気付き、上条に向ってゆっくりと頷いた。

相手方のサーバーシステムは停止状態になった。然し乍ら富士山頂の揺れと崩壊は止まらなかった。いくつかの仕込まれた爆弾は、次の爆破の引き金となっていった。

飛び立とうとするスーパーハインド。その時、ゆり愛は全ての手を引き払い、側面のドアを子供の力とは思えぬ勢いで開け、デッキに立った。自分から離れ去るハインドを見守っていた東松は、小さな姿が、デッキから身投げするところを見て錯乱した。

「ゆり愛！　来るんじゃない」東松は叫んだ。

ゆり愛は肩をつかみ引き戻そうとするイリーナを、小さな体で精一杯払いのけ、富士山頂の宙へと飛び出した。小さい体は、ふわふわと宙を舞った。東松は崩れる火口に立ちすくみ、離脱途中のハインドからゆり愛が下降するその姿を確認した。開けられたハインドのデッキから落下するゆり愛を呆然と見ているイリーナ。

「なんてバカなことを……」

ほぼ同時に、富士山は山頂からその崩壊を開始した。火山口は剣ヶ峰と宝永火口で、第一弾の爆破はその二箇所で開始された。剣ヶ峰の爆破は八合目付近まで一気に崩れた。徹底的な破壊力を持つような何かが内側から破裂したのだ。あたかも地面に底がぽっかり空いたかのように、一気に山頂付近から岩岩が直角に崩れ落ちる。

しがみつくものが何もない状況で、ジェットコースターのフリーフォールのように、東松は周りの岩と共に重力に逆らうことなく、奈落の底へと引き込まれていった。上空二百メートルくらいから自分に近づいてくるゆり愛を、東松は見守った。音声は消え、すべての感覚はスローモーションのように自分に近づいてくるゆり愛に集中した。

その時、ヘリから身を大きく乗り出すイリーナの姿を見逃さなかった。東松は落下しながらも、右太もものガンフォルダーからグロッグを取り出しイリーナの額に狙いを定め、引き金を引いた。銃弾は、落下するゆり愛のギリギリ頬をかすめた。ゆり愛で隠されていた東松の発砲は、ゆり愛の陰になりイリーナに見えず、気付いた時には銃弾はイリーナの額に命中した。炸裂した弾は彼女の頭骸骨を粉々にし、ピンク色の脳を粉々にし、後方に飛ばした。


ゆり愛の顔が不思議とはっきり見えた。表情は喜びで満たされていた。東松の足を支えていた岩は粉々に砕かれ、底なしの地中へと吸い込まれて行く。しかしながら東松とゆり愛は徐々に距離を狭め、やがて二人の手と手は固く強く結ばれた。

「パパ……」

ゆり愛は、ようやく大好きな父の本物のぬくもりに再び触れることができた。それは幼いゆり愛がずっと待ち望んでいたことであった。他には何もいらないけど、パパの温もりだけは欲しい、そう願ってやまなかったものが、とうとう実現した。いま自分の父親の大きな厚みのある手に、自分の小さな手がつつみこまれた。

この無限の安心感に包まれ、ようやく心の安住の地に降り立ったのだ。

「パパ。ゆり愛、生まれてきて本当に良かった」

この手を決して放すまいと、ゆり愛は決意した。そして東松はゆり愛を大事に抱きしめながら富士の奈落の底に落下していった。そして東松の記憶にゆり愛との短いながらも暖かい時間の流れがフラッシュバックした。


パキスタンとインドの国境から命からがら脱出し、インドの米軍基地に救助を求め、米軍の軍用機で手当てを受けながら、日本に搬送された二人。ゆり愛は東松にしがみつき、飛行機の中で片時も離れることはなかった。妻のアネーシャが懸命に治療と介護に専念したおかげで、東松の肢体が元に戻りつつはあるものの、まだ体に不自由さが残っていた。

日本に帰ってからは、東松は東京郊外にあるB大学病院に入院し、特別集中治療室にて先端医療のモルモットのような扱いを受けた。ようやく解放された頃には、体調も元にもどったものの、手足の無感覚さや痺れのようなものが残り、手足がまだ自分のものとは思えぬ状況が続いた。しかしながら自衛隊は東松を解放することなく、重要な任務に就くことはなかったものの、毎日市ヶ谷の防衛省まで通わなければならなかった。

住居は、B大学近辺の東京郊外にある団地に移り、ほんのひと時の、ゆり愛との至福のときを過ごした。毎日保育園に送り届ける東松は、ゆり愛のために、こどもが食べられそうな弁当を、適当に近くのスーパーやコンビニで仕入れ、それをゆり愛の弁当箱に毎朝詰め、そして服を着せるなど身支度も行なっていた。十分なことはやってあげられない。でも、自分の精一杯のことはやってあげたい。その一心でゆり愛に尽くした。本来であれば母親が娘にやってあげるべき事を、何もできない自分がやることに、ゆり愛に対して申し訳ない気持ちでいっぱいであった。

「ゆり愛。君が幸せになれる環境で育ててあげられなくて本当にごめんね。でも、精一杯ゆり愛につたえたいんだ。本当に大事に思っていることを」

そう東松がゆり愛に言っても、言葉では幼いゆり愛にはなかなか気持ちは伝わらない。だからできる限り彼女のそばにいて、やれることは一生懸命やった。

「だめ、こうやって、こうやって、ふたつにゆわいてえ」

ある日、まだ言葉も十分に話せない三歳のゆり愛が甘えるように東松に可愛いおねだりをした。不器用な男の手で小さな女の子の、少ない髪を束ねるのは難しく、またゆり愛が保育園の園児たちのトレンドを真似るように東松にねだりはするものの、想像がつかずに戸惑う。仕上がった結えた髪も、左右の高さがアンバランスで、不恰好であった。できるかぎりではあるが、自分なりに必死になって保育園で遊ぶこども達の服なりファッションなりを観察した。

また、当然ながら団地での近所付き合いもなれていなかったため、頻繁に管理人の初老の女性から、ことあるごとに小言を言われた。団地の作法についていく事のできない東松を、注意深く執拗に見張っていた管理人は、常に東松が出すゴミの種類が、指定されたものとは違うものが混入していることを不満に思っていた。ある朝、団地のドアから飛び出す東松とゆり愛を呼び止めたのだ。

「ちょっと、東松さん。昨日の分別ごみに生ごみが入っていたわよ！　気をつけてもらわないと」

身長も二メートル近く、筋肉質な東松はその外見があまりに一般人とはかけ離れ、本職は軍人であるものの、普通の人から見るとどうみてもスポーツ選手かプロレスラー、時には外国人にさえしか見えないほどの常人離れした体格であった。その東松を叱りつける強者は他にはいないであろう。この中高年女性の無敵さと図太さを感じざるをえなかった。東松も自分の母親くらいの女性に叱られ、何も言い返せずうな垂れた。しかしながら、ゆり愛はその女性に食い付いたのだ。幼いにもかかわらず自分が東松を守っているつもりになっているのだろう。東松を少しでも傷つけ攻撃するものは何人たりとも許さなかったのだ。

「ちょっと、おばさん。そんな言い方したら、パパに対して失礼でしょ！」

三歳くらいの、言葉もろくに喋れない小さな女の子が虎のように豹変したのだ。一番驚いたのが食いつかれた管理人であった。あまりにもショッキングで過去にない体験のため、唖然とした管理人は言葉を失った。この初老の女性はメガネをかけ、神経質そうな目をメガネ越しにのぞかせる。そのような風貌の隣人を前に、三歳のゆり愛は仁王立ちした。初老の女性は、あどけない幼い可愛らしい幼女が自分に食いついてきたことに驚きを隠せなかった。

「失礼っていったって……あんた……」

管理人は、幼い女の子を育てるに値しないと東松を見下していて、その態度が少女にも伝わっていたのだ。あれだけ厳しい目線で、厳しい口調でまくし立てていた女は、急に口をつぐみ、小さな女の子に窘められたことを恥かしく思い、慌てふためいた。

東松はかつてないほど目を大きく見開き、日常のささやかな戦闘に巻き込まれたことに小さな衝撃を受け、ことの事態が飲み込めずにいた。ある特定のケース、それも本当に日常のささやかな出来事ではあるが、東松が忘れかけていたこと。そしていまだかつて不可思議でなおかつ、温かみのある記憶。それは小さな頼りなげなゆり愛が、必死になって、このたくましい不屈で史上最強の男を助けようとしているということであった。

父というのは、父というだけで、これだけ大きな愛を、小さな子供から受けることができるのであろうか。大人でも与えることができないほどの大きな愛を、小さな子供は持っているのだ。この小さな体の中に、凝縮された無限大の愛。かつて人生で、妻から受けた愛も衝撃であったが、この授かった子から受けた愛はさらに大きく、それは東松にとって人生で最大かつ唯一の愛の記憶であり、愛などを必要としてはいけない殺伐とした人生を完全否定したのであった。

富士山頂から落下する東松はゆり愛の小さな手を握りしめ、その温もりが東松に遠い記憶を蘇らせたのだ。

「ゆり愛、本当に良かった。きみにあえて、本当によかった」

東松は最後につぶやいた。そして東松はしっかりとゆり愛を抱きとめ、二人は真っ暗な奈落の底へと吸い込まれていった。

その後富士山頂の崩壊はとまらず、七合目付近まであっという間に山は空を覆い尽くし、辺りを暗くするほどの大量の粉塵をあげて崩壊した。その姿は、まるで二〇〇一・九・一一のニューヨークにおけるワールドトレードセンターが崩壊する様を彷彿とさせた。山は頂上からその地面に至るまで一気に崩れるほどの勢いで崩壊し始めたのだ。

防衛省の【富士山対戦闘員ACTT作戦司令室】にいた田崎と上条らは、この事態を防ぐことができなかった脱力感、敗北感、すべてのネガティブな感情に押し殺されそうになっていた。そして、この戦いの結果、無残な富士山の崩壊を見守るしかなかったのだ。本部の大スクリーンを前に呆然と富士山の崩壊を見守る田崎ら、作戦本部にいた一同が固唾を飲む最中、突然の変化がまた訪れた。予想に反して、山は七合目付近でその崩壊を突然止めたのだ。

富士山付近と、司令室の室内には突然、永遠とも思える静寂が訪れた。崩壊で沸き起こった粉塵が画面を隠しつつ、やがてそれが大気に巻き起こった風にかき消された頃、露わにされた富士の外観は、以前の形状を留めてはいなかった。山頂付近は煙が立ち込めていて、それはしばらく山頂を覆っていた。

しばらくすると煙が晴れ、後にできた大きなクレーターが見える。そのクレーターの中でゆり愛をしっかり抱きとめた東松が転がっている。そしてそのさらに先、クレーターの地中の奥には六芒星の光が強みを増し、やがて富士山を覆っていった。

上部三割ほどは崩壊し、荒々しく崩壊した岩岩は、鋭角な切り口となり切りたった山頂を形成した。六芒星という結界は、東松とイリーナ、そしてゾルの三人が持つ神

たら、ゆり愛をむかえに来てね。ぜったいね」

東松はゆり愛が生まれるまでは、人生で一度も涙を流したことがなかった。こんなに辛いなら、生まれてこなければよかった。こんなに一人の女性を愛さなければよかった。子供を授からなければよかった。幸せなどいらなかったのだ。ゆり愛を産まなければよかった。なにごともなく、やさぐれた兵士として生まれ、誰も愛することなく死ねばよかったのだと、その時は思った。それでも、東松は　いま自分の手を握る温もりを否定できなかった。

「長かったね。ゆり愛。ほんとうに長かった。そして、ここまでよく我慢してくれたね。ゆり愛、ほんとうにありがとう。産まれてきてくれて、そして生きていてくれて、ほんとうに、ほんとうにありがとう」

東松はゆり愛の小さな体を、大きな体全部で覆い、強く抱きしめた。今まで抱きしめたかったけどできなかった分、強く強くゆり愛を抱きしめた。自分ができなかったこと。それは自分がゆり愛の安住の地になってあげられなかったことなのだ。いまならそれができるのだろうか？　ようやく、ゆり愛に「安心して」と言えるのだろうか。

十

新宿の大久保の街は、不夜城と言われる歌舞伎町を前にしながらも、ひっそりとしていた。このコリアンタウンは、歌舞伎町ほどではないにしても不夜城化しており、それでもさすがに、真冬の朝の五時は人気はまばらでひっそりとしていた。この街の延長線上にある特殊介護施設である《ひまわり園》は、東松がいない間、大切なゆり愛を育ててくれたところである。

ひまわり園へ続く思い出の坂道の手前に、ぐっすりと眠るゆり愛を抱きかかえ、東松は立った。杖をつき、動かぬ足を引きずり通った日々。たった一目、大切なゆり愛の成長を見届けるためだけに、地面に這いつくばるようにして登った坂。以前では想像もつかないほどのしっかりとした足取りで、東松はぐっすりと熟睡するゆり愛を抱きしめ、歩み始めた。そしてやがて児童養護施設《ひまわり園》の前で、東松の歩みは止まる。誰もが寝静まるこの刻、東松はぐっすりと眠っているゆり愛を抱いたまま、寝室のある二階の部屋へ外壁からもぐりこんだ。

窓は音をたてないように、錠を壊し、中に入る。東松は寝ているゆり愛を静かに子ども達が寝ている布団にもぐりこませ、そして名残惜しくゆり愛を見つめた。不思議と以前のように「もう会えないかもしれない」という悲しさはなかった。自分は永遠の命を、本意不本意関わらず手に入れたのだから。少なくとも、生きていればゆり愛に会える。それだけでいい。生きていれば。もう悲しさなど微塵もない。次にゆり愛に会うときは、きっとゆり愛もわかってくれていることだろう。お互い生きていれば会えるということを。

東松は再び、大久保の闇の中へ消えて行った。

ゆり愛は、ひまわり園の多くの子供たちが寝静まっている大きな部屋の片隅で、ひとり目を開いた。東松を安心させるために、ゆり愛は寝ている振りを続けてたのだ。そのまま何も言わずに起き上がり、東松が去って行ったベランダに面した窓を開け、周りの寝静まる児童が起きないようテラスへ出た。

刻は明け方を迎えようとしていた。朝日が昇ろうとしている。また新しい一日の始まりだ。何が起ころうと、陽は沈みそしてまた昇るのだ。日の出の時刻が近づき、空がうすもも色に輝き始める。やがて色は焼けるような橙色に変化し、陽はその一部を空にのぞかせた。

一人テラスに立つゆり愛は、姿を消した父が必ず自分の元に戻ることを確信していた。朝日に反射するその目に迷いは何もなく、歳とは不相応な、大人のような凛とした光を輝やかせていた。

謝辞

本作品に登場する主人公である東松征士郎は、１９９７年度6月25日発行のスーパージャンプ（集英社）第35回スーパージャンプマンガ大賞特別奨励賞受賞作品の漫画キャラクターとしてこの世に生誕いたしました。できればこのキャラクターを世に出したかったのですが、個人的な都合により漫画を描くことを断念いたしました。

その後、本願望を諦めきれなかった私が、現在の小説の形に近い原作のアニメ化を株式会社サテライトに依頼、２０１１年にＰＶとして具現化、２０１２年の東京国際アニメフェアの出展ブースにて公開となりました。しかしながら、たまたま黙示録をテーマに取り扱ったということもあり、現実が本作品の世界観と重なり、当時奇しくも対テロ戦争という世界大戦がある局面に差し掛かったのです。そのような奇妙な偶然の一致により、事実上作品は完全にお蔵入りとなってしまいました。

現在、奇跡的に本作品が小説という形で出版されることになりましたが、同時にそれは征士郎を世に送り出すことを自分の使命とする一念を捨てずに持ち続けた約25年間の終局、相当な難産を終えることを意味したのです。

以上のような馬鹿馬鹿しいまでの理由なきこだわりに、貴重な時間を割いてお付き合いくださった方々、特に小説を書いたことのないわたしの背中を押し、ここまで導いてくださった石井紀男先生、中尾玲一先生。そして各専門分野の専門家の方々には感謝という言葉では表し切れない感謝以上の感謝を心より申し上げます。

協力

無名冠者
中田健太郎
今西隆志
Naoki Aoyama / @aoiroaoino
金山拓人
ナカタニD.
大谷じろう
株式会社サテライト　代表取締役　佐藤道明
株式会社 銀佐映画 代表取締役　周 妍（周　俊希）

制作支援
中尾玲一

ACTTプロジェクト

２０２０年10月30日　第一刷発行

著　者　高桑真恵
発行人　石井紀男
発行所　有限会社文源庫
〒一〇一―〇〇五一　東京都千代田区神田神保町一―四四
TEL　〇三―五五七七―六五七一
販　売　デジタル・エスタンプ株式会社
〒一〇一―〇〇五一　東京都千代田区神田神保町一―四四　駿河台ビル四〇一
TEL　〇三―五五七七―六五七一
Fax　〇三―六七三〇―二九三四
印刷・製本　錦明印刷株式会社
〒一〇一―〇〇六六　東京都千代田区西神田三―三―三
TEL　〇三―三二六五―一七八一
Fax　〇三―三二六五―六一九八
定価はカバーに表示してあります。

ISBN　978-4-903347-90-5